D1925514

*Wo können homosexuelle Jugendliche etwas über sich und ihre Gefühle erfahren? Wo spielen jugendliche Schwule und Lesben eine entscheidende Rolle? Doch weder in Büchern (von pädagogischen und medizinischen Schriften abgesehen) noch im Kino oder Fernsehen. Klar, manchmal tauchen sie da irgendwo auf, eignen sich dann aber selten zur Identifikation. Wo sind die wirklich glaubwürdigen Vorbilder? »Wenn dieses Buch eine positive Rolle für homosexuelle Jugendliche spielen kann«, so der Autor, »dann macht mich das froh. Und wenn ihre Freunde, Eltern usw. das Buch lesen, um so besser. Jedes abgebaute oder – realistischer ausgedrückt – abgemilderte Vorurteil erleichtert uns Homosexuellen das Leben, aber den anderen selbstverständlich auch.« Hans Olsson, Jahrgang 1962, war Lehrer, bevor er sich der Schriftstellerei zuwandte. »Rollenspiele« ist sein erstes Jugendbuch.*

*HANS OLSSON*

# Rollenspiele

*Deutsch von Sarah Bosse*

*Verlag Friedrich Oetinger · Hamburg*

*© Verlag Friedrich Oetinger, Hamburg 1996*
*Alle Rechte für die deutschsprachige Ausgabe vorbehalten*
*© Hans Olsson 1993*
*Die schwedische Originalausgabe erschien*
*bei Alfabeta Bokförlag AB, Stockholm,*
*unter dem Titel »Spelar roll«*
*Deutsch von Sarah Bosse*
*Einband von Henriette Sauvant*
*Gesamtherstellung: Clausen & Bosse, Leck*
*Printed in Germany 1996*

*ISBN 3-7891-4402-9*

# 1. KAPITEL

Das Bitte-nicht-stören-Schild an der Tür half nichts. Es half auch nicht, wenn ich mich einschloß. Die Welt brachte sich trotzdem in Erinnerung. Sie war da, auf der anderen Seite der Tür, drängte sich auf.

Es half nichts, daß ich versuchte, mich unter drei Tonnen Dekken, Oberbetten und Kissen zu vergraben. Davon wurde mir bloß warm, und ich roch nach Schweiß.

Ich entkam nicht.

Ich warf die Decken ab und dachte laut: »Jetzt mußt du dich drauf einlassen! Lieg nicht einfach rum. Tu was!«

Aber was? Was sollte ich tun?

Ständig dachte ich an den Nachmittag zurück, als Perra jenen Satz gesagt hatte, der mir nicht mehr aus dem Kopf ging.

Wir hatten beim »Storch« gesessen, Kaffee geschlürft und uns mit Hefekuchen und Torte fett, arm und pickelig gefuttert.

Wir, die alte unzertrennliche Clique: Stisse, Måns und Perra. Und Karro, die wie selbstverständlich hineingerutscht war, seit sie mit Perra ging. Wir waren immer – so schien es jedenfalls – zusammengewesen.

Perra wandte sich zu mir. »Ich wollte dich noch ein letztes Mal fragen, ob du wirklich nicht bei *Two Beat the Third* mitmachen willst. Wir werden Megastars, das sag ich dir! Der größte Erfolg aller Zeiten!«

»Das sagst du doch dauernd«, höhnte Stisse.

Ich lachte. Ich hatte es schon mehrere Male abgelehnt. Perra wollte Rockstar werden, dazu war er fest entschlossen. Er gründete Rockbands, wie andere Leute Milchpackungen öffnen.

»Wir brauchen einen Sänger«, fügte er hinzu.

Ich lachte wieder. »Ich kann besser Gitarre spielen als singen. Und außerdem kannst du beides besser als ich. Nee, danke.«

»Jetzt hört mal auf zu labern«, unterbrach Karro uns. »Seid ihr bereit?«
Perra nickte trübsinnig. Stisse drückte den Glimmstengel aus, und Måns wischte sich die Kuchenkrümel von den Händen.
Wir legten die Kuverts mit den Schulfotos vor uns hin.
»Eins-zwei-drei – los!« sagte Karro.
Wir rissen die Kuverts auf und holten die Fotos hervor. Perra wurde blaß. Stisse johlte. Måns schüttelte den Kopf, und ich schloß die Augen. Karro war zufrieden. Aber sie wurde ja immer gut auf Fotos.
Die Bilder machten die Runde. Wir verglichen und lachten.
»Gratuliere! Du bist verdammt gut getroffen.« Perra gab mir einen Klaps auf die Schulter. »Aber ein anderer ...« sagte er angeekelt und riß Stisse sein Foto aus der Hand. »Ein anderer sieht ja aus wie ein Schwuler.«
Ich zuckte zusammen.
Ein Schwuler? Ich fühlte, wie mir das Blut in den Kopf schoß. In dem Augenblick begann meine rote Periode. Das Leben hat seine Perioden. In meiner Familie geben wir jedem Jahr, das vergangen ist, einen Namen. Es begann an einem Silvesterabend, da sagte meine Mutter zu mir: »Endlich ist dein blaues Jahr zu Ende.« Das war das Jahr gewesen, in dem ich lernen wollte, Einrad zu fahren und auf dem Seil zu balancieren, alles im Hinblick auf eine glänzende Zirkuskarriere. Nach meinem dritten Krankenhausaufenthalt gab ich auf.
Nun brach ein rotes Jahr an: Ständiges Erröten nahm seinen Anfang.

»Laß mal sehen«, sagte ich und riß Perras Bilder an mich. Mit meinem messerscharfen Blick suchte ich jedes kleinste Detail ab, um herauszubekommen, wie Perra aussah, wenn er wie ein Schwuler und nicht wie er selbst aussah. Perra trommelte ungeduldig mit den Fingern auf den Tisch. Zu meiner großen Enttäu-

schung gab es nichts Aufschlußreiches zu entdecken. Auf dem Foto war nur der alte, vertraute Perra, nicht die Spur einem Schwulen ähnlich. Allerdings sah er ziemlich dämlich aus.
»Ach, du übertreibst«, sagte ich tröstend und gab ihm die Fotos zurück. Schnell stopfte er sie ins Kuvert.
»Die werden verbrannt«, sagte er.
Ich habe nie gewagt, ihn zu fragen, wie er darauf gekommen ist zu glauben, er sehe aus wie ein Schwuler. Nicht, daß es schlimm gewesen wäre – alle wußten ja, daß er keiner war. Ich war heilfroh, daß ich es nicht gewesen war, der wie so einer aussah ...
Mit mir war das nämlich was anderes. Ich sah vielleicht nicht aus wie einer (wie sehen die eigentlich aus?!), nein, noch schlimmer: Ich bin so einer. Ein Schwuler also. Das Wort hinterläßt einen schlechten Nachgeschmack im Mund. Ungefähr wie Leberfrikassee. Leber ist das Schrecklichste, was ich kenne.

## 2. *KAPITEL*

Mit einem Seufzer ließ er die Schwertklinge auf den Marmorboden fallen. Alexander begegnete meinem Blick und sank auf den Diwan. Ich brachte ihm einen Krug mit Wein, er trank direkt daraus und wischte sich den Mund mit dem Handrücken ab.
Seine kräftigen Muskeln glänzten von Schweiß und Sonnenbräune. Ich entkleidete ihn, und Alexander atmete zufrieden. Seine wohlwollenden Blicke machten mein Blut rasen. Ich sehnte mich danach, ihn berühren, seinen angespannten, übermüdeten Körper massieren zu dürfen.
Eine kühlende Abendbrise strich in den Saal. Die Blumen hatten ihre Blütenblätter zur Nacht geschlossen, und im Gezweig der Büsche saßen die Grillen und zirpten.

Ich hatte den ganzen Tag gewartet, besorgt, er könnte verletzt werden, obwohl ich wußte, daß er der Geschickteste und Stärkste im Kampf war.
Schweigend tranken wir miteinander. Ich wußte sehr wohl, welche Gnade es bedeutete, in diesem Augenblick bei ihm sein zu dürfen. Bei dem Herrscher und König – Alexander dem Großen. Doch das war mir nicht genug. Ich spürte seine Nähe – ich saß ihm so nah, daß sich die hellen Härchen an meinen Schenkeln von seinem Atem vorsichtig aufrichteten –, aber ich mußte seine geschmeidigen, starken Glieder berühren dürfen. Die Anspannungen nach den harten Kampfübungen des Tages auflösen, jedes Detail seiner Muskeln fühlen, meine Finger in sein vom Schweiß gelocktes Haar winden. Den ganzen Tag hatte ich die Erinnerung an ihn in meinen Fingerspitzen bewahrt.
Dann stellte er den Weinkrug fort und streckte sich auf dem Rücken aus. Die Dunkelheit hatte sich über den Palast gesenkt. Der Marmorboden schimmerte golden im schwachen Schein der Fackeln. Stimmen der Soldaten, die sich an Bier und Wein berauschten, drangen zu uns herein. Sie warteten auf ihn. Ihren Heeresführer Alexander den Großen. Sie hofften, daß er zu ihnen käme, um mit ihnen zu trinken, zu singen und zu würfeln. Doch zuerst war er mein. Nur mein.
Ich saß immer noch neben ihm. Er hatte die Augen geschlossen, doch er wußte, daß ich da war. Niemand kam in seine Nähe oder entfernte sich von ihm, ohne daß er seine Erlaubnis gegeben hatte.
Behutsam legte er mir eine Hand auf den Arm und zog mich an sich. Er öffnete die Augen und lächelte mich an. Mit geübter Hand öffnete er meine Tunika und liebkoste meine schmalen Hüften. Ich – nur ein einfacher fünfzehnjähriger Jüngling an seinem Hof: der Günstling und Liebling des Herrschers. Er umarmte mich, und ich . . .
»Alexander! Alexander!«

Ich schreckte auf.
»Alexander!«

Das Buch glitt mit einem dumpfen Geräusch auf den Boden. Einen ganz gewöhnlichen Linoleumboden in Grauweiß.
»Willst du heute nicht zum Training?« rief meine Mutter aus dem Arbeitszimmer.
Ach, natürlich! Basketball. Verschlafen sah ich mich um. Ich hatte wieder geträumt. War eingeschlafen und hatte geträumt.
Der Schwanz war mir in der Hose steif geworden, und ich hatte Lust, mir einen runterzuholen, aber das schaffte ich nicht mehr.
Jetzt hatte ich es eilig. Ich fischte das Buch von Alexander dem Großen auf und versteckte es unter dem Kopfkissen.
Wo waren nun wieder die Schweißbänder? Warum verschwinden dauernd die Schweißbänder? (Wegen deines Mangels an innerer Ordnung, würde mein Bruder antworten.) Sie waren rot-weiß-blau und sahen aus wie die Trikolore. Panik! Das Training begann in einer Viertelstunde! Wo waren sie?
Ich wirbelte im Zimmer herum. Unter dem Kleiderhaufen auf dem Stuhl waren sie nicht. Auch nicht in der Kommode oder im Schrank. Nicht mal unterm Bett, wo sich so vieles andere anhäufte.
»Mama, wo sind meine Schweißbänder? Ich muß jetzt los!«
»Auf die mußt du schon selbst aufpassen«, brüllte sie zurück.
Immer die gleiche Antwort. Ich brummte mürrisch und kippte den Inhalt meiner Tasche auf den Boden. Basketballstrümpfe, Sporthemd, Adidas-Shorts, Stirnband – verdammt, wie viele Sachen man brauchte –, Handtuch, Deo-Roll-on, Shampoo, frische Unterwäsche, Seife – wo war die Seife?
»Scheiße!« schrie ich und versetzte der Tasche einen Tritt. »Jetzt komm ich schon wieder zu spät!«
Fünf Verspätungen, und man hat sich fürs Bälleaufpumpen qua-

lifiziert. Die strenge Visage meiner Mutter tauchte in der Türöffnung auf.
»Aber, mein lieber Sohn, was für eine Sprache!« sagte sie übertrieben. »Hab ich dir das beigebracht?«
»Nee, aber jetzt ist auch noch die Seife weg.«
»Und die Schweißbänder?«
»Weiterhin vermißt.«
»Beschreibung«, bat sie, als ob sie sie noch nie gesehen hätte.
Ich beschrieb sie, aber sie hatte keine gesehen. Ich stopfte die Trainingssachen wieder in die Tasche.
»Ich leih dir meine Seife«, sagte sie und reichte sie mir.
»Aber Mama! Hast du keine andere?«
Sie starrte mich fragend an.
»Was ist damit nicht in Ordnung?«
»Die riecht ja nach Veilchen«, seufzte ich. »Was meinst du, was die Jungs sagen, wenn ich mit der ankomme?«
»Ihr Jungs seid so empfindlich. Und ich dachte, du solltest wenigstens einmal gut duften«, sagte sie und grinste zufrieden.
Ich schnaubte. Die spinnt, meine Mutter.
»Keine Zeit mehr«, fauchte ich, riß die Tasche an mich und raste davon.

Vorsichtig schlich ich an der Längsseite der Turnhalle entlang. Måns stand in der hinteren Ecke, wedelte mit seinen langen Spinnenarmen und sah aus wie ein notgelandeter Helikopter. Das sollte Aufwärmen darstellen. Neben Måns hüpfte Stisse auf und ab und wedelte etwas langsamer, viel geschmeidiger und bedeutend eleganter. Er hatte auch nicht so viel Körper, den er unter Kontrolle halten mußte.
Gustav, unser Trainer, gab neue Instruktionen, und ich trippelte lautlos hinter seinem Rücken. Glaubte ich. Gerade als ich neben ihm war, wandte er sich um.
»Lindström, sieh mal einer an«, sagte er spöttisch.

»Äh, ich konnte nicht ...«
»Spar dir deine Entschuldigungen, bis du sie wirklich brauchst«, unterbrach er mich mit einem Lächeln. »War das jetzt die vierte Verspätung?«
Ich nickte und begann, mit den Armen zu wedeln.
»Danke fürs Ausleihen.«
Stisse warf mir ein Paar bekannte rot-weiß-blaue Frotteefetzen herüber. Aha, da waren sie also gewesen.
»Typisch«, sagte ich, »wenn es jemanden gibt, der mir das Leben sauer macht, dann bist du das. Nach denen hier hab ich den halben Nachmittag gesucht.«
Stisse sah mich lässig an und schüttelte mitleidig den Kopf.
»Vorzeitig senil«, sagte er und tickte sich vielsagend an die Schläfe.

## *3. KAPITEL*

Thomas war auch da. Braungebrannt und mit weißen Knieschützern. Der Star der Mannschaft. Obwohl ich selbst ganz gut im Sport bin, könnte ich ihn für seine sportlichen Leistungen fast bewundern. Sein Körper war schneller als sein Kopf: Auf dem Sportplatz behauptete er sich, nicht im Klassenraum.
Beim Training und bei den Spielen sah er immer so ernst aus. Rackerte sich ab wie ein Tier, schimpfte und fluchte. Meistens verwünschte er sich selbst, verzieh sich keinen Fehler. Er war richtig sportbesessen und nahm das Basketballspielen viel zu ernst. Ich begriff nicht, wie er das durchhielt.
Aber was für ein Talent! Und nicht nur im Basketball. Das einzige, was er nicht konnte, war Kunstschwimmen. Das war irgendwie nicht sein Ding. Hübsch genug war er zwar, aber besonders graziös – nein.

Was hab ich gesagt? Daß Thomas hübsch ist?
Ja, ich geb's zu. Er *ist* hübsch.
Als er mich mit einem Nicken grüßte, wurde mir ganz warm in der Birne – vom Körper ganz zu schweigen. Seit dem Traum steckte noch eine leichte Erregung in mir. Sie genügte, daß mir bei seinem Anblick vor lauter schamloser Gedanken heiß wurde.

Thomas als Center, ich als linker Angreifer und Stisse als Guard waren eine unschlagbare Kombination. Jedenfalls wenn wir in Form waren. Das heißt, wenn Stisse und ich es waren. Thomas spielte sogar an seinen schlechten Tagen nicht übel.
Leider waren Stisse und ich selten gleichzeitig in Topform. Aber heute abend!
Gustav schmunzelte in seinen Bart und jubelte über unser Paßspiel, meine Würfe und Thomas' Annahmen.
»Und du willst mein Freund sein?« seufzte mir Måns, Center bei der Gegenmannschaft, ins Ohr, als ich den siebten Treffer in Folge versenkte.
Stisse gab mal wieder sein letztes, obwohl es nur ein Trainingsspiel war, und seine Finessen ließen die Gegner wie eine Schar Hühner herumschwirren.
»Wenn dieser Kerl bloß genügend Grips hätte, ernsthaft zu trainieren, könnte er was werden«, knurrte Gustav oft nach dem Training.
Aber Stisse war nicht sonderlich daran interessiert, »was zu werden«.
»Ich mach das, weil es Spaß macht«, sagte er und holte eine John Silver ohne Filter hervor.
Gustav glotzte meistens enttäuscht und sagte, daß er doch wenigstens mit dem Rauchen aufhören sollte.
»Denk an deine Lungen, Stisse. Du bist noch nicht ausgewachsen.«
Stisse sah Gustav dann nur seelenruhig an und erzählte von sei-

nem Großvater, der mit neun angefangen hatte zu rauchen, mit dreizehn zu saufen, und der immer noch lebte. Kürzlich war er achtzig geworden.
»So ist das, Gustav! Das liegt in den Genen – das Rauchen und das Altwerden.«

Wir polterten in den Umkleideraum. Måns überfiel die Wasserfontäne. Er mußte sich doppelt zusammenfalten, um an den Strahl herunterzureichen.
»Wie wär's mit 'ner Runde Fitneß?« fragte Thomas.
Måns schüttelte den Kopf.
»Okay«, sagte ich. »Stisse, hast du Lust?«
»Krafttraining?! Bist du verrückt? Aber Måns, dir würden ein paar Muskeln mehr tatsächlich nicht schaden!«
»Ich bin schon beides, schlau und stark«, sagte er überheblich und spannte die Oberarme an.
Alle lachten ihn aus, denn was er sagte, war weit entfernt von der Wirklichkeit.

Thomas und ich rasten die Treppe zum Krafttrainingsraum im Keller hinunter.
Unermüdlich wie gewöhnlich legte Thomas mit der Scheibenhantel los. In einem berauschenden Tempo schickte er sie rauf und runter.
Er schlug mich an allen Geräten. Das war einer seiner anstrengenden Züge – er mußte sich in allem messen.
Nach einer halben Stunde gab ich auf, schlurfte die Treppe hinauf in den Umkleideraum. Ich befreite mich von den verschwitzten Trainingssachen, trank 10000 Liter Wasser und schleppte mich unter die Dusche. Eine Weile später hörte ich Thomas kommen.
»Hast du Seife?« rief ich durch den Regen, und wie ein Hockeypuck kam ein Stück blaue Seife über die Fliesen gerutscht.

Die Sauna war noch an. Ich ließ mich auf die oberste Bank fallen. Es roch stark nach feuchtem Holz. Ich mochte den Geruch. Er erinnerte mich ans Gebirge, wenn man nach einer Wanderung in die Hütte zurückkam, müde und durchgefroren, und in die Sauna ging.
Draußen unter der Dusche sang Thomas brüllend mit seiner Stimmbruchstimme und kam bald darauf in die Sauna.
Er breitete sein Handtuch neben mir aus und warf sich darauf. Er schüttelte sich das Wasser aus den braunen Haaren und prustete wie ein Walroß. Die eiskalten Tropfen spritzten durch die Sauna, und das Aggregat zischte wütend.
»Wahnsinn, wie gut es heute gelaufen ist!« sagte er, fuhr sich mit der Hand durch die Haare und lehnte sich mit geschlossenen Augen an die Wand. Er atmete tief. Sein Bauch bewegte sich in einem unendlichen, schönen Rhythmus. Ein, aus, ein, aus . . .
Ich mußte ihn einfach ansehen.
»Du warst gut heute«, lobte er mich. »Wenn wir Samstag wieder in Topform sind, gewinnen wir locker.«
Ich war nicht ganz so optimistisch, widersprach ihm aber nicht. Für ihn waren Siege wichtig. Mir waren sie egal. Mir war anderes im Leben wichtig. Auch wenn dieses Leben nun ins Schwanken geraten war. Unerwartet. Unheimlich. Seine Nähe war nichts Ungewöhnliches. Viele Male hatten wir genau so nach dem Training hier gesessen. Nackt und erschöpft. Uns ein bißchen unterhalten. Manchmal halb schlafend. Doch jetzt war ich verwirrt. Noch nie war er so hübsch gewesen, so – sexy.

»Hast du gesehen, daß Anna heute beim Training war?« fragte er plötzlich.
»Nein. Darauf hab ich nicht geachtet.« Warum sollte ich das auch?
»Die hat bestimmt die größten Dinger der Schule!« rief er und

pfiff dazu. Ich nickte zustimmend, denn große Brüste hat sie ja tatsächlich.
»Ich frage mich, wie sich das wohl anfühlt, da mal so richtig hinzugrapschen ...«
Er schielte zu mir und grinste.
Das könnte ich dir sagen, dachte ich. Es fühlt sich überhaupt nicht besonders an. Bloß zwei angeschwollene Fleischklumpen. Nee, was mich bedeutend mehr interessierte, war, wie es sich anfühlen würde, Thomas zu umarmen – hier und jetzt!
Thomas fing an zu lachen.
»Ich hab mal ein Bild gesehen«, sagte er. »Mit einer Braut, die bestimmt die größten Ballons des Universums hatte. Die hielt sie einem Jungen hin. So. Er begrapschte einen von den Dingern, und sein Riesenknüppel stand voll aufgerichtet.«
Er zeigte mir sehr anschaulich, wie das Ganze ausgesehen hatte. Langsam wurde es peinlich. Dann fügte er träumerisch hinzu: »Möchte mal wissen, wie Annas aussehen.« Er zwinkerte mir zu.
»Genauso wie die von der Braut, nehm ich an«, sagte ich.
»Hast du sie gesehen?«
»Ja.«
Er machte große Augen und lachte.
»Du spinnst, Johan! Ist das wahr?!«
Ich sah, wie sein Penis langsam größer wurde.
»Ich hab auch mal ein Bild gesehen«, fing ich an und erzählte, und bald ragte Thomas' Penis wie eine Fahrradpumpe in die Höhe. Meiner schwoll auch an. Nicht wegen all dieser Bilder von Dingern und Titten, die waren mir egal – aber Thomas' Reaktion, der konnte ich nicht widerstehen.
Da saßen wir. Zehn Zentimeter voneinander entfernt, und unsere Schwänze zeigten rauf zur Saunadecke. Ich genierte mich fürchterlich und war nervös. Wollte verschwinden. Nur eine schnelle, großzügig vorgenommene Kastration hätte meinen

Zustand verbergen können. Doch es war zu spät. Thomas hatte es bereits gesehen.
Er schien überhaupt nicht so verlegen zu sein wie ich. Obwohl ich ja wirklich einen Grund hatte. Schließlich stand mein Schwanz seinetwegen stolz und willig wie eine Fahnenstange. Es spannte und hämmerte in mir wie in einer Dampfmaschine. Ich zitterte fast.
Thomas' nackter Körper – er war so sanft und angenehm anzusehen. Ich hätte ihm so gerne die Hand auf die Schulter gelegt und ihm über den sonnengebräunten Rücken gestrichen. Seine Schenkel und das feine Gerät, das so süß zwischen ihnen aufragte, machten mich verrückt und beschämt. Ich genoß es. Und ich hatte Todesangst.
Die Sekunden dehnten sich zu einer stillen Ewigkeit.
Thomas sah zu mir auf, guckte zuerst auf seinen Schwanz, dann auf meinen und grinste vielsagend.
»Sollen wir es uns gegenseitig machen?« fragte er vorsichtig, hob die linke Hand und legte sie um meinen steifen Schwanz. Ich war so verdutzt, daß ich nur nickte und seinen warmen, harten Ständer umfaßte.
Ich hätte das nie vorgeschlagen. Niemals! Aber er, Thomas, er konnte es. Er, der von Anna träumte und sich schimmelig nach ihr sehnte. Für ihn war es nur ein Spiel. Für mich war es blutiger Ernst. Wenn er gewußt hätte, daß ich seinetwegen solch einen Prachtständer hatte, hätte er mich niemals gefragt. Aber er dachte, es sei wegen Annas Brüsten. Es war ja vollkommen normal, ein Zeichen von Gesundheit. Wo ich doch sogar einmal meine Finger in Annas Brüste gegraben hatte. Daran war ja überhaupt nichts Besonderes.
Ich muß gut aufpassen, nicht mit Thomas allein in der Sauna zu sein. So was durfte nicht noch einmal passieren.

## 4. KAPITEL

Der Samstag kam und mit ihm das Basketballmatch. Am frühen Vormittag schleppten wir uns nach Tunaberg und trafen auf eine Rotte Amateure.

Wir gewannen. Spielend leicht.

Nach dem Match war Thomas ausgelassen – was er nach einem Sieg immer war – und posaunte mit lauter Stimme herum:

»Jungs! Wißt ihr, was unser Don Juan gemacht hat?! Annas Titten begrapscht!«

Die anderen jubelten und pfiffen. Das war eine Neuigkeit ganz nach ihrem Geschmack. Arme Anna. Wenn sie wüßte ...

Ich wurde rot.

»Erzähl schon, Johan!« forderte Thomas mich auf.

Ich schüttelte den Kopf. Was sollte ich sagen? Zwei Fleischbrokken?! Nee.

»Doch!«

Thomas stand vor mir, das Handtuch um die Hüften geschlungen. Er hatte sich nur notdürftig abgetrocknet, und die Wassertropfen glänzten – wie im Film – auf seinen Schultern.

Paß auf, Thomas! Du lebst gefährlich. Vielleicht befummle ich plötzlich statt dessen jemand anderen!

Ich zog mir die Unterhosen an.

»Los, noch mal, Johan. Oder hast du Angst, daß du einen Ständer kriegst?« sagte Thomas und blinzelte hinterhältig. Vereinzeltes Lachen war zu hören.

»Hör auf. Das ist lange her«, sagte ich. »Und so was Besonderes ist das auch nicht. Man wird vielleicht geil, *so what?* Was willst du hören?«

»Alles natürlich!«

Ich lächelte schief. Plötzlich wurde ich wütend. Ich war all das Gelaber über Bräute so leid. Immer wieder, und als ob Mädchen

eine Art Staatsbürger zweiter Klasse seien. Ich mochte das nicht. Wir alle waren noch ziemlich unschuldige, kleine Lämmer – wir hatten so vieles gehört, glaubten, daß wir so viel darüber wüßten, wie es war und wie es sein sollte. Brüste, Schwänze, Muschis, Orgasmen! Beischlaf und wilde Bumserei – was für Träume! Trotzdem mußten wir uns meistens mit unseren geilen Phantasien und den eigenen Händen begnügen.
Dann ritt mich der Teufel. Ich wußte – alle wußten –, warum Thomas darauf beharrte, es zu hören.
»*Allright!*« sagte ich und sah Thomas an. »Wir machen eine Bürgerbefragung: Wie viele hier drinnen haben schon mal einer Braut die Brüste befummelt – hebt die Hand!«
Eine Hand nach der anderen fuhr hoch. Thomas sah sich verwirrt um.
»Und ihr in der Dusche?«
Ein grölendes *Ja* tönte in den Umkleideraum. Es zuckte in Thomas' Arm. Er hätte lügen können, soviel er wollte (auch, wenn wir gewußt hätten, daß er log), aber er hatte die Gelegenheit verpaßt. Sein kurzes Zögern hatte ihn bereits entlarvt. Nun konnte er den Arm nicht mehr heben.
»Da hast du's! Bemerkenswert ist es vielleicht – aber nicht ungewöhnlich.«
Eine donnernde Lachsalve schlug an die Decke. Thomas sah mich unglücklich an und verzog sich an seinen Platz in der Ecke.
Måns wieherte lauthals.
»Echt gut«, sagte er und klopfte mir auf den Rücken.
Stisse warf mir einen komischen Blick zu, den ich nicht verstand.

Die Märzsonne schien. Der Winter war ungewöhnlich schneearm gewesen, und der Boden war schon trocken. Ich schwitzte, als ich aus dem dampfend warmen, stickigen Umkleideraum in die frische Luft hinauskam.

Echt gut, hatte Måns gesagt. Wirklich? In mir nagte Unbehagen. Es war nicht die Spur gut gewesen. Ich hatte Thomas zerquetscht wie eine kleine Mücke. Das war bei ihm verdammt leicht, und ich hatte es ausgenutzt. Von Anfang an hatte ich gewußt, daß ich die Lacher auf meiner Seite haben würde.
Respekt gegenüber Thomas hatten sie nur wegen seines einzigartigen Einsatzes auf dem Spielfeld, wegen nichts anderem.
Sein Blick! Erst dieser aufreizende, vielsagende – aber kameradschaftliche – und dann ... Dieser verzweifelte, einsame Blick. Ich habe ihn gedemütigt, um nicht selbst gedemütigt zu werden. Um nicht lügen und kein Theater spielen zu müssen, wie wunderbar Annas Brüste waren. Wenn sie nur wüßten. In meinen Händen waren ihre Brüste wie zwei wassergefüllte Plastiktüten gewesen. Ich hatte nichts gefühlt, es kein bißchen genossen – weder die Brüste noch, daß ich Gift über Thomas gespritzt hatte.

»Mensch, hast du's eilig!«
Måns kam auf den Laternenpfählen, die seine Beine waren, herangewackelt.
Mit einem Seufzer blieb ich stehen und wartete auf ihn. Stisse knatterte auf seiner Puch vorbei und winkte.
»Wir seh'n uns dann bei Perra!« brüllte er durch das Motorengedröhn.
»Dem Thomas hast du aber beigebracht, was 'ne Harke ist«, sagte Måns, der Thomas wohl nie besonders gemocht hatte.
Ich konnte nichts sagen. Meine Kehle war ausgetrocknet und die Lippen steif. Es war nicht so, daß ich über eine Menge Dinge nachdachte und eben deswegen in Ruhe gelassen werden wollte. Nein, ich war leer – leer und bedrückt. Doch Måns quasselte weiter. Ich hörte zerstreut zu. Machte nicht mal »hm«. Er hätte genausogut neben einer Harke den Weg langrennen können – unterhaltsamer war ich auch nicht. Und Måns kehrte zu seinem

Lieblingsthema zurück. Offensichtlich war wenigstens er zufrieden mit dem, was geschehen war. Schließlich hatte ich die Drecksarbeit erledigt.
»Erst hat er stumm in der Ecke gesessen und in seine Tasche gestarrt. Du hättest ihn sehen sollen. Und dann hat er sich ewig lange im Klo gekämmt. Als ich ging, war er immer noch da drinnen«, käute er wieder.
Schweigen.
»He, was ist los mit dir, bist du sauer?«
Ich antwortete nicht.
»Also hör mal, wir haben gewonnen, und du hast einen Superschmetterball in den Kasten gekriegt, und du bist sauer!«
Die Wut kehrte zurück, eine ganz andere Wut als die auf Thomas. Ich hatte mich mies benommen, und das machte mich wütend.
»Was glaubst du wohl, was Thomas so lange auf dem Klo getrieben hat?!«
Måns grinste. »Gewichst, was sonst!«
»Wie gut man sich doch amüsieren kann«, sagte ich säuerlich. »Willst du so anfangen wie Thomas? Hast du nicht gesehen, wie ... wie traurig er gewesen ist? Der ist nicht nur beschimpft worden und hat nicht nur sein Fett abgekriegt, oder was zum Teufel auch immer – er ist vollkommen plattgemacht worden, pulverisiert, ein Nobody! Hast du das nicht gemerkt?«
Ich spuckte ihm die Wörter entgegen. Måns sah mich erschrokken an.
»Nun mal ganz ruhig. Du bist vielleicht ein bißchen hart rangegangen, aber das hat er weggesteckt. Er ist doch selbst schuld, das hat er doch alles selbst provoziert!«
»Er hat das weggesteckt?« zischte ich. »Du steckst das weg, und ich kann das – aber er! Er lebt schließlich sein Leben in seinen verschwitzten, bedeutungslosen Klamotten, kämpft und trainiert sich zu Tode und will nichts lieber, als mit Anna zusammen-

sein. Sie will ihn nicht, das weißt du auch. Keine will ihn. Er hat bestimmt noch nie eine andere geküßt als seine Mutter.«
»Meine Güte, reg dich nicht auf. Thomas sieht doch gut aus« – ich errötete –, »und seine Zeit kommt bestimmt. Übrigens war er eine Weile mit Nina zusammen. Und in der Beziehung unterschätzt du ihn, glaub ich. So zart besaitet ist der gar nicht. Was ist los mit dir? Hast du deine Tage?«
Ich kochte. »Zwei Tage waren sie zusammen, oder besser gesagt, ein Wochenende, und das hat keinen von beiden glücklich gemacht. Und deine Späße kannst du dir sonstwohin stecken. Also: Ich hab nicht meine Tage. Falls du es noch nicht wußtest, Mädchen, solche wie Anna, die mit Chromosomenbrüsten, falls du die kennst, kriegen ihre Tage.«
Und ich beendete das Ganze mit einer freundlichen kleinen Erklärung:
»Wenn du deine Schnauze jetzt halten könntest, wäre ich dir sehr dankbar. Du quasselst, als ob überhaupt nichts passiert wäre. Manchmal glaub ich, du kapierst gar nichts! Manchmal bist du wahnsinnig egoistisch, weißt du das? Ein verdammtes Großmaul, das lebende Elefanten verschlucken würde, wenn du es könntest!«
Ich kapierte selbst nicht mehr, was ich da tat. Måns verstummte augenblicklich und glotzte mich an, als ob ich nicht ganz bei Trost wäre, und so war es wohl.
Die Märzsonne tanzte zwischen den Wolken, aber wir trotteten mit schweren Schritten dahin. Måns warf sich mit einer abweisenden Geste die Tasche über die Schulter, stiefelte ein paar Meter weiter und ging so den Rest des Weges bis zur Bushaltestelle vor mir her. Man kann sagen, was man will, aber über seine Aufrichtigkeit konnte ich mich nicht beklagen. Er demonstrierte deutlich, wie schlecht er gerade über mich dachte. Während der ganzen Busfahrt nach Hause sprachen wir kein Wort miteinander.

Bravo, Johan! Erst Thomas und nun Måns. Wer würde das nächste Opfer sein?
Dies versprach ein feines Wochenende zu werden.

An der Ecke, wo wir uns trennen mußten, blieb Måns stehen.
»Wir seh'n uns bei Perra.«
»Ich weiß nicht.«
Måns drehte sich um, offensichtlich gereizt.
»Jetzt mach aber mal halblang. Du und Perra, ihr habt versprochen, heute abend Gitarre zu spielen. Ich hab keine Ahnung, was mit dir los ist, aber ich scheiß drauf. Du kommst!«
»Kommandier mich nicht so rum!« schrie ich. »Ich treff meine Entscheidungen selbst. Und auf Kumpel, die auf einen scheißen, kann ich auch verzichten.«
»Johan, verdammt, du tickst heut nicht ganz richtig. Hoffentlich legt sich das wieder. Außerdem kannst du heute abend tatsächlich zu Hause bleiben, wenn du so sauer und mies drauf bist.«
Und dann ging er. Die Tasche prallte auf seinen Rücken. Da stand ich nun und fühlte mich beschissen. Idiotisch und eingebildet.
Was ist eigentlich los?!
»Måns!«
Es hallte sonderbar. Ob das in Wirklichkeit so war oder nur in meinem Kopf, weiß ich nicht. Er blieb stehen.
»Ich komme heute abend. *Promise.*«
Erleichtert sah ich ihn zum Zeichen, daß er verstanden hatte, winken. Nachtragend ist er nie gewesen.

# 5. KAPITEL

Alexander.

Das Buch lag unter meinem Kopfkissen. Ich sehnte mich danach, brauchte es jetzt so sehr. In weniger als einer halben Stunde hatte ich mich mit Thomas und Måns verkracht. Måns war einer meiner besten Freunde, Thomas war das nicht. Trotzdem wußte ich nicht, was ich schlimmer fand.

Ich mußte einen verkorksten Eindruck gemacht haben. Erst hatte ich Thomas blamiert und ihn dann Måns gegenüber in Schutz genommen. Und normalerweise wäre es schlimmer, wie ich mich gegenüber Måns benommen hatte, als gegenüber Thomas. Es irritierte mich, daß mich diese ganze Geschichte so durcheinanderbrachte. Da waren plötzlich keine Regeln oder Gesetze mehr, an die ich mich halten konnte.

Verdammt, ich war doch wohl nicht in Thomas verliebt?

Ich schlug das Buch auf. Alexander, mein geliebter Alexander der Große. Zum zweitenmal in meinem Leben verschlang ich deine Geschichten. Beim ersten Mal hatte ich überhaupt nicht begriffen, wer du warst, da warst du nur der gefürchtete und erfolgreiche Herrscher. Das war mir vollkommen Wurscht. Heute verstehe ich mehr.

Du hast mir auch meinen Namen gegeben. Einen meiner Namen – Alexander.

Vielleicht muß ich das erklären. Ich habe wie die meisten zwei Vornamen. Soweit kein Problem. Das Problem beginnt damit, wie ich genannt werde. In der Familie und der Verwandtschaft werde ich immer Alexander genannt. Ansonsten höre ich überall auf Johan. Johan ist auf Wunsch meines Vaters ein Erbe von meinem Großvater.

Als mein Vater Johan bestimmt hatte, hielt es meine Mutter für

ihr gesetzliches Recht, den nächsten Namen wählen zu dürfen: Alexander. Nach Alexander dem Großen.
Das ist ein schöner, starker und begabter Heeresführer gewesen, der im vierten Jahrhundert vor Christus in Griechenland und Kleinasien gewütet hat, in Persien und bis nach Indien. Nachdem er sich das bis dahin größte Reich unterworfen hatte, starb er, nur zweiunddreißig Jahre alt, an einem Fieber.
Was meine Mutter dazu veranlaßt hat, mich Alexander zu nennen, weiß ich nicht.
Weil ich schön bin?
Stark?
Begabt?
Na ja, warum nicht ...
Heeresführer? Nein, auf keinen Fall! Und Pläne, mit dreißig zu sterben, hab ich schon gar nicht.
Meine Mutter war schon immer fasziniert von Alexander dem Großen. Käme er in diesem Moment durch die Tür, würde sie leicht werden wie eine Feder, die Scheidung einreichen, uns Kinder ohne Zögern verlassen und mit einem sehnsüchtigen Seufzer auf sein Pferd steigen und davonflattern, die Arme fest um seinen Leib geschlungen, den Körper seinem ganz nahe.
Das Geschichtsinteresse meiner Mutter hat mich zu ihrem großen Entzücken angesteckt. Sie hatte mir mehr oder weniger versprochen, daß sie mich im Frühjahr, wenn ich die Neunte abgeschlossen habe, zu einer Reise nach Rom einladen würde.
Ich erinnere mich noch genau daran, wie ich mit elf Jahren mein Interesse für Alexander den Großen entdeckte.
Ich stand mit dem Schwert in der Hand da. Mit einem perfekten Stoß in das Herz hatte ich Stisse zu Boden gestreckt. Und er lag im Gras, mausetot.
»Da siehst du's! Alexander der Große ist der Beste«, sagte ich triumphierend und stellte ihm einen Fuß auf den Brustkorb. »Ivanhoe, wer ist das schon? Ein klappernder Blechopa!«

Das war zuviel für Stisse. Seine Bewunderung für Ivanhoe kannte keine Grenzen. Mit einemmal stand er von den Toten auf und saugte sich wie ein Blutegel an meinen Fußgelenken fest. Er zog mit einem kräftigen Ruck, und ich fiel direkt über ihn. Der Ringkampf war in vollem Gange.

Wir wälzten uns auf der Wiesenböschung. Genau wie heute war Stisse damals der Gewandtere von uns beiden gewesen und ich der Stärkere. Dennoch lag ich ziemlich schnell unten, und Stisse thronte wie ein König auf meiner Brust. Seine Knie ruhten schwer auf meinen Oberarmen, und meine Handgelenke drückte er mit seinen Händen auf den Boden. Eine blonde, verschwitzte Locke hing ihm in die Stirn.

»Ergibst du dich?!«

»Niemals!«

Der Druck auf meine Oberarmmuskel wurde stärker. Vor Schmerz kniff ich die Augen zusammen.

»Ergibst du dich?«

»Ganz bestimmt nicht.«

Wir starrten uns eine Weile an.

»Still! Hast du das gehört?« sagte ich plötzlich. Er fiel glatt drauf rein und hob den Kopf. Es reichte schon, daß sich sein Griff nur eine Spur lockerte. Mit aller Kraft warf ich mich zur Seite, und Stisse fiel kopfüber auf mich.

»Reingefallen!« brüllte ich.

Wir kugelten herum wie zwei Igel. Stisse glitt mir ständig aus dem Griff. Seiner Geschmeidigkeit und seinem unbeugsamen Kampfwillen hatte ich diesmal nicht viel entgegenzusetzen.

Wieder kriegte er mich auf den Rücken, einen Ellenbogen auf mein Zwerchfell gestützt und den Oberkörper auf meinen gepreßt. Meinen linken Arm klemmte er zwischen seinen Beinen fest.

»Ergibst du dich – oder willst du mal schmecken?«

Er hielt eine Handvoll Erde und Gras über mich. Ich kniff den

Mund zu und strampelte mit den Beinen. Er hatte mich in der Zange.
»Du gibst nicht auf?! Hier, das ist lecker, ham-ham!«
Er drückte unterhalb der Ohrläppchen zu, damit ich den Mund öffnete, und ließ etwas Erde auf mein Gesicht rieseln.
Da schwang ich meinen freien rechten Arm herum und packte Stisse fest an der Taille und grub meine Finger hinein. Mit einem gellenden Heulen hechtete er von mir runter.
Ich warf mich über ihn und kitzelte ihn weiter: am Hals, am Kinn, an der Taille, an den Oberschenkeln. Niemand war so kitzlig wie er. Stisse drehte und wand sich, versuchte, meinen flinken Fingern zu entkommen, aber sie verfolgten ihn überall.
»Das ist gemein! Das gilt nicht! Hör auf! Bitte! Johan, ich bitte dich, hör auf! Jaa, ich ergebe mich!« wimmerte er durch die gequälten Lacher.
Ich hörte mit der Folterung auf.
Erschöpft fielen wir wie welke Blumen ins Gras und schnauften laut.
Wir blinzelten in den Himmel, verschnauften und ließen unsere Körper von der Sonne wärmen. Die Sommerferien hatten gerade erst begonnen, und wir hatten alle Zeit der Welt. Der Eiswagen fuhr hupend vorbei, und ein paar Bachstelzen schossen erschrocken vom Boden auf.
»Wer war das eigentlich?« fragte Stisse und drehte sich zu mir. Sein helles T-Shirt war grün gefleckt.
»Wer?«
»Alexander der Große.«
Ja, wer war das eigentlich? Für mich war er vor allem ein Name gewesen. Ein Name für mich, denn ich war ja nach ihm benannt worden.
»Irgend so ein Herrscher von früher«, antwortete ich, denn so viel wußte ich ja.

Stisse gab sich mit der Auskunft zufrieden, aber ich beschloß, etwas gegen meine Unwissenheit zu unternehmen.
So trat Alexander der Große in mein Leben. Er brachte Asterix mit und die gesamte antike Welt, und Donald Duck & Co, Peanuts und Mickymaus warf er raus.
Ich war elf Jahre alt. Damals habe ich noch nicht gewußt, was er – Alexander der Große – und ich gemeinsam hatten.
Jetzt weiß ich es.
Ausgerechnet er! Er, der von Geburt an »von Männern maskulinster Männlichkeit« umgeben war, wie es im Buch stand, war nämlich so einer – ein Schwuler!

## *6. KAPITEL*

Wie üblich verlor ich jeden Sinn für Zeit, als ich auf dem Bett lag und las, Musik hörte und Sahnebonbons kaute.
Wir hatten zum Glück zwei Stunden früher ausgehabt, und es war Freitag. Das Wochenende erschien mir endlos.
Mit halbem Ohr kriegte ich mit, daß es an der Tür klingelte. Ich schob das Buch von Alexander dem Großen unter das Kopfkissen und ging öffnen.
Stisse kam herein und schnüffelte sich durch den Flur, durch die Küche, wo er auf dem Küchentisch ein paar Kekse fand, in mein Zimmer. Er ließ sich aufs Bett fallen, griff nach den Kissen und stapelte sie sich hinter dem Rücken auf.
Vom Buchumschlag starrte ihn Alexander blöde an.
»Alexander der Große? Bist du immer noch nicht mit dem fertig?«
Er nahm das Buch und blätterte zerstreut darin.
»Reine Nostalgie«, log ich.

»Andere haben normalerweise Pornos unterm Kopfkissen«, sagte er und grinste. »Nicht alte Geschichtsbücher.«
Stisse knabberte an den Keksen.
»Mußt du die unbedingt im Bett essen! Das gibt überall Krümel.«
»Das juckt schön«, sagte er.
»Dann kannst du ja hier schlafen.«
»Mit dir? Und Alexander dem Großen?!«
Hoppla.
»Lieber nicht«, sagte ich mit Nachdruck. Mit *dir* nicht, fügte ich in Gedanken hinzu.
»Hör mal, wär's nicht Zeit für den ›Storch‹«, sagte Stisse nach einer Weile und stand auf. »Falls du mich einlädst. No mon ...«
»... ey. Wie üblich also«, unterbrach ich. »Du stehst jetzt bei mir bestimmt mit hundert in der Kreide.«
»Hundert nur!«
»Hundertmal Kaffee zu dreißig Kröten.«
Er schnappte nach Luft, und ich lächelte gemein.

Wir saßen ganz hinten zwischen den Rauchern und rührten in unseren Kaffeetassen.
»Die sind die reinste Verführung«, sagte Stisse und zeigte auf seinen Schokoladenkuchen.
»Ja, irre gut, aber das reinste Düngemittel für Pickel«, ergänzte ich.
Wir kannten einander, Stisse und ich.
Stisse war so selbstsicher. Mit seinem Eigensinn. Mit seiner Ruhe. Er war ein ungewöhnlicher Typ. Er konnte gewissermaßen in die Leute hineinsehen, ahnen, was sie denken und fühlen und meinen. Und er sagte, was er meinte – wenn ihm etwas nicht paßte, konnte er Leute mit einem scharfen Kommentar niedermachen. Aber das machte ihn auch zu einem selten guten

Freund, der irgendwie immer zur Stelle war. Für mich war er immer dagewesen. Und ich für ihn, nehme ich an.
»Thomas war ziemlich sauer auf dich«, sagte Stisse unschuldig.
»Das hat er sich selbst zuzuschreiben«, sagte ich wenig überzeugend und merkte, wie ich rot wurde. Noch immer fand ich es schlimm, was ich mit ihm gemacht hatte.
»Vielleicht«, sagte Stisse und mampfte seinen Schokoladenkuchen, während er gleichzeitig einen Zug nahm. Er konnte in jeder Lebenslage rauchen. Vermutlich joggte er sogar mit einem Glimmstengel im Maul.
Ich wollte das Thema wechseln.
»Was läuft am Wochenende?« fragte ich.
»Nichts Besonderes, soweit ich weiß. Irgend'ne Party irgendwo. Wie üblich. Und dann wollte ich meiner kleinen Schwester beim Reiten zuschauen.«
»Klingt ja wahnsinnig aufregend«, sagte ich trocken.
»Meine Schwester ist dann so happy. Du weißt schon, den *großen* Bruder vorzeigen zu können. Da wird man zum Idol und von allen kleinen Mädchen umschwärmt.«
»Aha, ich wußte gar nicht, daß du achtjährige Mädchen anmachst. Wissen deine Eltern davon?«
Er grinste. »Denkst du etwa nur an Sex?!«
»Nee, auch ans Essen«, sagte ich und nahm einen großen Bissen Schokoladenkuchen.
»Willst du mit? Meine Schwester würde durchdrehen vor Glück.«
»Warum nicht? Aber sind die denn nicht groß, die Tiere da? Ich trau Tieren nicht, die größer sind als wandelnde Laternenpfähle.«
»Die Girls reiten auf Ponys, und die sind klein. Weißt du denn gar nichts über Pferde?«
»Nö, warum sollte ich. Aber ich weiß alles über Sex. Weil ich nämlich soviel dran denke.«

»Es reicht nicht, dran zu denken. Man muß es auch tun.«
»Kann man das denn *tun*?« sagte ich.
Stisse lachte laut. Dann wurde er ernst. »Du hast mir noch gar nicht von Anna erzählt. Wann seid ihr zusammengewesen?«
»Ist doch egal. Irgendwann im Winter. Und ich hab sie nur am Busen berührt, nichts weiter.«
»Ja, so ist es meistens, daß man nur bis da kommt.«
»Und kommen will.« Das war mir so rausgerutscht.
Er sah mich an. »Was meinst du damit?«
Was sollte ich nun darauf antworten? Alle Gespräche schienen im Moment an der falschen Stelle zu landen. Sie mündeten in fremde Meere, und mir fiel nichts mehr ein.
Verlegen sah ich weg, sah mich im Café um. Rappelvoll, wie immer freitags. Jungs und Mädchen, bunte Mischung, alle Stilrichtungen vertreten. Der Junge hinten an der Jukebox in Jeans und T-Shirt, oder der am Fenster mit dem weißen Hemd, so unterschiedlich und doch alle beide so hübsch.
Stisse folgte meinem Blick.
»Wen siehst du da? Jemanden, den du kennst?«
»Was? Nee, nur so. Es macht Spaß, Leute anzugucken.«
Er nickte und zeigte auf ein Paar, das tatsächlich schauerlich aussah, Klamotten in ganz grellen Farben, die sich untereinander bissen. Geschmacklos.
»Hast du was am Laufen?« fragte er.
Es war immer so leicht gewesen mit Stisse. Ein bißchen blödeln oder richtig reden. Jetzt wurde es mir schwer. An der Frage war ja eigentlich nichts Ungewöhnliches, aber ich konnte sie nicht beantworten. Müßte mich herausreden oder lügen. Nicht, daß ich direkt was mit Thomas am Laufen hätte – er war schließlich nur ein Wunschtraum und würde nie etwas anderes sein.
»Nee. Du?«
»Wie man's nimmt«, sagte er.
»Was soll das heißen?«

»Ich glaub, Magda versucht es bei mir. Aber ich will nicht. Sie ist Klasse, und ich mag sie, aber ich will nichts von ihr. Ich möchte nicht mit irgendeiner zusammensein. Das gibt nur Scherereien. Ich will frei sein.«
Das willst du, ja. Du kannst ja wählen.
»Warum ist das so wichtig?«
»Ich weiß nicht. Es ist ja prima und so, aber plötzlich schlägt es um, und alles wird so verdammt ernst. Ich fühl mich dann so eingesperrt. Und die Eifersucht. Und nervige Essen mit der Verwandtschaft. Nee, danke. Und noch was. Du brauchst das ja niemandem zu sagen, aber manchmal finde ich Sex lästig, wenn man ahnt, daß es nun sein muß, und man nicht genau weiß, was man in dem Fall genau machen muß.«
»Du bist vielleicht nie richtig verliebt gewesen«, sagte ich. »Aber wenn es mal richtig funkt, kommt's dir gar nicht mehr so öde vor.«
»Vielleicht. Obwohl ich verdammt noch mal verliebt gewesen bin. Drei Tage lang oder einen Monat.« Er lächelte. »Aber so schlimm, wie es klingt, ist es nicht. Und weißt du, was ich glaube?« sagte er leise und beugte sich über den Tisch.
»Nee, was denn?« flüsterte ich, als ob wir Staatsgeheimnisse austauschen wollten.
»Daß viele Bräute es genauso empfinden. Sie haben keine Lust, mit irgend jemandem rumzumachen, der Tarzan spielen will.«
»Warum tun sie es dann?«
»Die glauben, sie müssen.«
»Das gehört sich so, meinst du?«
»Genau. Ich hab das so satt. ›Das gehört sich so‹ – was bedeutet das schon? Daß man eine Menge Sachen tun muß, die man nicht will?! Da mach ich nicht mit.«
Ja, was bedeutet es schon, dachte ich. Mädchen und Junge. Kommen zusammen. Halten Händchen. Heben sich nicht ab

von der Menge. Kleiden sich nicht auffallend, sagen keine besonderen Sachen. Lieben richtig.
»Als ob es nur eine Wahrheit gäbe«, sagte ich und kriegte Herzklopfen. Sollte ich das sagen, woran ich dachte?
Er nickte zustimmend. Ich sah auf den Tisch, auf Stisses Hände, die mit dem Feuerzeug spielten, auf das Zigarettenpäckchen. Sollte ich?
»Wahr ist auf jeden Fall, daß im Cinema ein guter Film läuft.« Er wechselte das Thema. »Hast du Lust? Ich lad dich ein.«
»Wie denn?«
»Mein Alter. Ist schon lange her, daß er was zu meinem Vergnügungsleben beigesteuert hat. Deine Mutter hat uns schließlich letzte Woche eingeladen.«
»Das hat sie doch gar nicht.«
»Nee, aber das ist ein gutes Argument gegenüber meinem Alten.«
Ich lachte. Typisch Stisse. Ehrlich, klar – aber nicht, wenn es um so lebensnotwendige Dinge ging wie Kino.

## *7. KAPITEL*

Thomas. Thomas. Thomas. Ich schrieb seinen Namen Zeile für Zeile, Seite rauf und Seite runter. Spielte damit und auch mit meinem. Schrieb die Namen in verschiedenen Schriften; gerade, schräg, in Schreibschrift und in Runen. Schrieb sie ins Herz. Schrieb mir seinen Namen in die Hand. Versuchte, aus unseren Namen ein Paar zu machen – aus uns.
Es sah komisch aus. Ein wenig lächerlich. Ich und Thomas. Hatte die Welt je so etwas Unwahrscheinliches gehört?!
Aber Thomas hatte irgend etwas an sich, das meine Hormone in

Rotation versetzte. Doch was? Er war ja gar nicht mein Typ, genausowenig wie Ann-Louise, Sanna und Johanna es gewesen waren. Im Unterschied zu den Bräuten hatte er aber wenigstens einen Körper, der stimmte.

Ich schämte mich. Man verliebt sich doch wohl nicht in einen Körper! Es geht schließlich um den Menschen – die Person, wer er ist!

War ich verliebt oder nicht? Verwirrend. Ich hab immer gedacht, man fing mit den Eigenschaften an und ging dann zum Körper über. Allmählich wurde mir klar, daß das nicht immer so war. Ich mochte mich nicht gern zu dieser Wirklichkeit bekennen. Ich wollte glauben, daß ich über solch niederen Ekstasen stand. Leidenschaft in allen Ehren, und geil wurde man sowieso, wo und wann auch immer – in der Sauna und so –, aber es gibt schließlich Grenzen!

Wenn es wirklich so war, daß Verliebtsein mit den Eigenschaften anfing, dann war Thomas nichts für mich. Die Frage war: War ich in ihn verliebt, *obwohl* er den tollsten Körper in der Klasse hatte?

Ich stellte mir vor, was er antworten würde, wenn ich ihm einen Antrag machen würde.

»Thomas«, würde ich sagen und ihn beim Arm nehmen, »ich muß dich was fragen.«

»Ja, ja«, antwortet er, »aber mein Geld ist alle, ich kann dir nichts pumpen.«

»Ach, Geld! Darum geht's nicht. Komm!«

Und dann schleichen wir um die Ecke, stehen da mit den Händen in den Taschen und frösteln nervös in der Abenddämmerung. Unsere Blicke begegnen sich, bleiben aneinander hängen. Ich werde rot. Weiß nicht, wie ich anfangen soll. Der Mond ist ein leuchtender Käse am Himmel.

»Willst du mich heiraten?« frage ich nach einer Weile und sehe

genauso selig aus wie ein Labrador mit Sehfehler. Thomas schaut mir noch tiefer in die Augen, fällt auf die Knie, ergreift meine Hände und küßt sie.
»Oh, ja! Ich habe mich so nach diesem Augenblick gesehnt. Ja! Ich will mein Leben, deine Sorgen und deine Freuden mit dir teilen. Ja, ich möchte dich heiraten, geliebter Johan Alexander.«
Und wir würden glücklich leben für den Rest unserer Tage und hundert Kinder kriegen und in einem weißen Schloß wohnen.
Die Wahrheit ist allerdings niemals besonders romantisch.
»Was! Hast du sie nicht mehr alle? Glaubst du etwa, ich bin so einer?! Das hätte ich nicht von dir gedacht, Johan. Pfui Teufel, wie eklig!«
Und dann würde er mich anspucken und seines Weges gehen.
Das wär auch gut so. Mein größter Traum im Leben ist nicht, Sportwitwer zu werden, während er in ganz Schweden herumkutschiert und bei AIK Fußball oder in Alvik Basketball spielt.
Aber damit wäre es nicht zu Ende. Am nächsten Tag würde es die ganze Penne wissen. Alle würden mich anstarren, als wäre ich ein seltsames Tier. In Reihen würden sie in den Korridoren stehen, tuscheln und flüstern und aus gebührendem Abstand neugierig nach diesem wundersamen Wesen gucken.
Und sie würden sagen: Aha, so sehen die also aus. So einen haben sie noch nie gesehen. Dabei haben sie das doch. Ich bin seit dem ersten Schuljahr mit ihnen in dieselbe Schule gegangen, und mich haben wahrhaftig alle gesehen. Fast jeden Tag!

# 8. KAPITEL

Die Tage vergingen. Wir lebten unsere Leben, wie wir es immer getan hatten. Stisse, Måns und ich spielten Basketball. Perra und ich spielten Gitarre.
Trotzdem hatte sich für mich etwas verändert.
Ich machte meine Hausaufgaben, aber nicht mehr so locker wie früher. Die Konzentration war weg. Ich mußte an so viel anderes denken. An Thomas zum Beispiel. Eins war mir klargeworden: Ich war nicht in ihn verliebt. Die Katastrophe schien an mir vorbeigegangen zu sein.
Aber dann kam die nächste Katastrophe. Ich war gerade beim Französischpauken.
»Aufgabe E. Bilde von folgenden Verben Substantive. Benutze das Wörterbuch.« Drei lange Spalten Verben.
Von der französischen Sprache hatte ich einen romantischen Traum gehabt: Ich träumte von dem Tag, an dem ich mit Baskenmütze und Wildlederjacke in einem Café in Paris sitzen und mich in fließendem Französisch unterhalten würde. Unsere Französischlehrerin Mme. Croissant hatte den Traum langsam zerbröselt, denn es erforderte wesentlich mehr Anstrengung, als ich mir jemals vorgestellt hatte.
Je eher ich mit den Hausaufgaben fertig werde, desto besser, dachte ich und machte mich über das Wörterbuch her.

»Alexander! Telefon!«
Patriks Stimme drang durch die Tür in mein leicht verstörtes Hirn. Ich war froh über die Unterbrechung und freute mich auf einen halbstündigen Schwatz mit Måns. Oder einen einstündigen, wenn mein Vater nicht dazwischenfunkte.
Mein Bruder reichte mir den knallroten Hörer mit einem dämlichen Lächeln. Ich verstand bald, warum.

»Hallo, hier ist Mariaaa«, sagte jemand am anderen Ende auf unnachahmliche Art.
»Hallo«, zischte ich kurz.
Nicht das jetzt! dachte ich.
»Was machst du gerade?«
»Französisch.«
Es wurde still. Nur ein schwacher Seufzer am anderen Ende. Maria war in mich verliebt. Das war ein offenes Geheimnis. Ich wußte es, seit Måns mir erzählt hatte, was sie zu Linda gesagt hatte, die es Karro erzählte, die es wiederum Måns erzählt hatte, weil sie dann sicher sein konnte, daß es meine Ohren erreichen würde. Das Dschungeltelefon ist schnell und effektiv.
Warum?! Warum mußte das Schicksal ausgerechnet mich so hart prüfen? Erst vor kurzem war es Ann-Louise gewesen – und jetzt Maria. Warum mußten sie sich von all den Millionen Jungen auf diesem Planeten ausgerechnet in mich verknallen?
ICH BIN NICHT INTERESSIERT!
Aber was kümmerten sie sich um das, was ich dachte. Sie waren interessiert und scheuten kein Mittel, mich zu angeln.

Die Geschichte mit Ann-Louise war schon peinlich genug gewesen. Ich wollte ja nicht. Aber ich brachte es nicht übers Herz, nein zu sagen, als sie mich fragte. Wirklich blöd – nichts wird durch Lügen besser.
Ich hätte weiß der Teufel was für Sprüche loslassen können, um das Elend rechtzeitig zu stoppen. Aber nein!
»Äh ... das kam doch etwas überraschend, aber ... wir können es jederzeit probieren«, stotterte ich.
Zum Entzücken der Klasse wurden wir ein Paar. Nichts interessiert die Leute mehr als Beziehungen, die eingegangen werden oder zerbrechen.
Ich verleugnete mich selbst – weder zum ersten- noch zum letztenmal. Ich hatte Angst, daß das Wissen, das ich allein besaß,

Allgemeinwissen werden könnte. Gab es da einen besseren Schutz als eine Freundin?
Auf die Dauer wurde es unerträglich. Ann-Louise war anhänglich wie ein schmachtendes Kätzchen und schnurrte gewaltig, wenn ich nur in ihre Nähe kam. Sie schüttelte ihr glänzend braunes Haar wie in einer Shampoo-Werbung, wetzte ihre roten Nägel, und schon rieb sie sich an meinem befremdeten Körper. Alle Jungs würden Gott weiß was dafür tun, das zu erleben; Fassadenkletterer werden, sich die Zähne mit der Klobürste putzen oder sich als Osterhase verkleiden und sich zu weiß der Teufel was erniedrigen. Alle – nur ich nicht.
Ich spielte die Rolle des brünstigen Katers nicht besonders gut. Blind vor Lust und Liebe, wie Ann-Louise war, merkte sie es nicht.
Zu allem Unglück war sie auch noch verdammt erfahren. Küssen und Schmusen reichten ihr nicht. Als sie eines Tages plötzlich meinen Reißverschluß aufzog und ihre Hand durch den Hosenschlitz gleiten ließ, traf mich fast der Schlag. Der Erregungsschlag. Leider. Ich war so nervös und kollerig, daß sich alles an mir spannte und hart wurde. Alles.
Sie war glücklich, ich verzweifelt. Das war der Gipfel des Betrugs. Wir küßten uns – Verzeihung, sie küßte mich. Ich stand regungslos da und wünschte, daß es ein Ende nehmen möge. Und das tat es bald.
Sobald sie den Stahlmann streichelte, der in meiner Hose herumflog, verlor er an Schwung und wurde zum gewöhnlichen, alten, dürren Clark Kent. Aber Louise Lane gab so leicht nicht auf, obwohl sie sich einmal mehr abgeblitzt sehen mußte. Ich kam mit dem bloßen Schrecken davon.
Dennoch – wie sie weinte und ich allen Mut zusammennahm und sagte, daß wir Schluß machen sollten!
Zuerst glaubte ich, sie würde wahnsinnig werden. Ihre Augen verwandelten sich in ein Paar Riesenbaiser, und sie wurde ganz

bleich. Sie lehnte sich an mich, schlang die Arme um mich, bohrte mir ihre roten Nägel in den Rücken und schniefte wie eine Seekuh im Takt mit der Musik. Es war pathetisch und traurig, denn im Hintergrund spielte »Don't leave me this way«, was genau zu tun ich beabsichtigte, gefühlloser Flegel, der ich war.
Auf meiner weißen Hemdbrust hinterließ ihr Mascara einen schwarzen Flecken, der sich zur Größe von einem Hundert-Kronen-Schein ausdehnte. Und sie heulte. Ach, ich tu mich schwer mit weinenden Mädchen, wie gern ich sie auch loswerden möchte.
Ich streichelte ihr sanft den Nacken und grub meine Nase in ihr Shampoo-Werbung-Haar und war drauf und dran, alles, was ich gesagt hatte, zurückzunehmen.
Drei Stunden später entkam ich endlich, naß von Schweiß und Tränen, und hatte wieder mal das Basketball-Training verpaßt.
Seitdem hat sie nicht mehr mit mir gesprochen. Das geschah drei Wochen vor dem unheilverkündenden Anruf von Maria.

Es war immer noch still am anderen Ende der Leitung. Noch ein Seufzer.
»Und du?« fragte ich schließlich und ließ mich wieder selbst im Stich.
»Ich auch Französisch.« Und dann kicherte sie auf ihre unerträgliche Art.
Die Leute haben wirklich den sonderbarsten Humor – was ist an französischen Verben so komisch?
Ich hatte alles herzlich satt. Nicht noch eine verdammte Braut! Ich will nicht – hörst du?! Ich hätte es ihr am liebsten direkt in ihr Froschohr geschrien.
»Es ist so schwer«, sagte sie.
»Was?«
»Französisch, natürlich.«

Ich schnaubte.
»Doch, wirklich«, versicherte sie. »Und es macht viel mehr Spaß, mit jemandem zusammen zu pauken.«
Das glaubte ich auch. Dann sollte ich vielleicht Thomas anrufen. Aber er hat Deutsch, deshalb würde es ziemlich seltsam wirken.
»Willst du mir nicht helfen?«
»Dir?«
»Ja, mir.«
»Ich?«
»Ja, du.«
*Mon dieu!* Wo die Liebe einkehrt, sickert der Verstand raus. So einen Dialog findet man wohl nur in Babybüchern.
»Bitte«, flehte eine hilflose Stimme.

Ratte! Du hast mich erwischt.
Wer kann einem Klassenkameraden Hilfe bei den Hausaufgaben abschlagen? Und wer kann eine Frau in Not im Stich lassen? Aber Maria brauchte gar keine Hilfe bei den französischen Verben. Die beugte sie im Unterricht fließend wie Wasser zu Mme. Croissants zufriedenem Nicken.
Wieder einmal wünschte ich die gelungene Erziehung meiner Mutter zum Teufel. Sie hat mir allzu oft Gentlemansitten eingebleut.
Ihr Zimmer strahlte weiß wie ein Brautkleid, lediglich unterbrochen durch rosa und mintgrüne Details. Es war, als steige man in ein Paket Eis mit drei Sorten: Waldmeister, Vanille und Erdbeer. Scheußliche Farben und scheußlicher Geschmack.
Ich kramte meine Französischbücher hervor. Wir setzten uns nebeneinander.
»*Vouloir*«, sagte Maria.
»*Je veux*«, antwortete ich mechanisch in meiner Ahnungslosigkeit.
»*Tu veux ...*« sagte sie zögernd und sah mir in die Augen. Un-

sere Arme berührten sich leicht. Der Schreibtisch war klein. Wir saßen gefährlich nah beieinander. Ich verzog mich auf die äußerste Stuhlkante.
»*Je veux* auf *français* pfeifen«, sagte ich in meinem glänzenden Französisch. Und damit wollte ich sagen, daß ich abhauen wollte, nach Jamaika fliehen oder wenigstens sterben, wenn es keinen anderen Ausweg gab.
Mit einem zuckersüßen Seufzen stieß sie die Bücher beiseite.
»Ann-Louise vermißt dich«, sagte sie sanft.
Großalarm.
»Ach ja?« antwortete ich und preßte meine Hände zusammen, daß es knackte. Ich murmelte großer Gott und Teufel der Hölle. Einer von beiden müßte doch auf meinen Hilferuf reagieren und ausrücken können, um mich zu retten. Nichts passierte, das war ja klar.
»Und du?« fragte sie.
Denk jetzt schnell nach, Johan! Lügen oder die Wahrheit sagen? Denk nach!! Was sollte ich sagen? Ich konsultierte meine grauen Zellen, wurstelte ein Kalkül zusammen und spuckte das Resultat aus. Das passierte innerhalb von drei Sekunden. Ich war schon immer ein Schnelldenker gewesen.
»Und ich? Ja, also ich, ja ...!«
Großartig, Johan Alexander Lindström! Der reinste Super-GAU – Mist! Nie ist man zur Stelle, wenn man sich am meisten braucht.
»Johaaan!« sagte Maria mit ihrer Dreijährigenstimme und kicherte. Meine Gedärme wanden sich unter Qualen.
Ihre Wimpern fuhren wie ausgefranste Rollos über den Augen auf und ab. Ich zwinkerte genauso hysterisch zurück, doch zu meinem Schrecken entging ihr diese Ironie. Frösche sind dumme Tiere.
»Du bist gar nicht in sie verliebt, oder?« sagte sie triumphierend.

Schon wieder war so eine schnelle Entscheidung zwischen Wahrheit und Lüge nötig, darin bin ich doch so erbärmlich. Lügen – und riskieren, Ann-Louise wieder am Hals und noch mehr Mascara auf den Klamotten zu haben. Oder die Wahrheit sagen und in Marias Schlüpfrigkeiten eingelegt und konserviert werden.

Ich starrte aus dem Fenster. Es hatte offenbar angefangen zu regnen. Der kalte Schein einer Straßenlaterne sickerte durch die Ritzen der Jalousie. Die Nippessachen auf der Fensterbank warfen längliche Schatten auf den Schreibtisch; ein rosa Keramikkerzenhalter in der Form eines Schwans, ein aus Holz geschnitztes Kamel, ein Plüschelefant mit Schrumpfrüssel (in Rosa, versteht sich) und schließlich ein Foto, auf dem Maria mit einem betörenden Lächeln all ihre Hauer in einer sonnenverbrannten Visage zeigt. »Nizza – von Cilla« stand ganz unten auf dem Foto mit silberner Tusche in Druckbuchstaben geschrieben.

Die Franzosen liefen sich bestimmt die Hacken ab nach dieser blonden Göttin aus dem Norden. Ich hätte Lust gehabt, sie zu fragen, was an den französischen Kerlen nicht in Ordnung war. Von Liebe und Franzosen hat man ja schon viel gehört. Liebe und Johan Alexander Lindström, das ist ein ganz anderes Kapitel in der Geschichte der Welt. Wenn es das überhaupt gibt.

Verzweifelt starrte ich auf ihren Nippeszoo, während ich meine Alternativen abwägte. Eine völlige Energieverschwendung. Ich traf nämlich gar nicht selbst die Wahl. Das erledigte Maria galant auf eigene Faust. Um so schlimmer.

»Ich wußte es, Johan. Das ist nichts, weswegen man sich schämen muß.«

Was sagst du da? Nein, ich schäme mich nicht, ich bin angewidert.

»Ich hatte es im Gefühl, doch die arme kleine Ann-Louise kann es nicht fassen, obwohl ich es ihr mehrmals gesagt habe. Du weißt ja, wie sie ist.«

Mein kläglicher Verstand klinkte sich langsam wieder ein – viel zu langsam.
»*C'est la vie*«, sagte ich rasch, denn schließlich wollten wir uns mit Französisch befassen.
Und da lächelte sie. »*Oui, c'est la vie. Et la vie est une aventure passionate* – ein spannendes Abenteuer«, übersetzte sie, als sie mein dummes Gesicht sah.
Als sie begriff, daß ich keine Gefühle für die »arme kleine Ann-Louise« hatte, wurde sie redselig. Und ich saß da und brummte blöde, wußte nicht, wohin ich gucken sollte, und überlegte, wie ich mich davonmachen könnte. Als ihr Redefluß für einen Moment versiegte, unterbrach sie sich.
»Du sagst ja kaum was, Johan!«
Nee, mit Fröschen pflege ich keine Konversation zu machen. Aber das sagte ich nicht.
»*Je suis mal in my head*«, erklärte ich. Das war gelogen. Sie lachte über meine Sprachkenntnisse. Oder über den Mangel.
»*Je comprends*. Du brauchst was zu trinken. *Voulez-vous du thé, monsieur?*«
Ihr Französisch war tadellos. Dann fügte sie hinzu: »Du bräuchtest einige Wochen Nizza. Ich fahr im Sommer wieder hin. Vielleicht willst du ...«
Hilfe!
»*Du thé, si'il vous plaît*«, unterbrach ich sie brutal. Nizza?! Das sollte doch den Franzosen bleiben.

Maria schlüpfte aus dem Zimmer. Ich atmete tief durch. Die Kopfschmerzen, die ich hatte, waren Maria, nichts anderes. Ihr Mädchenzimmer bedrängte mich. Die Französischbücher lächelten höhnisch. Der Stuhl scheuerte am Hintern. Und dann sah ich auch noch einen Pickel an meinem Kinn, das sich im nassen Fenster spiegelte. Ich befand mich in einem jämmerlichen Zustand.

Was machte ich hier? Ein unwirkliches Katz-und-Maus-Spiel, in dem ich versuchte, Katze und Maus gleichzeitig zu sein. Mit miesem Erfolg. Die verspielten Pfoten der Katze hatten mich bereits auf den Boden geschmettert. Am besten war, sich totzustellen. Verlieren die Raubtiere dann nicht das Interesse an ihrer Beute?
Warum bin ich hierhergekommen? Ich wußte doch von Anfang an, was sie vorhatte – und trotzdem lief ich in die Falle. Ich erkannte mich nicht wieder.

»Johaaan! Der Teeee ist fertig!«
Ich erhob mich schwerfällig und wußte, daß ich nun den Eltern vorgeführt werden sollte. So eine Präsentation ist immer ein unheilverkündendes Zeichen.
»Das ist Johan«, sagte Maria.
Die Eltern nickten und lächelten, als ob ich bereits zur Familie gehörte. Auf die Weise war man nicht mehr irgendwer, sondern dieser-nette-Junge-mit-dem-Maria-verkehrt. Und das kann alles bedeuten, von Kumpel bis ›fester Freund‹.
Wie ließen uns auf dem Sofa nieder. Nebeneinander. Der Fernseher war eingeschaltet. Der Kaffee dampfte, der Tee dampfte, und auf einer Tortenplatte mit Fuß lag für jeden ein warmer Zimtwecken. Ich starrte auf den Fernsehschirm. Der Mann von der Wettervorhersage wedelte mit dem Zeigefinger über Schweden. Der Finger zeigte ständig auf einen anderen Teil der Karte als auf den, über den er gerade sprach.
Noch nie war der Wetterbericht so interessant gewesen, und ich betete, daß es eine Sondersendung geben möge über unerwartete Wolkenbrüche in Lappland oder was auch immer. Hauptsache, wir schafften es, unsere Wecken zu essen, ehe das Programm zu Ende war und wir miteinander reden mußten.
Nach dem Wetterbericht schaltete Marias Mutter den Fernseher mit der Fernbedienung aus.

Ohne daß ich es bemerkt hatte, hatte Maria ihren rechten Fuß unter dem linken Bein hochgezogen. Ihr Knie berührte meinen Schenkel.

Da saßen wir aufgereiht wie die Hühner und unterhielten uns. Marias Eltern fragten nach meiner Familie. Vielleicht, um herauszukriegen, ob ich eine gute Partie war.

Ich war die Nettigkeit in Person, obwohl ich nur noch weg und mich aus dem Fenster werfen wollte. Alles war so durch und durch nett, daß ich fast erstickte.

Ich machte harmlose Scherze über unsere Lehrer, brachte Marias Eltern zum Lachen, und zu den wohlgewählten Worten über meine Zukunft nickten sie anerkennend. So ein Scheißgelaber! Nicht die Bohne wußte ich über meine Zukunft.

Gerade jetzt schwankte ich am Rand des Abgrundes. Maria ließ meine Knie weich werden. Nicht vor Liebe.

Ich konnte nicht sagen: »Maria, nimm dein Knie weg. Ich bin nicht in dich verliebt. Ich bin in Thomas verliebt.« Was auch nicht stimmte, auf jeden Fall aber der Wahrheit näherkam. Für mich war es im Moment einfach nur die Frage, mich so nah wie möglich an die Wahrheit zu halten – mir selbst so nah, wie es nur irgend ging. Ich tat es nicht. Wie ein Schiffbrüchiger trieb ich davon über das Wasser, ohne zu wissen, wohin.

Die Diele lag im Dunkeln. Marias Gequake war endlich verstummt. Ihre Eltern tappten in der Küche herum. Die Französischaufgaben waren nur noch eine Erinnerung.

Ich zog Großvaters alte Lederjacke an, nahm die Tüte mit den Büchern und legte eine Hand auf den Türgriff.

»Na, das war ja nicht viel mit Französisch. Aber die Wecken waren gut«, sagte ich und quälte mir ein Lächeln ab. Maria lächelte zurück.

»Also tschüs«, sagte ich und drückte die Türklinke herunter. »*Au revoir.*«

»Johan«, sagte sie leise. Ich drehte mich noch mal um. »Gute Nacht.«
Und dann schickte sie mir einen Kuß durch die Luft. Nein! Jetzt kam er – der Generalangriff. Ich schloß die Augen, um es nicht sehen zu müssen. Aber weil sie die Liebesgeschichten der letzten fünfzig Jahre besonders gut studiert hatte, mißverstand sie meine geschlossenen Augen. Sie schlang die Arme um mich und flüsterte:
»Ich hab dich gern.«

Entsetzlich.
Schwere regenvermischte Schneeflocken tropften auf die Erde. Hier eine, da eine, mit großem Abstand voneinander. Die Flächen dazwischen klafften wie Löcher im Käse, und ich war die kleine Maus, die darin herumsauste und den Weg hinaus suchte.
Auf dem Weg nach Hause machte ich einen Umweg. Wollte naß und durchgefroren sein, um die Wärme hinterher richtig genießen zu können. Aber sicher auch aus dem kindischen Gedanken heraus, ich könnte die ganze Maria und ihr »ich hab dich gern« wegfrieren.
Während ich zwischen den Flocken dahinwanderte, wurde mir schlagartig klar, daß ich mich selbst verrückt machte. Ich ließ mich auf Sachen ein, um mein wahres Ich nicht preisgeben zu müssen.
Ich war drauf und dran, mich in ein Chamäleon zu verwandeln, das seine Farbe je nach Milieu wechselt. Sollte das so weitergehen, würde ich bald nicht mehr wissen, was eigentlich meine richtige Farbe war. Außer Rot. Meine wunderbare rote Periode.

Mein Bruder grinste, als ich zur Tür hereinkam. Aus meinen Sachen tropfte es, und mir war eiskalt. Ich sehnte mich nach Tee

und nach meinem Bett und meinen Büchern über Alexander den Großen.
»Maria hat angerufen«, sagte er.
»Was?«
»Sie wollte nur gute Nacht sagen.«
Patriks Mundwinkel zogen sich zu einem breiten Grinsen auseinander. Er war wirklich häßlich, mein Bruder.
»Selber gute Nacht«, sagte ich, pfefferte meine Jacke in seine Richtung und knallte schnell meine Zimmertür hinter mir zu. Ich hörte ihn unter der Jacke fluchen und grunzen. Wenn dies ein Märchen mit einem glücklichen Ausgang gewesen wäre, würde er bis zum heutigen Tag unter der Jacke fluchen und grunzen.

## *9. KAPITEL*

Die Pferde donnerten herein, als der Mond die Herrschaft über das Himmelsgewölbe gewann. Alexander ritt seinen geliebten Bukefalos, Gefährte seit seiner Kindheit.
Alexander saß ab und betrat mit energischen Schritten sein Zelt, während ich mich um Bukefalos kümmerte, ihn striegelte und ihm zu fressen und zu trinken gab.
Als ich in sein Zelt kam, lag Alexander bereits zu Tisch. Der Mundschenk hatte Essen, Wein und Weihrauch gebracht. Ich stellte fest, daß er Besuch von Offizieren des Heeres erwartete, und ich würde mich gedulden müssen, ehe ich ihn für mich hatte.
Er sah mich an, verschlang mich mit Blicken, und nur mit Willensanstrengung konnte ich die Lust, die ich für ihn empfand, zurückhalten.

Schließlich, spät in der Nacht, gingen die Offiziere. Alexander gab mir ein kaum merkbares Zeichen, den Befehl zu bleiben. Mein Herz schlug heftig vor Verlangen.
Ich entkleidete ihn, wie ich das immer tat, und legte die Kleider sorgfältig zusammengefaltet an das Fußende des Bettes.
Auf einem Tisch standen kleine Alabasterschalen mit wohltuenden Ölen. Er gab mir zu verstehen, daß ich ihn einölen sollte. Ich wählte ein Öl aus Thymian und Lavendel, das gut gegen Muskelschmerzen war.
Unterdrückte Laute der Wollust kamen über seine Lippen, als ich ihn einölte. Ich spürte jeden Teil seines Körpers, als sei es mein eigener; wo sich Narben von Speeren und Pfeilen befanden, welche Muskeln am meisten Linderung brauchten und wo er den größten Genuß empfand. Ich genoß es, ihn zu massieren, und meine Begierde steigerte sich. Doch meine geübten Hände spürten, daß nicht alles so war, wie es sein sollte.
Nach der Behandlung drehte er sich auf den Rücken. Ich wartete auf ein Zeichen von ihm, daß ich mich auskleiden sollte. Ich sah, daß er bereit war, doch das Zeichen blieb aus.
Statt dessen betrat eine verschleierte Frau das Zelt. Alexander nickte mir zu, daß ich sie empfangen und zu ihm führen sollte.
Ich bekam einen trockenen Mund, mein Blut rauschte vor Zorn und Enttäuschung – er verstieß mich wegen einer Frau!
Ich hob den Schleier, der das Gesicht der Frau bedeckte.
»Maria!«

Ich erwachte aus dem Alptraum, und mir war gleichzeitig kalt und heiß. Es war Donnerstag morgen. Französisch in der ersten Stunde.
Die Schule war ein Gruselkabinett. Ich wollte nicht hingehen und Maria und die anderen treffen. Aber ich mußte.
Am Westmarkt holte Stisse mich in seinen roten Tennisschuhen ein. Die Bücher trug er in einer Plastiktüte aus dem Supermarkt.

Seine hellen Haare waren im Nacken zu einem kleinen Pferdeschwanz zusammengebunden, und eine Zigarette hing da, wo immer eine hing, im Mundwinkel.
Er war wie gewöhnlich spät, ich war ungewöhnlich spät dran.
Das erste Klingeln krächzte rauh, als wir durch das Schultor stürmten. Ich hatte gehofft, daß sich die ganze Meute schon zum Klassenraum aufgemacht hätte, doch sie standen immer noch bei den Spinden herum. Ich hatte das Gefühl, als ob mich alle anstarrten. Und da war sie – Maria. In violettrosafarbenem Pulli und grünen ausgebeulten Hosen. Mein Magen knurrte.
Marias Gesicht leuchtete auf, als sie mich sah.
Ich wich ihrem Blick aus und tauchte in meinen Schrank, kramte nach Stift und Radiergummi. Allmählich ärgerte ich mich darüber, daß ich die unausweichliche Konfrontation hinausgezögert hatte. Nun hatte sie vor einem krankhaft interessierten Publikum einsam und unwidersprochen über den gestrigen Abend tratschen können.
Maria sah mich innig an. Frenetisch käute sie ihre ollen Juicy Fruit wieder. War sie womöglich eine Kuh?
»Heeej«, sagte sie. Urk!
Ann-Louise schickte ein paar tödliche Laserstrahlen zuerst zu Maria, dann zu mir. Liebe Ann-Louise, es ist nicht meine Schuld!
»Hej!« sagte ich angestrengt fröhlich. »Vielen Dank für die Hilfe bei den Hausaufgaben gestern.«
Maria lächelte, und die anderen kicherten. Außer Ann-Louise. Irgendwas wußten sie also. Aber was? Welche Version hatten sie zu hören bekommen?
Das zweite Klingeln.
»Besser, wir gehen«, sagte ich und setzte mich an die Spitze. Maria blieb hoffnungslos zurück.

Während der ganzen Stunde, die eine Katastrophe war, warf mir Maria Blicke zu und lächelte geheimnisvoll. Dreimal wurde ich aufgerufen und antwortete jedesmal falsch.
Von meinem Fensterplatz aus sah ich nur Asphalt und die Autos der Lehrer, die auf dem Schulhof geparkt waren. Ein weißer Mercedes mit Schiebedach, ein roter Golf, ein rostiger Saab. Wem gehörte welcher? Der Benz gehörte bestimmt der Direktorin. Nein, die kam ja immer zu Fuß zur Penne.
Der Blick ins Klassenzimmer war auch nicht besser. Da brütete Maria.
Da war unsere Clique. Groß, witzig, zusammengeschweißt. Ich war drauf und dran, alles zu zerstören. Der Paartanz fing an, mir auf die Nerven zu gehen. Mit dem zuverlässigen, soliden Johan war nicht mehr zu rechnen. In dieser Sache mit den Bräuten kommt er nicht klar – er will sie nicht haben! Was sollten die anderen denken und glauben? Wann würde ihnen ein Licht aufgehen? Wie sollte ich Maria ausweichen, ohne der Clique auszuweichen? Eine beleidigte Ann-Louise reichte.
Der immer fröhliche, tolle Johan – genau das war ich! Ein wichtiger Teil im Motor der Clique. Aber der Motor hatte angefangen zu stottern.
Oder könnte ich einfach abhauen, und es würde weitergehen wie immer, auch ohne mich? Schrecklicher Gedanke!

Die Reispfanne schmeckte heute überhaupt nicht. Neben mir quatschten Perra und Måns. Ich hielt mich raus.
»Ist hier frei?«
Ich sah auf. Ehe ich antworten konnte, hatte Perra schon »Na klar!« gesagt. Und Maria setzte sich mir gegenüber und schickte kleine mintgrüne Vibrationen über den Tisch.
Perra, du Verräter, dachte ich. Du hast deine Karro, und ihr mögt euch. Sei froh, aber warum verlangst du von mir, daß ich auf deine Weise glücklich sein soll?

Måns und Perra verschwanden rasch – genauso diskret wie Leuchttürme. Hilfsbereit wie immer, dachten sie, sie erwiesen mir einen Dienst.

»Danke für die Hilfe gestern«, sagte Maria.

Ich staunte. »Du machst Witze!«

»Johaaan!« blökte sie wieder wie eine Dreijährige. »Du verstehst doch, was ich meine.«

Ja, danke, das tat ich gewissermaßen.

Maria strahlte.

»Du brauchst Hilfe in Französisch. Heute warst du erbärmlich.«

»Danke, das weiß ich.«

Nee, Französisch war wirklich nicht mein bestes Fach, aber ich schlug mich durch. Mit einer Drei beim Abschluß wollte ich zufrieden sein. Und Hilfe! Das war doch nur ein versteckter Wink. Ein Anfang der Wiederholung des gestrigen Verderbens.

»Wie läuft's mit dem Basketball?«

»Gut«, murmelte ich. Was für ein Gelaber!

Thomas hatte sich beruhigt und hielt sich auf Abstand zu mir. Leider. Ich hatte es nicht fertiggebracht, mich zu entschuldigen. Nichts war mehr geschehen. Wir grüßten uns, aber wir redeten fast gar nicht miteinander. Ich fühlte mich hin- und hergerissen, voller Angst und gleichzeitig angezogen. Ich sah ein, daß ich den ersten Schritt machen mußte, wenn unser arktisches Verhältnis aufbrechen sollte. Meine Furcht vor meinen Gefühlen für ihn machte mich feige. Ich hatte weniger Angst vor meinen eigenen Gefühlen, sondern Angst davor, daß er sie entdecken könnte. Unser Verhältnis würde nicht einmal erkalten. Es würde explodieren, verschwinden.

»Weißt du, was ich heute nacht geträumt habe?«

Hilfe! Nicht das auch noch! War es nicht schon schlimm genug, wie es war?! Ich wollte es nicht hören.

»Wie soll ich das wissen? Übrigens hab ich auch geträumt.«

»Nein! Hast du das?« rief sie hingerissen. »Was denn?«
Ich schüttelte den Kopf. »Du zuerst. Erzähl. Träume sind interessant.«
»Ja, natürlich sind sie das. Ich schreib meine immer in einem kleinen Buch auf.«
»Ist es rosa oder mintgrün?«
»Was?«
»Das Buch.«
»Schwarz. Wieso?«
»Ich mein ja nur. Ist es schwarz, weil deine Träume schwarz sind?«
»Du spinnst ja!« kicherte sie.
»Vielen Dank. Du hast schon gesagt, daß ich erbärmlich bin, jetzt spinne ich auch noch. Was bin ich als nächstes – schwachsinniger Idiot?«
»Johaaan!«
Ich war drauf und dran zu kotzen.
»Kannst du denn nicht einmal ernst sein?«
»Also, erzähl«, sagte ich, legte das Besteck hin, beugte mich vor und tat interessiert.
»Da saß ein junger Mann, oder ein Junge, auf einem Felsen am Meer. Es regnete, und die Sonne schien, und nichts wurde naß. Na, du weißt ja, wie komisch Träume sein können. Plötzlich verschwand der Mann, und ich war wieder in Nizza. Ich ging die Strandpromenade entlang, und es war Abend. Feuerschlucker und Händler, Porträtmaler und Straßenmusikanten und ein Haufen Leute auf der Straße. So ist das auch in Wirklichkeit. Du müßtest mal hinfahren, eine wunderbare Stadt. Ich ging dahin, und wen traf ich da ...«
Sie machte eine Kunstpause und sah mich an.
»Den König«, sagte ich, und sie kicherte natürlich.
»Nee, einen braunäugigen ...«
»Dobermann, der wildgeworden war und dich in Stücke riß!«

»Aber Johaaan! Ich traf einen braunäugigen Jungen mit einer Gitarre in der Hand ...«
»Perra!« rief ich verzweifelt.
»Unterbrich mich nicht dauernd. Er hatte braune kurzgeschnittene Haare mit einer langen Locke in der Stirn und sehr feine Hände. Und er trug eine abgewetzte Lederjacke.«
Ich sagte nichts.
»Das warst du, Johan.«
Ach nee, wirklich?
»Das muß jemand anders gewesen sein. Ich bin noch nie in Nizza gewesen.«
»Johaaan!« Noch ein *Johaaan* und ich ersteche sie mit der Gabel. »Das war doch ein Traum. Jetzt bist du dran. Was hast du geträumt?«
»Ich hatte einen Alptraum.«
Mitleid quoll ihr wie Lava aus den Augen.
»Du Armer. Kein Wunder, daß es in Französisch so schlecht gelaufen ist. Willst du's erzählen? War der Traum schlimm?«
»Ja, furchtbar. Aber ich schaff es nicht, darüber zu reden.«
Das Geklapper von Besteck und Stühlen, das Geschnatter von lauten Gesprächen und Lachen war ohrenbetäubend, doch durch den Lärm drang eine weiche Stimme: »Ich versteeeh dich.«

## *10. KAPITEL*

»Wie machst du das bloß?« fragte Måns mit Nachdruck.
Perra hielt den Hals in der linken Hand – also, den Gitarrenhals – und zupfte mit der rechten an den Saiten. Stisse pfefferte das letzte Comic-Heft von sich. Ich zuckte die Schultern.
»Anna, Lena, Johanna, und dann die eine, wie hieß die noch,

kürzlich Ann-Louise und nun Maria«, zählte Måns auf. »Ich möchte wissen, was du hast, was wir nicht haben!«
»Charme, Intelligenz und Schönheit«, sagte ich und kriegte ein Kissen ins Gesicht.
»Krafttraining, Måns, damit mußt du anfangen«, sagte Stisse und lachte schallend. »Was man innen drin nicht hat, muß man äußerlich kompensieren.«
Måns glotzte Stisse wütend an. Er ist eine empfindliche Natur.
Irgendwie schaffte Stisse es, sich die Bräute vom Leib zu halten. Dann und wann zog er mit einer auf einer Party oder für ein paar Tage rum, aber nie ließ er sich in so etwas verwickeln wie ich. Wie schaffte *er* das?
Ihr Bild von mir als der große Don Juan ...! Fiel ihnen nie auf, wie schnell ich mich von diesen aufdringlichen Monstern zu befreien versuchte? Sie waren wie Leberfrikassee für mich – sie lagen da auf dem Teller, ich rührte das Essen nicht an, und wenn ich es tat, kotzte ich es sofort wieder aus. Merkten sie das denn nie?
»Wie ich das so sehe, ist Måns verliebt«, stellte Stisse trocken fest.
Måns verdrehte die Augen und formte eine Prise Tabak zwischen Daumen und Zeigefinger. Perra und ich sahen ihn an. Seine unschuldige Miene sagte alles.
»In wen denn?« fragten wir wie aus einem Mund.
Måns tat so, als hörte er uns nicht.

Das Klingeln an der Tür rettete ihn. Wir hörten einen Orkan die Diele durchqueren. In der nächsten Sekunde stürmte Karro ins Zimmer mit klimpernden Ohrgehängen und eingehüllt in eine Art schwarzes Laken. Wie einem Stephen-King-Roman entsprungen.
»Hej, Jungs. Wie ist die Lage?«

Sie setzte einen Kuß auf Perras Mund, dann guckte sie uns mit ihren Eichhörnchenaugen an.
»Ihr seht ganz schön trübsinnig aus. Gibt's nichts Neues im Geheimklub?«
Wir sahen uns mit hochgezogenen Augenbrauen an. Ich winkte Karro zu mir und flüsterte ihr etwas ins Ohr. Sie kicherte.
»Ist das wahr?« murmelte sie entzückt. Und dann sagte sie laut: »Ist das wahr, Måns? Wie sieht sie aus? Erzähl! Wann hast du es bemerkt?«
Entschlossen ging sie auf Måns zu.
»Jetzt hör schon auf. Da ist nichts«, sagte Måns.
Wir pfiffen und jubelten, und Perra sprach mit feierlicher Stimme: »Laßt uns des Tages gedenken, an dem unser von allen geliebter Kater Måns wieder zu sprechen begann.«
»Seid nicht so grausam, Jungs. Hier geht es um Gefühle.«
Karro zwinkerte uns übertrieben zu.
»Na gut, wir werden es schon mit der Zeit erfahren«, sagte Stisse zerstreut.
»Nur eins noch«, sagte Karro und verwandelte sich in eine Psychologin. »Wenn es nun ist, wie wir glauben, was ja überhaupt nicht der Fall zu sein scheint« – sie wurde von Gelächter unterbrochen –, »will ich unserem Freund in meinem einfachen Liebesratgeber einen kleinen Rat geben: Spuck den Tabak *vorher* aus, nicht nachher.«
Diesmal zwinkerte sie Måns zu, der einfach nur still dasaß.
»Übrigens, ich könnte eine Prise brauchen«, sagte sie schließlich und bohrte ihre Schnupftabakspritze in Måns' Dose und injizierte sich die Prise in den Hohlraum unter der rotgemalten Oberlippe.
»Wer will mal probieren?« fragte sie.
Stisse und ich schüttelten den Kopf. Perra, der immer was für Abenteuer übrig hatte, meldete sich freiwillig. Aber er war schließlich in sie verliebt. Das glückliche Paar fiel sich in die

Arme und schwebte zwischen den Tabakkörnchen mit einem langen hemmungslosen Kuß in den siebten Himmel.
»Das ist wirklich nicht gut«, sagte Perra hinterher und spülte sich den Mund mit Apfelsaft.
»Noch jemand, der's probieren will?« fragte Karro mit einem bösen Lächeln. Wie der Teufel in Person, schwarz gekleidet vom Kopf bis zu den Zehen, wie sie war.

Karro war Perras erste richtige Liebe.
Es hat sehr merkwürdig angefangen.
Eines Tages im letzten Winter pfefferte Karro ihm das Geschichtsbuch an den Kopf und schrie: »Du verdammter Idiot! Du hast ja überhaupt nichts kapiert! Für dich ist es leicht, so was zu sagen, du brauchst schließlich nicht mit 'nem dicken Bauch rumzulaufen.«
Da war er endlich aufgewacht, und seine Augen funkelten. Die Diskussion ging um Abtreibung, und er hatte mit Nachdruck behauptet, daß jede Abtreibung Mord sei. Das machte Karro fuchsteufelswild.
»Du bist schrecklich süß, weißt du das?« hatte er dann gesagt, was Karro noch rasender machte.
»Süß! Hast du süß gesagt? Fällt dir etwa nichts anderes dazu ein?! Was würdest du dazu sagen, wenn ich das von dir behaupten würde?«
Genau in dem Augenblick hat er sie wirklich entdeckt. Die Diskussion hatte er sofort vergessen, und das einzige, woran er dachte, das war sie. Obwohl er sich selten dämlich anstellte.
»Was ist denn in die gefahren?« wollte er wissen.
»Dreimal darfst du raten«, sagte ich erschöpft. Er hatte keine Ahnung. Ich mußte es ihm erklären.
Drei Wochen lang schob er es vor sich her, seinen Fehler wieder in Ordnung zu bringen, bis er schließlich allen Mut zusammennahm und zu ihr nach Hause ging.

Da kam heraus, daß sie auch deswegen so wütend auf ihn gewesen war, weil er, an dem sie interessiert war, etwas so Dämliches von sich geben konnte. Aber, so sagte sie, ich wußte ja nicht, daß du auch verliebt warst, also ... Und dann hatte sie Perra ausgefragt, was er nun wirklich über Abtreibung dachte. Wie üblich hatte er über seine Ansichten nicht so schrecklich gründlich nachgedacht und mußte zugeben, daß ihre Argumente besser waren.

Perra zufolge hatten sie dann für den Rest des Abends auf ihrem Sofa gelegen. Sie haben anscheinend auch nicht Französisch gelernt.

Am Anfang haben wir Perra darüber ausgefragt, ob ihr Verhältnis sozusagen vollzogen wurde.

»Nee, nee, sie will nicht.«

»Hast du sie denn gefragt?« fragte Stisse.

Nachdem er eine Weile gezögert hatte, sagte er:

»Nein, ich hab mich nicht getraut.«

Perra griff wieder nach der Gitarre. Er liebte Karro wirklich. Manchmal beneidete ich sie darum. Es wirkte so schön und leicht. Sie wußten, daß sie jemanden zum Umarmen und Küssen, zum Kabbeln und Quatschen hatten. Was hatte ich? Maria?

»Du, Johan?« Karro strich mit der Hand über meine kurzgeschnittenen Haare im Nacken. Perra grunzte mißbilligend. Karro antwortete ihm, ohne aufzusehen:

»Wenn du dir deine Haare kurzschneiden läßt, verspreche ich, Johan zu verlassen. Aber sein Nacken ist so wunderbar.«

»Du brauchst keine Angst zu haben, Perra. Ich will sie dir nicht wegnehmen. Mach weiter, davon kriegt man 'ne schöne Gänsehaut.«

Ich hatte es so schon schwer genug, auch ohne daß ich damit anfing, es auf die Freundinnen meiner Kumpel abzusehen.

Karro fragte wieder: »Du? Ich habe gehört, daß ...«
»Er und Maria, ganz richtig!« unterbrachen die drei Verräter sie im Chor.
»Toll! Ist es ernst?«
Die Jungs spitzten die Ohren. Karro streichelte weiter und massierte mir den Nacken. Sie hätte damit bis ans Ende aller Zeiten weitermachen können.
»Ziemlich«, sagte ich.
Karro lachte.
»Das klingt ja schon ganz gut. Liebst du mich, Perra?«
»Ziemlich«, sagte er.
»Das ist ja die Höhe! Wo ist das Geschichtsbuch – er braucht noch mal 'ne Abreibung! Oder Johan braucht eine!«
Wir lachten schallend, und ich lehnte eine solche Behandlung dankend ab. Ich glaubte nicht, daß es in diesem Fall helfen würde.

## *11. KAPITEL*

»Alexander! Telefon!«
In mir pochte es. Wer war das? Maria oder Måns? Maria rief häufig an. Das war der reinste Telefonterror wie in einem schlechten amerikanischen Thriller.
Mein Bruder war unser telematischer Autofonbeantworter, denn er mußte alles wissen und schlug wie eine Kobra zu, sobald das Telefon klingelte.
Ich ging durch die Küche. Meine Mutter war mit Kochen dran. Sie briet Gemüse an, daß die Champignons nur so wimmerten und aus der Bratpfanne hüpften. Sie befand sich gerade in einer

neuen Diätperiode. Wenn mein Vater mit Essenmachen dran war, konterte er mit Fleischwurst und fetten Speckscheiben.
In der Küche tobte also ein gastronomischer Krieg. Patrik und ich nahmen eine diplomatische UN-Haltung ein und servierten zu allem, was wir kochten, Gemüse. Alles um des Hausfriedens willen.
»Telefonier nicht so lange. Wir können gleich essen«, sagte meine Mutter, als ich vorbeiging.
»Hallo, Johan!«
»Hier ist Måns. Du mußt rüberkommen!«
»Jetzt sofort?«
»Ja, es gibt eine Krise.«
Ich sah Måns vor mir – eine trübsinnige Erscheinung. Ein Måns in der Krise ist nicht einmal ein notgelandeter Helikopter; das ist einer, der vollkommen ins Trudeln geraten und auf dem Weg ist, frontal mit einer Bergwand zusammenzukrachen.
»Ich muß nur eben essen, dann ...«
»Was zu essen kriegst du hier. Stell dich nicht an, du alte Zwiebelpelle. Komm jetzt her!«
»*Sure. I'm on my way. See you.*«

Ich schnappte mir meine Lederjacke, und gerade als ich mir die Sportschuhe angezogen hatte, tauchte meine Mutter in der Diele auf.
»Wo willst du hin? Raus?«
»Ja, ich muß!«
»Mußt?! Das Essen ist jeden Augenblick fertig.«
Ihr hennagefärbtes Haar leuchtete ungewöhnlich schrill.
»Das war Måns, und ...«
»Das ist mir schnuppe«, unterbrach sie. »Wir essen jetzt, und was ihr vorhabt, kann wohl warten. Ihr habt in eurem bisherigen Leben noch nicht viel Vernünftiges getan, und ich glaub nicht, daß ihr ausgerechnet jetzt damit anfangen müßt.«

Sie war wirklich sauer.
Ich blickte ihr tiefernst in die Augen, verzog den Mund zu einer verquälten Linie und zog die Augenbrauen hoch.
»Nein, geliebte Mutter, höchstes aller Geschöpfe der Erde, kostbarer als Silber und Diamanten, es kann nicht warten. Mein Freund befindet sich in einer Krise, er braucht Hilfe, vielleicht reitet Krankheit seinen geschwächten Leib, vielleicht liegt er im Sterben oder noch schlimmer – ich glaub, er ist verliebt!« deklamierte ich dramatisch, leicht nach hinten geneigt – den rechten Handrücken auf der Stirn.
Meine Mutter schüttelte lächelnd den Kopf. Der Theatertrick funktionierte immer.
»Na dann«, sagte sie, »geh und rette deinen notleidenden Freund. Aber komm lieber nicht vor morgen nach Hause. Und dann bitte am Nachmittag.«
Sie ist wirklich eine liebevolle Mutter.
»Du hast eine Kleinigkeit vergessen ...«
»Geh jetzt!«
»Ich wollte nur sagen, daß ich morgen mit Kochen dran bin.«
»Ja, ja, ich gebe mich geschlagen. Und jetzt noch einen Kuß«, sagte sie und streckte die Hand hin. »Kein echter Gentleman verläßt die Frau, ohne ihr die Hand zu küssen.«
Ich seufzte. Es hatte keinen Zweck, sich zu weigern. Küsse forderte sie von uns allen aus der Clique.

Måns zerrte mich ins Haus. Seine Stimme fuhr hoch zu einer Fistelstimme und landete im nächsten Augenblick in der Baßlage. Die Arme wirbelten wie gebrochene Rotorblätter herum. Nach allem zu urteilen, mußte irgendwo ein schwerer technischer Fehler sein.
Er versuchte, ein Tablett mit Suppentassen, Käse, Brot und Milch zu decken, und tobte wie ein durchgegangener Hexenbesen zwischen Schränken, Schubladen und Spüle herum.

»Schön, daß du gekommen bist, Johan«, sagte Måns' Vater hinter seiner Goldbrille. »Er ist total durchgedreht.«
»Ich seh es. Aber die Diagnose ist einfach.« Ich senkte die Stimme und flüsterte konspiratorisch: »Er ist bestimmt verliebt.«
Und sein Vater wackelte mit den Ohren und verdrehte die Augen.

Måns knallte seine Zimmertür zu.
»Ich bin verliebt, Johan!«
Die Erkenntnis kam aber früh. Meine schlimmsten Befürchtungen bewahrheiteten sich.
»Ich weiß.«
»Das weißt du?« sagte er enttäuscht. Unsere Verdächtigungen neulich bei Perra schien er völlig vergessen zu haben. Er räumte die Sachen vom Tablett. Ich schlürfte die Fischsuppe in mich rein, während Måns nur abwesend in der Suppe rumrührte.
»Wer ist es?« fragte ich schließlich.
»Sofie.«
Aha! Keine besondere Überraschung. Sie ist süß und puppig, und Måns hat schon immer eine Schwäche für Puppen gehabt. Als kleiner Junge hat er lieber mit Puppen als mit Autos gespielt. Er verkleidete sich gern als Mädchen, während Stisse Ivanhoe war, ich Alexander der Große und Perra Superman. Und wir retteten ihn aus der Gewalt des großen bösen Drachen oder des menschenfressenden Riesen, den einer von uns spielte.
»Was soll ich machen?« sagte er verzweifelt.
»Das betreffende Opfer weiß also nichts davon?«
Er schüttelte den Kopf.
»Und nun willst du, daß sie es erfährt?«
Er nickte.
»Aber du weißt nicht, wie du das machen sollst?«
Er nickte.

»Und du möchtest dabei meine Hilfe?«
Zum drittenmal nickte er, und ich dachte schon, er hätte seine Sprache total verloren. Etwas, was die Welt an und für sich nicht beklagen würde.
»Aha, dann müssen wir uns wohl eine Strategie ausdenken«, sagte ich und dachte daran, wie ich neulich abend bei Maria gescheitert war. »Zuallererst müssen wir dafür sorgen, daß sie dich sieht«, fuhr ich fort.
»Wieso mich sieht? Bin ich nicht gut genug sichtbar?«
Ich seufzte. Diese Aktion würde nicht leicht werden. Ja, natürlich war er sichtbar. Wie könnte man auch eine Flaschenbürste wie ihn übersehen?
»Dich bemerkt, Fettarsch! Man muß ihr die Augen dafür öffnen, was für ein angenehmer ... ja, angenehmer und ...«
»Lustiger vielleicht?« schlug er vor.
»Ja, warum nicht, und ...«
»Phantastischer?«
»Ausgezeichnet! Wo hast du das alles her? Phantastisches, kluges und angenehmes Kerlchen, das du bist. Oder Stange. Du weißt ja, das ist wie bei der Reklame – übertreib bei dem, was nett ist, und halt das Maul über Unzulänglichkeiten.«
Mein Vergleich schien ihn nicht besonders zu amüsieren.
»Wie soll das vor sich gehen?« fragte er.
»Kannst du irgendwas Besonderes? Seiltanzen, Schwertschlukken oder mit brennenden Fackeln hinterm Kopf radschlagen? Das weckt garantiert Aufmerksamkeit. Mach das zum Beispiel beim Essen.«
»Jetzt mal ernst, Johan.«
»Dann laß eben ein Taschentuch fallen, trag ihr die Bücher, tu so, als müßtest du dich auf sie stützen, und bitte um Verzeihung. So was fördert den Kontakt, ich schwöre.«
»Das ist doch das reinste 19. Jahrhundert! Damit würde ich mich doch bloß lächerlich machen.«

»Das bist du doch schon«, sagte ich, und Måns bekam einen sehr dunklen Blick.
Er näherte sich drohend. Sah aus wie Frankensteins Monster mit Bauchschmerzen. Ich mußte lachen, aber nicht lange.
»Nein! Hör auf, ich hab's nicht so gemeint, Måns! Leg das Buttermesser zurück! Es war nur ein Scherz! Ich sagte: Leg das Buttermesser zurück. Leg das ...«
Man verliert wohl nicht nur die Sprache, wenn man verliebt ist, sondern auch seinen Humor. Dabei ist Verliebtsein doch angeblich so ein phantastischer Zustand. Eins kann ich versichern: Ein halbes Paket reine Butter im Maul ist wirklich kein Genuß.
»Zeig du doch mal deine Begabung, mit der du so viel geprahlt hast«, sagte Måns, offenbar zufrieden mit seiner zupackenden Art, mich zu füttern.
Ich schnappte mir die letzte Brotscheibe. Butter brauchte ich nicht mehr.
Wir legten unsere Stirnen in tiefe Falten, und wir dachten nach und dachten nach, aber wie üblich half das nichts.

»Jetzt weiß ich's!« sagte ich gegen Mitternacht. Måns kam langsam aus seinem Dämmerzustand zu sich.
»Das Schulfest!« rief ich.
Måns lächelte. Seine Zähne waren von Tabakkörnchen braungefleckt. Ich konnte nur für ihn hoffen, daß sie Schnupftabak mochte.
»Wann ist das?«
»In drei Wochen. So lange kannst du wohl warten?«
»Du bist ein Genie!« rief er.
»Ich weiß«, murmelte ich. »Das war Alexander der Große auch.«

## 12. KAPITEL

Was die Welt als wahr ansieht, stimmt nicht immer mit der eigenen Auffassung überein. Was Maria und mich betraf, gingen die Meinungen heftig auseinander.

Das Grinsen meines Bruders, die anfeuernden Rufe meiner Freunde, das zufriedene Brummen meiner Eltern sagten ein und dasselbe: Werdet ein Paar, kostet den süßen Trank der Liebe, macht eure ersten Schrittchen auf dem Pfad der liebevollen Zweisamkeit.

Mit einem Frosch?

Nee. Wenn sie sich nicht doch noch als verwunschener Prinz entpuppte. Da hatte ich meine Zweifel. Die Welt der Märchen ist faszinierend und unglaublich – aber Märchen sind Märchen. Maria war ein Frosch und würde es ihr Leben lang bleiben.

Nach außen hin waren wir zusammen. Maria jedenfalls war ihrer Sache sicher.

Aber ich hatte den lieblichen Mythos der Zweisamkeit schon früher getestet. Mit Ann-Louise, mit Johanna, mit wie vielen auch immer. Ich wurde allmählich zum geübten Testfahrer. Aber bis jetzt hatte ich noch kein perfektes Fahrzeug gesteuert. Ich kam immer wieder vom Weg ab.

Immer suchte ich noch nach dem Richtigen. Ich hatte begriffen, daß dieser Jemand ein Junge sein mußte.

Ich hatte irgendwo gelesen, daß es vorübergehen konnte. Nicht die Liebe, sondern, daß man »sich zu Menschen desselben Geschlechts hingezogen fühlt«. Wie Fieber oder Magenschmerzen? Und das sollte mich beruhigen! Wenn das einzige, was mein Hirn und mein Körper mir sagen, war: Jungen, Kerle, Männer – liebe sie!

Bei Alexander dem Großen war es ja auch nicht vorübergegangen, und das würde es bei mir bestimmt auch nicht.

Ich fühlte mich nicht »hingezogen« zu Jungen, ich wollte sie lieben. Das Problem war, den Kerl zu finden, der mich zurücklieben wollte.

Bei mir war es nämlich genau umgekehrt gewesen. Mein Interesse für Mädchen, mein »Hingezogenfühlen zum entgegengesetzten Geschlecht«, war nur vorübergehend gewesen. Natürlich hatte ich für Mädchen geschwärmt, hatte mit ihnen geflirtet und getanzt.

Selbst als wir noch kleiner waren und Mädchen ziemlich blöde fanden, galt die Gleichung Junge + Mädchen = selbstverständlich. Ich hatte auch einmal geglaubt, daß ich eines Tages heiraten wollte und würde. Ich hatte mir sogar ein Bild von ihr gemacht. Sie sollte dunkel sein, klein und fröhlich, natürlich hübsch und begehrt.

Mit der Zeit verblaßte das Bild, und in mir entstand das Gefühl – ohne daß es mir direkt bewußt war –, es müsse eine falsche Fotomontage sein. Propaganda für etwas, das ich ums Verrecken nicht fühlte.

Die gewohnte Rechnung ging nicht mehr auf. Ich konnte Junge und Mädchen nicht länger zusammenzählen. Es war, als wollte ich Lehm und Wasser mischen und glauben, es würde Gold daraus. In der Schule hatte ich doch gelernt, daß die Dinge von derselben Sorte und Einheit sein mußten, damit sie stimmen konnten. Junge + Junge gehören doch zur selben Sorte und Einheit, oder was!

Eigentlich verstand ich das damals nicht. Aber wenn ich zurückdenke, sehe ich ein, daß die Anziehungskraft, die Mädchen auf mich ausübten, kurzlebig gewesen war. Schon vor mehreren Jahren waren Jungen das richtige Element für mich.

# 13. KAPITEL

Als ich dreizehn war, in der Siebten, also vor ziemlich genau zwei Jahren, war ich mit Sanna zusammen. Sie hatte dunkles Haar, war klein, fröhlich und klug – genau wie ich mir meine Traumbraut vorgestellt hatte. Wir kamen gut miteinander aus, saßen stundenlang zusammen und quatschten, lernten und spielten Basketball. Wir waren eher Freunde als verliebt. Doch etwas an Sanna liebte ich wirklich, und darüber hatte sie keine Macht. Sie hatte einen Bruder – Marcus.

Seinetwegen blieb ich mit Sanna zusammen. Ich konnte meine Hausaufgaben genausogut bei ihr machen statt bei Måns oder Stisse. (Perra machte selten Hausaufgaben.) Aber den wahren Grund erkannte ich selbst noch nicht.

Wenn ich je verliebt gewesen war, dann war ich es damals. Es war eine hoffnungslose Liebe. Erstens war er zwei Jahre älter. Zweitens konnte ich nicht mit ihm darüber reden.

Ich mußte ihn im stillen lieben.

Ich sorgte dafür, daß ich immer einen Grund hatte, bei Marcus zu sein. Wenn wir fernsahen, versuchte ich, neben ihm zu sitzen, und das, so nah ich konnte, ohne mich lächerlich zu machen. Ich schlug vor, daß er mitkommen sollte, wenn wir Basketball spielten oder ins Hallenbad gingen.

In jenem Frühjahr vor zwei Jahren sollten Marcus und Sanna mit ihren Eltern in den Osterferien ins Gebirge fahren. Wir saßen am Eßtisch (ich erinnere mich, daß es Roastbeef und Kartoffelsalat gab), als die Reise zur Sprache kam.

»Vielleicht möchte Johan mitkommen!« sagte Marcus plötzlich.

Ich fuhr zusammen. Die Gabel katapultierte ein Kartoffelstückchen über den halben Tisch. Sannas und Marcus' Mutter sah mich an und reichte mir den Teller mit dem Gemüse.

»Ja, warum nicht. Möchtest du das? Du kannst doch Slalom laufen?«
In dem Moment hätte mein Glück ein ganzes Hotel aufheizen können. Ich liebe Slalom – aber nicht deswegen war ich so glücklich, sondern einfach, weil Marcus den Vorschlag gemacht hatte.
»Schrecklich gern«, sagte ich.
»Super!« jubelte Marcus. »Die Hänge sind toll. Kannst du auch springen?«
Marcus war Feuer und Flamme. Ich schmolz dahin wie Eis und rann in meiner Seligkeit über den Fußboden.

Wir quetschten uns alle fünf in ihren kleinen Fiat. Sanna, Marcus und ich mußten uns auf dem Rücksitz mit einigen Paar Slalomskischuhen arrangieren, die im Kofferraum keinen Platz mehr gefunden hatten.
Sanna saß in der Mitte – da, wo ich hatte sitzen wollen –, aber es war so eng, daß Marcus und ich unsere Arme auf die Rückenlehne hinter Sanna legen mußten. Da lagen sie die ganze Fahrt über Haut an Haut.
In der Hütte gab es zwei kleine Schlafräume mit insgesamt vier Betten. Wir waren aber fünf. In dem einen Schlafraum stand ein Etagenbett. Da waren noch ein paar Kleiderfächer und ein Putzschrank. An der Wand zwischen Bett und Fenster hing eine Karte, auf der die Pisten ausgewiesen waren.
Die Familie beratschlagte. Ich verhielt mich still, dankbar, daß ich überhaupt dort sein durfte.
Arne, der Vater, kratzte sich am Kinn, doch die Mutter, Sylvia, ergriff die Initiative.
»So machen wir es«, sagte sie entschlossen. »Du, Arne, schläfst im Wohnzimmer, du stehst ja morgens immer so früh auf, dann störst du niemanden. Sanna und ich nehmen das Schlafzimmer, dann können die Jungen im Etagenbett schlafen.«

Offenbar meinte sie, Sanna und ich seien noch zu jung, um das Schlafzimmer zu teilen. Ich hatte nichts einzuwenden.
Aber was dachte Marcus darüber?! Mich wenige Dezimeter von sich entfernt zu haben. Zwei Jungen im selben Bett – jeder auf seiner eigenen Matratze, allerdings auf unterschiedlichen Etagen, aber trotzdem!
Marcus kümmerte sich nicht darum. Warum sollte er auch? Er hatte keine Ahnung, wie ich versuchte, ihn dazu zu bringen, mich zurückzulieben. Außerdem war ja auch nichts Besonderes daran, ein Etagenbett miteinander zu teilen. Das tat man schließlich in jedem Lager.
Marcus sagte nur: »Gut! Dann können wir abends quatschen, solange wir wollen.«
Und wenn er mich auch nicht liebte, so hatte er mich auf alle Fälle gern. Das war schon viel.
Da lagen wir dann auch jeden Abend, müde, und kicherten und redeten, und ich hatte keine Lust zu schlafen. Ich wollte es hinauszögern, seine Gesellschaft genießen, unter der Bettdecke liegen und an ihn denken, mich über die Kante beugen und ihn ansehen.
Noch lieber wäre ich zu ihm hinuntergekrochen. Ich wollte ihn anfassen – ihn drücken und fühlen, als ob er ein Hemd wäre, das ich kaufen wollte und prüfen mußte, ob es angenehm zu tragen war. War er einlauf- und knitterfrei? Wie mußte man ihn waschen? Würde eine tägliche Dusche reichen?

Einen Monat später zogen sie plötzlich nach Göteborg. Es kam ganz überraschend. Ich mochte beide, Sanna und Marcus. Aber ich würde nur Marcus vermissen.
Sie verließen Uppsala an einem Samstag. Die Bachstelzen hüpften wippend herum, es duftete nach Erde und Frühling. Das Sonnenlicht war blaß und weiß.
Ich half, die letzten Sachen zum Anhänger zu tragen, der hinter

ihrem marineblauen Fiat hing. Der riesige rote Möbelwagen war schon in einer stinkenden Dieselwolke mit allen Möbeln und Kisten davongebrummt. Meine Eltern – und ich, wie ich bald erfuhr – hatten versprochen, die Wohnung zu putzen, zum Dank, weil ich mit ins Gebirge hatte fahren dürfen.
Es war soweit. Ich umarmte Sanna – wir schreiben uns, sagten wir.
Arne und Sylvia gab ich die Hand. Arne klopfte mir auf die Schulter. »Guck nicht so traurig«, sagte er.
Ich kam mir blöd vor. Sie dachten bestimmt, ich würde Sanna am meisten vermissen.
Ich machte mir Sorgen, wie ich mich von Marcus verabschieden sollte. Irgendwie mußte ich ihm doch zeigen, wie sehr ich ihn mochte. Beim bloßen Gedanken kriegte ich schon weiche Knie. Nervös sah ich mich um.
»Marcus ist noch oben in der Wohnung«, sagte Arne.
Ich jagte die Treppe hinauf. Fast einer Ohnmacht nahe stürmte ich über die Schwelle in die leere Wohnung.
Das war alles nicht wahr. Ich spielte in einem Film mit. Da war ein leerer Raum. Menschen, die Abschied nahmen. Hellgraue Wolken vor den nackten Fensterscheiben. Hupende Autos auf der Straße und Staubflocken auf dem Boden. Schicksalsschwer. Als ob alles so arrangiert wäre. Ich wurde ungeduldig, wollte die Szene hinter mich bringen und in die Wirklichkeit zurückkehren.
»Johan, bist du das?«
Marcus' Stimme zog mich tiefer hinein in den Film.
Ich blieb zögernd stehen, lehnte mich an den Türrahmen und sah ihn an.
Er war dabei, mit einem gewöhnlichen Messer Heftzwecken aus der Wand zu polken, rollte dann die befreiten Poster zusammen und machte einen Gummiring darum. Er wandte sich mir zu. Staubgeruch. Marcusduft. Sah ich ihn zum letztenmal?

Weiße Wände. Keine Blumen oder hochgezogene Jalousien. Unendlichkeit da draußen. Marcus sollte da hinaus. Nicht so weit, nur bis Göteborg. Trotzdem ...
»Ich wollte dir nur tschüs sagen«, sagte ich.
Mein Herz machte einen Extrasatz. Ich streckte die Hand aus. Es kam mir feierlich und steif vor.
Er legte die Poster auf den Boden, rieb die Handflächen an seinen blaßblauen Jeans ab, kam auf mich zu und ergriff meine Hand.
Ein lächerlicher halber Schritt trennte uns.
Meine Hand wurde warm von seiner, und ich schwitzte plötzlich am ganzen Körper. Ich konnte mich nicht mehr halten. Ich machte diesen halben Schritt, umarmte ihn und glaubte, zerspringen zu müssen aus Sorge darüber, was er wohl denken würde. Aber ich mußte es tun. Wenigstens um meinetwillen mußte ich einmal den ganzen Marcus richtig fühlen.
Durch den Pulli spürte ich die Kontur seines Schulterblattes – es war so groß und mächtig. Er war so erwachsen.
Zu meiner Erleichterung erwiderte er die Umarmung und drückte seine Hände gegen meinen Rücken.
»Ich ...«, fing ich an, kam aber nicht weiter.
Marcus bemerkte sicher, wie die Pulsadern in meinem Hals pochten, und ich errötete.
Ich hab dich gern, Marcus! Wie sollte ich das sagen, ohne daß es blöd klang? Das war das einzige, was ich ihm sagen, schreien, zuflüstern wollte.
Ich werde dich niemals vergessen!
»Ich ... werd dich vermissen.«
Erstaunt hörte ich mich diese einfachen Worte direkt in sein Ohr sagen. Im selben Moment schämte ich mich erbärmlich. Ich hatte zuviel gesagt. Die Umarmung wäre genug gewesen.
Kloß im Hals. Nicht weinen, Johan! Du darfst nicht anfangen zu heulen und dich für alle Zeiten lächerlich machen.
»Dummerchen!« sagte Marcus mit einem Lachen. Doch er stieß

mich nicht weg, sondern packte meinen Nacken, als ob ich ein kleines Kind wäre, und drückte mich mit einigen besonders festen, jungenhaften Umarmungen. Dann ließ er mich los, sammelte die Poster ein und klemmte sie sich unter den rechten Arm.
Ich kam mir idiotisch vor, albern, wie ein Narr. Zu allem Unglück quollen auch noch ein paar Tränen hervor, hingen an der Unterlidkante. Bleibt da! befahl ich ihnen. Wenn sie über meine ohnehin schon roten Wangen gerollt wären, das hätte ich nicht überlebt.
»Entschuldige«, sagte ich leise.
Marcus sah mich an. »Was?«
Das war fast zuviel. Ich konnte es ihm ja nicht erklären. Ich wagte nicht einmal zu hoffen, daß er es verstehen würde. Sicherheitshalber schwieg ich und zuckte mit den Schultern.
Ich beruhigte mich. Er hatte es mir nicht übelgenommen, dieser Kerl in verschlissenen Jeans und Pulli mit blondiertem Haar, das aussah wie Vanillecreme.
Sollte dies die Schlußszene sein? Meine Dialoge waren auf jeden Fall am Ende. Nur das »*The End*-Schild« fehlte noch.
Wir grinsten uns ein Das-war's-dann zu.
Ich schleppte den Schemel mit, auf dem er gestanden hatte, als er die Heftzwecken ganz oben an der Decke herausgepolkt hatte, und wir nahmen den Fahrstuhl nach unten. Im Hof warteten die anderen.

Alles, was ich jetzt erzählt habe, ist übertrieben. Eine Rekonstruktion. Damals hatte ich keine Ahnung, daß ich in Marcus verliebt war. Das konnte und wollte ich nicht begreifen, noch weniger in Worte fassen.
Marcus war ein guter Freund – glaubte ich. Aber ich liebte ihn. Bestimmt war das Liebe. Jetzt begriff ich es, zwei Jahre später.

Was werde ich wohl in zwei Jahren verstehen, was ich jetzt nicht begreife? Daß ich in Wirklichkeit in Thomas verliebt bin, obwohl ich mich davon überzeugt habe, daß es nicht so ist?

## *14. KAPITEL*

Maria rief nicht oft an. Maria rief dauernd an. Sie rief jeden Tag an.
Wenn die Telefone gleichzeitig an drei Stellen in der Wohnung piepsten und schmetterten, flog ich zwei Meter hoch in die Luft. Allmählich wurde ich ein Nervenwrack. Ich könnte ein Handbuch über die Greuel und Schrecken des Telefonterrors schreiben.
So konnte es aussehen, wenn es am schlimmsten war:

### ACHT VARIATIONEN EINES THEMAS

1) Mein Bruder flitzt wie eine gehäutete Tomate, um als erster am Telefon zu sein und dann mit der Hand auf dem Hörer zu flüstern: »Es ist *sie*.« Und dann zwinkert er mir zu.
Manchmal hasse ich ihn grenzenlos.

2) Meine Mutter nimmt ab. Es geht ja noch, wenn mein Bruder das tut, er ist eben, wie er ist, aber meine Mutter! Das ist überhaupt nicht lustig! Ich reiße den Hörer an mich. »Was war das für ein nettes Mädchen?« fragt sie hinterher sanft.
Darauf kann ich nichts antworten. Weiß nicht, was *nett* in diesem Zusammenhang bedeutet.

3) Ich gehe ran. »Wie geeeht's dir, mein Johan?« Ich kotze diskret unter den Telefontisch und antworte: »Danke, gut.«

4) Mein Bruder redet, antwortet, zwinkert mir zu und haut mir

heftig auf den Rücken, als ob ich ein kaputter Fernseher wäre. »Das da ist ein richtiger Pudding!« sagt er.
In diesem Augenblick wird mir klar, daß ich Pudding genauso verabscheue wie Leberfrikassee.

5) Hilfe! Mein Vater steht da mit dem Hörer am Ohr. Mein Bruder ist noch ganz okay, meine Mutter kann man vergessen, aber mein Vater – das ist absolut ätzend. Er bemüht sich, wie ein netter, sympathischer Vater zu wirken, und ich werde rot. »Kannst du Maria nicht mal nach Hause einladen?« will er wissen. Typisch mein Alter. Jetzt fängt er auch noch an, mich zu verkuppeln. Da ist ein interfamiliäres Komplott gegen mich im Gange. »Das geht nicht«, sage ich, und mein Vater sieht mich fragend an. »Sie hat eine Hochhausallergie, ich meine, sie ist besonders empfindlich gegen Radon. Sie darf sich nicht in Radonhäusern aufhalten. Und hier gibt es doch Radon, oder nicht? Du willst doch wohl nicht ihr Leben auf dem Gewissen haben?« Mein Vater knüllt sein Gesicht in Falten und sieht nicht besonders überzeugt aus.
Was mache ich falsch?

6) Es klingelt. Ich traue mich nicht dranzugehen. Es klingelt noch mal. Wenn Patrik kommt, tue ich so, als sei ich tot. Noch mal. Verdammtes Telefon! Es klingelt wieder. Es klingelt und klingelt. Ich höre Schritte. Jemand nimmt den Hörer ab. Ich erschaudere. Mein Bruder schaut herein. Lächelnd.
»Ich bin tot«, sage ich. Er glaubt mir nicht und teilt mir mit, daß da am Telefon jemand auf mich wartet. »Ich bin tot!« rufe ich. Trotz meines elendigen Zustandes höre ich ihn sagen: »Tut mir leid, Stisse, mein Bruder hat einen von seinen Anfällen und liegt auf seinem Bett und besteht darauf, daß er tot ist. Versuch's doch später noch mal.«

7) Eine Viertelstunde ist vergangen, seit Stisse angerufen hat.

Als es klingelt, springe ich vom Bett auf und melde mich mit: »Stisse, du altes Haus! Hör nicht auf meinen Bruder!«
»Ist dort Grönlund?«

8) »Es ist Maria, dein kleiner Liebling«, ruft Patrik, daß ganz Eriksberg ihn hören kann. Ich mache mit dem Zeigefinger eine Bewegung über seinen Hals.
»Haaallo, hier ist Maria.«
Die Leitungen kleben zusammen.
»Ich hab keine Zeit. Ich muß zur Bibliothek.«
»Ach, da komm ich mit. Ich liebe die Bibliothek.«
Wirklich? In diesem Augenblick hatte ich ein Gefühl, als ob jedes Gefängnis ein angenehmerer Ort wäre.
»Nein, das geht nicht. Da wimmelt es nur so von Radon.«
»Radon?« sagte sie, als ob sie das Wort noch nie gehört hätte. »So schlimm kann das doch wohl nicht sein. Schließlich arbeiten da Leute.«
»Äh, ich meine, es ist sinnlos, wenn du mitkommst. Ich muß nach Büchern über Tontaubenschießen suchen. Das ist total öde, du würdest dich bestimmt langweilen.«
»Ja, aber, ich kann solange irgend etwas anderes lesen. Die haben so bequeme Lesesessel.«
»Hör zu«, sagte ich schließlich. »Ich möchte allein gehen, damit ich mich in meine Bücher vertiefen kann. Vermutlich sind die so verdammt langweilig, daß ich einschlafen werde, und da möchte ich nicht das Gefühl haben, daß ich zu einer bestimmten Zeit aufwachen muß, nur um auf jemand anderen Rücksicht zu nehmen. Begreifst du das?«
»Warum hast du das nicht gleich gesagt? Ich verstehe zwar nicht, daß du so was Langweiliges lesen willst, aber das ist deine Sache. Du willst immer so originell sein, du.«
Und dann legte sie nach einem »Tschüsiii, Pussipusschen« endlich auf.

Meine Knöchel waren weiß. Ich hatte den Hörer sinnlos zusammengepreßt. Nach einer Weile hatte ich mich so weit beruhigt, daß ich mich aufs Fahrrad setzen und zur Stadtbibliothek fahren konnte.
Pussipusschen – ich bedanke mich.

In der Bibliothek war es ruhig. Vereinzelte, flüsternde Stimmen schlichen den Boden und die Wände entlang. Das Licht strömte durch die riesigen Deckenfenster herein und erhellte den Raum.
Meine Schritte klapperten leise, als ich über den Steinfußboden ging. Menschen standen versunken bei den Regalen oder lagen halb in den rotbraunen Ledersesseln und lasen.
An den Terminals saßen Leute und suchten nach Büchern. Ein paar kleinere Kinder spielten mit einigen Computern und hackten und schlugen auf sie ein, als seien es Werkbänke. Ich jagte sie fort und ließ mich nieder. Vorsichtig schielte ich nach allen Seiten.
Wonach sollte ich suchen?
Ich gab das Kommando K ein, das für *Klassifizierung* stand, und dann schrieb ich auf gut Glück »Schwule« und drückte auf »Niveau 1«, Indextaste, und dann »Niveau 2«.
Auf dem Bildschirm flimmerte eine Liste mit eigentümlichen Titeln auf: »Evangelisch-lutherischer Missionsfreund, Die Welt der Kirche ...« Das klang überhaupt nicht schwulenfreundlich.
Falsches Codewort, nahm ich an, und probierte es statt dessen mit »Homosexualität« und »Homosexuelle«.
Die einzige Antwort, die ich bekam, war »Homeros«, was etwas ganz anderes war; ein altes, unendlich langes Epos aus dem alten Griechenland. Oder besser gesagt: Homeros war der Verfasser von dem, was man die homerischen Gedichte nennt. Sie sind so irrsinnig lang und unverständlich, daß man nur ein paar Stro-

phen schafft, dann verliert man den Glauben an sich selbst und die Welt.
Mein Vater, der Schwedischlehrer ist, hat mal gesagt, daß ich zu jung bin, um sie zu verstehen. Vielen Dank, hab ich gebrummt und ihn daran erinnert, daß Alexander der Große wahrhaftig erst dreizehn Jahre alt war, als er sie schon konnte – auswendig.
Denn das wenige, was ich in der Beziehung wußte, war, daß Alexander der Große Homeros vergötterte, und zwar so sehr, daß er mit seinen Heldengedichten unter dem Kopfkissen einschlief. Zu der Zeit gab es ja noch keinen Asterix.

Ich begann zu verzweifeln. Keines meiner Suchwörter brachte ein Resultat. Es gab nichts zu lesen für mich.
Auf dem Computertisch war ein Knopf, auf dem »Hilfe« stand, und ich wollte ihn schon benutzen. Aber was hätte ich sagen sollen?
»Guten Tag, mein Name ist Johan Alexander Lindström, ich glaube, daß ich schwul bin, und wollte etwas darüber lesen. Können Sie mir behilflich sein?«
Da sah ich ein rotes Buch neben dem Computer liegen.
Oh, wie dumm ich gewesen war! Der Text, den ich eingetippt hatte, sollte ja die Bezeichnung des Bereichs sein, nicht das Wort selbst.
Ich schlug rasch die Wörter *Homosexualität* und *homosexuell* in dem roten Buch nach und fand sofort, was ich brauchte: die Bezeichnungen Vndh beziehungsweise Ohjh.

Ich fing von vorn an und hackte wieder K als Kommando ein, doch diesmal schrieb ich Vndh statt Homosexualität.
Der Computer kaute sein Gedächtnis eine ganze Weile durch. Und plötzlich, wie durch Zauberei, öffnete sich der Sesam, wie ein *Sesam, öffne dich,* meine ich, glitt das Tor vor mir auf – ich bekam Todesangst!

Überall auf dem Bildschirm strahlte und prahlte das Wort Homosexualität. Ich blätterte weiter und – wieder dasselbe! Wenn mich jetzt jemand sah!
Das gleiche geschah bei Ohjh. Ich kroch so nah an den Schirm heran, wie ich konnte, um die Einsicht zu verhindern, und das allein wirkte vermutlich schon suspekt. Ich kam mir überhaupt wie eine sehr verdächtige Person vor, ein Verbrecher, ein perverser Mörder.
Die Spannung war unerträglich, als ich zu den Regalen hinüberstapfte, um die Bücher herauszusuchen. Ich hatte sie auf einem Zettel notiert, der in meiner verschwitzten Hand fast zerkrümelte.
Ich sah mich um. Niemand folgte mir. Ich schlich an einem der Regale entlang, blieb abrupt stehen, spähte um die Ecke. Keiner da? Auch hinter mir keiner. Vorsichtig machte ich einen Schritt nach vorn, glitt lautlos zwischen den Regalen entlang und stürzte hinter dem nächsten hinein. Ich warf einen kurzen Blick auf den Zettel, um zu sehen, ob ich mich richtig erinnerte: Ohjh! Ja doch, und jetzt war ich dem Ziel nah. Ich sah das Schild.
Ich klappte den Kragen meiner Lederjacke hoch und versuchte, cool auszusehen. Scheinbar unberührt machte ich einen Schritt, direkt in die Schußlinie. Zwei Schritte vorm Ziel. Bald war ich im Hafen. Ich war heil durchgekommen. Nun war nur noch das Schwerste zu erledigen: die Bücher aus dem Regal nehmen, der Bibliothekarin in die Ohren sehen, ich meine in die Augen, und mit den Büchern abziehen.

Ich las:
»Ohjh – Frauenfragen«.
Ich verstummte völlig. Natürlich hatte ich in der vergangenen Stunde überhaupt nichts gesagt, doch jetzt konnte ich nicht sprechen, wie gerne ich es auch gewollt hätte.
Wieso Frauenfragen?!

Ich fuhr mit der Hand in die Hosentasche und fühlte nach. Er war noch da. Grüßte mich sogar, als ich ihn zwischen meinen Fingern zusammendrückte. Ich war ein Junge – zwar ein schwuler, aber dennoch ein Junge, ein werdender Mann. Mit Pimmel und allem.

Oder war ich es nicht? Warum standen diese Bücher unter »Frauenfragen«? Als ob ich ein Mädchen/eine Frau wäre und nicht ein Junge/Mann. Ich fühlte sicherheitshalber noch einmal nach.

Zum Teufel, ich hab doch einen Schwanz, und da sollte meine verdammte Homosexualität eine Frauenfrage sein? Oder glauben die, daß Schwule und Frauen in etwa dasselbe sind? Wo ich doch jeden Tag, der verging, Mädchen immer unähnlicher wurde.

Jungen im allgemeinen waren vielleicht eine Frauenfrage, aber Schwule ...? Schwule waren doch wohl diejenigen, die Frauen am wenigsten lästig wurden. Wir wollen sie nicht heiraten, ihnen wohl kaum ein Kind machen und dann abhauen, es würde uns niemals einfallen, sie zu vergewaltigen, wir lassen uns nicht von ihnen scheiden. Wir möchten mit ihnen befreundet sein.

Ich kapierte gar nichts.

Mir war schlecht. Johan Alexander Lindström. Johanna Alexandra Lindströminna. Alexandra die Große. Schluß jetzt! Was sollte ich tun, um zu beweisen, daß ich männlichen Geschlechts bin? Reichte nicht mein kleiner Schwanz? Die tiefe Stimme?

Ich schob alle bizarren Gedanken, wie ich mich von anderen Jungs unterschied und was ich mit Mädchen gemeinsam hatte, beiseite und begann fiebrig, an den Büchern zu fingern.

Hastige Blicke in alle Richtungen und dann – schwups! – rausgezogen. Ich preßte sie dicht an meinen Körper, so daß die Titel nicht zu sehen waren.

Dann schlich ich hinüber zu Vndh – der Abteilung für Sexualhygiene. Das klang auch nicht viel lustiger.

Jedesmal, wenn jemand vorbeikam, schaute ich zur Seite, errötete und tat so, als ob es mich nicht gäbe. Das Gefühl, ein perverser Sexualverbrecher zu sein, stellte sich wieder ein. Doch als ich meine Blicke über die Buchrücken hasten ließ, stellte ich fest, daß einige Bücher für mich da standen. Ihre Titel waren erschreckend deutlich.

Als niemand in der Nähe war, riß ich sie schnell an mich und stapelte sie auf dem Arm.

Ein dicker Wälzer war auf englisch – *Male Sexuality*. Ich schlug das Inhaltsverzeichnis auf und sah, daß einige Abschnitte von Schwulen handelten (*Sex and physical intimacy between boys* klang wie das reine Manna, und mein Herz schlug schneller, ja, mehr als das!), und ich schnappte mir das Buch. Ob ich etwas begriff, würde sich später herausstellen. Es war zu vielversprechend, um dagelassen zu werden.

Fünf Bücher reichten. Ich mußte sie ja schließlich auch noch lesen.

Ich blieb stehen und zögerte. Was würde die Bibliothekarin denken?

Ich überlegte, ob ich mich im Lesesaal einschließen sollte – aber fünf Bücher! Ein Ding der Unmöglichkeit. Und die Bücher waren gesichert, also konnte ich sie auch nicht hinausschmuggeln.

Plötzlich, wie ich so gedankenverloren dastand, rief jemand meinen Namen.

## *15. KAPITEL*

Ich sah mich erschrocken um. Zwischen den Bücherregalen kam ein braunhaariger Jüngling auf mich zugeschaukelt. Er winkte. Mir wurde völlig flau. Perra näherte sich rasch.

Die Bücher!

Ich schmiß sie hinter eine der Bücherreihen. Mit der Folge, daß ein Haufen anderer auf den Boden rauschte. Ich fummelte ungeschickt an ihnen herum, quetschte sie brutal zurück ins Regal und raffte zwei andere Bücher an mich, irgendwelche.

»Schau an, Johan. Du hier?«

War er blind? Oder blöd? Ich nickte und versuchte, ganz normal auszusehen.

»Was hast du denn gemacht? Das sah aus, als ob du die Bibliothek abreißen wolltest!«

Natürlich hatte er mich gesehen – was hatte ich denn anderes erwartet?

»Ach, weißt du, die stehen so irre dicht gepackt. Wenn man ein Buch rauszieht, fallen drei hinterher. Und was machst du hier?«

Er fuhr sich mit der Hand durch sein langes braunes Haar.

»Ich wollte mir was über Windsurfen raussuchen. Aber wie ich das sehe, steht das wohl kaum hier.«

»Windsurfen«, sagte ich mit Kennermiene, schnüffelte in die Luft und begann mich langsam wegzudrehen. Ich mußte ihn vom Ort des Verbrechens weglotsen.

»Warte mal ... Das muß hier irgendwo sein.«

Perra kam mit. Ich hatte keine Ahnung, wohin ich ihn führte.

»Ist Windsurfen eine von deinen neuen Marotten?«

»Nein, ich hab mir doch letzten Sommer ein Brett gekauft.«

Na klar, das hatte ich vergessen. Schon komisch, daß sein Interesse anhielt. Aber Windsurfen paßte zu ihm – er blendete gern, in neongrünen Badeshorts, Sonnenbräune und schrillen Sonnenbrillen. Das betrübliche für uns andere war, daß er tatsächlich klasse wirkte.

»Und du?«

»Was?«

»Was hast du ausgeliehen?«

»Keine Ahnung«, antwortete ich dämlich.

»Hör auf, so 'n blödes Zeug zu reden. Laß sehen!«

Er hielt mich fest und las mit immer erstaunterer Stimme – ich war genauso erstaunt:

»*In der Erwartung des Todes* (was im Moment ein außerordentlich passender Titel war) und *Das Sexualverhalten der Frauen Teil 1*. Mensch, Johan«, sagte er lachend. »Das Sexualverhalten der Frauen! Brauchst du das wirklich?!«

»Tja, ich dachte ...« Ich brach ab und erkannte schnell, aber zu spät, denn aus meinem Mund quoll Blödsinn: »Ja, weißt du, Maria und ich, also wir haben gedacht, daß es gut sein könnte, so ganz allgemein ... Und das ist ja auch nur Teil 1.«

Perra stimmte zu, und ich schämte mich und hatte mich wieder mal verleugnet.

»Ja, vielleicht wäre das auch was für mich. Karro und ich sind schließlich schon ziemlich lange zusammen. Wovon handelt es? Ist es gut?«

»Ich hab's noch nicht gelesen. Aber du kannst es haben!«

Widerwillig nahm er das Buch entgegen. War das schön, es loszuwerden!

Jetzt mußte ich noch das große Problem lösen, wie ich meinen Bücherstapel aus dem Innern des Regals herauskriegen sollte, ohne Aufmerksamkeit zu erregen. Und außerdem, wie ich Perra loswerden sollte.

Er blieb stehen.

»Nee, so geht das nicht. Jetzt gucken wir mal genau nach, wo die Bücher übers Windsurfen stehen.«

»Hast du ein paar Piepen?«
»Was willst du damit?«
»Mir ist schlecht. Ich wollte mal eben aufs Klo.«
Er sah mich betroffen an. »Bist du krank? So plötzlich!«
Ich nickte ernst und sagte: »Übrigens, behalt das Geld. Ich fahr nach Hause.«
»Warte einen Moment, ich bin sofort fertig. Bist du mit dem Rad?«
»Hm, es geht schon, ich halt's hier nur nicht mehr aus.«
Ich stöhnte wie eine undichte Pfeifenorgel.
»Schaffst du es auch bestimmt? Ich brauch wirklich nicht ...«
»Nein, es geht schon. Tschüs, wir seh'n uns morgen.«
»Aber, Johan ...«
Hör auf mit deiner übertriebenen Fürsorge! Kann man nicht mal in Ruhe so tun, als ob man krank wär?
»Nein, mach, was du dir vorgenommen hast. Tschüs.«

Ich rannte gekrümmt hinaus, schob mein Rad von der Bibliothek um die Ecke zur Klosterstraße und legte mich auf die Lauer.
Als ich Perra davonfahren sah, sauste ich zurück in die Bibliothek, grub meine Bücher aus und ging mit entschlossenen Schritten auf die Ausleihtheke zu.
Aber dann verließ mich der Mut. Ich wurde zu einem kleinen ängstlichen Jungen, der Unfug angestellt hat und nun Senge kriegen sollte. Die fünf Bücher über Homosexualität brannten wie Salzsäure in meinen Händen.
In einer Blitzaktion schnappte ich mir noch fünf, sechs Bücher aus den Regalen, alles von Hamlet bis zu den Eisbären. Wenn ich so weitermachte, mußte ich mein wöchentliches Krafttraining steigern.
Ich behielt die Ausleihe im Auge. Als es keine Schlange mehr gab – eine halbe Stunde später oder so –, wagte ich mich vor, gab meine Leihkarte ab und starrte zu Boden.

»Spezialarbeit«, sagte ich erklärend und wurde zum hundertstenmal an diesem Tag rot.
Die Bibliothekarin sah mich fragend an.
»Für die Schule. Wir machen gerade Gruppenarbeit – menschliche Relationen. Das ist mein Thema ...« Ich zeigte auf die interessantesten Bücher in meinem Stapel und ratterte weiter wie eine entsicherte Maschinenpistole. »Ich will über Eisbären schreiben. Deshalb brauch ich die hier. Wieso Eisbären, hat mein Lehrer gesagt. Ja, die menschlichen Relationen zu Eisbären, hab ich geantwortet. Eisbären haben hier Tausende von Jahren in Frieden gelebt, und dann kommen die Menschen und werfen das ganze System über den Haufen, alles bricht zusammen, und dann geben sie den Eisbären die Schuld. Genau wie mit den Indianern. Der weiße Mann muß sich immer einmischen. Mein Lehrer war nicht derselben Meinung wie ich, ich weiß nicht ...«
Ohne daß ich es bemerkt hatte, war die Schlange hinter mir angewachsen, und die Bibliothekarin starrte mich ungeduldig an. Schließlich schob sie meinen Bücherstapel ganz einfach zur Seite und sagte: »Der nächste.«
Ganz benommen taumelte ich in die frische Luft hinaus. Das war wirklich anstrengend gewesen.
Als ich zu meinem Fahrrad kam, hatte es einen Platten.

## *16. KAPITEL*

Ich mußte den ganzen Weg nach Haus latschen, schob das Fahrrad und schleppte kiloweise Bücher und hatte obendrein eine Laune weit unter dem Gefrierpunkt.
Als ich die Tür zu meinem Heim, geliebten Heim, aufstieß, schwebte mir ein Duft von frischgebackenen Scones entgegen.

Patrik und seine geliebte Lovisa hatten gebacken. Patrik war richtig freundlich. Er bot mir großzügig an, etwas später davon kosten zu dürfen.
»Unter einer Bedingung«, fügte er hinzu, und ich seufzte. Ich hatte keinen Nerv für harte Verhandlungen.
»Daß du beim Viermann-Whist mitmachst. Papa und du, ihr bildet ein Team.«
Ich hatte keine Kraft zu protestieren. Ich mußte meine Bücherberge verstauen. Die Schwulenbücher versteckte ich unter den T-Shirts im Kleiderschrank zusammen mit den Büchern über Alexander den Großen. Die andern durften offen herumliegen.
Und dann haute ich mich aufs Bett und atmete auf.
Viermann-Whist. Mein Schädel war ganz leer. Ein ebenbürtiger Partner würde ich meinem Vater nicht sein. Ich hatte eigentlich nur Lust zu lesen, lesen, lesen, auch wenn ich sogar dafür zu müde war.
Die Chemiehausaufgaben schenkte ich mir. Hoffte das Beste, und irgendwann mußte einem ja mal was danebengehen dürfen, oder?

Ich streckte meine stattlichen hundertachtundsiebzig Zentimeter aus und legte mir ein Kissen übers Gesicht, bohrte die Nase tief in die Daunen und spürte den Geruch von Schlaf und Bettwäsche. Die Sonne ging gerade unter. Der Frühling kam, hatte aber noch nicht die Kraft, sich zu behaupten. Es gab abwechselnd kalte und warme Tage. Die Natur und ich, wir waren beide verwirrt.
Patrik und Lovisa räumten in der Küche auf. Sie schienen fast fertig zu sein. Wasser rauschte, Schüsseln und Teller klirrten, und die beiden kicherten und schäkerten.
Mein Vater kam herein. Das Kissen lag immer noch auf meinem Gesicht, aber ich hörte, daß er es war.

»Hamlet?!« sagte er zufrieden und nahm das Buch vom Schreibtisch. »Das ist gut. Es wird jetzt Zeit für die Klassiker. Aber du solltest vielleicht mit Don Quijote anfangen.«
»Hab ich schon gelesen«, murmelte ich in das Kissen.
»Aha, und wie fandest du es?«
»Kann mich nicht erinnern.«
Ich hörte, wie ihm vor Schreck die Kinnlade auf den Boden fiel. Ist man der Sohn eines Schwedischlehrers, dann ist man es. Man kann es sich schließlich nicht selbst aussuchen. Genau wie mein Vater es sich nicht ausgesucht hat, einen Schwulen zum Sohn zu haben.
Warum mußte mir das jetzt wieder einfallen? Hatte ich nichts anderes im Schädel?
»Dann solltest du es vielleicht noch mal lesen?«
Ich stöhnte unter dem Kissen. »Ja, Herr Lehrer. Möchte der Herr Lehrer mündliche oder schriftliche Rechenschaft?«
Er gab sauer zurück: »Mußt du mit einem Kissen überm Gesicht daliegen, wenn ich mit dir rede?«
»Ja.«
»Höflich wie immer, verstehe. Ich wollte die Taktik mit dir durchsprechen, bevor wir spielen.«
»Das hilft ja doch nichts. Ich bin ein hoffnungsloser Fall beim Viermann-Whist.«
Das Kissen wurde feucht und unangenehm von Atem, Schweiß und Speichel, aber wenn ich beschlossen hatte, daß ich ein Kissen über dem Kopf haben müßte, dann blieb es dabei. Das war Ehrensache.
»Was redest du denn da! Du bist der beste in der Familie«, sagte mein Vater. »Abgesehen von Patrik und mir«, fügte er zwei Sekunden später nachdenklich hinzu. Wenn man bedachte, daß meine Mutter überhaupt nicht Viermann-Whist spielte, blieb von der Ehre, Bester der Familie zu sein, nicht mehr viel übrig. Mein Vater war schon immer ein guter Psychologe gewesen.

»Es ist gleich soweit. Seid ihr bereit?« brüllte mein Bruder aus der Küche.
»Jaha«, sagte mein Vater. »Dann müssen wir es wohl ohne Taktik schaffen. Kommst du?«
»Ja, ja, nerv nicht.«
»Was ist los mit dir, du bist so miesepetrig?«
»Mein Rad hat 'nen Platten, und ich mußte den ganzen Weg nach Hause LAUFEN.«
Als ob das ein Problem gewesen wäre! Ich war den Tränen nahe und wollte am liebsten allein sein. Ich fühlte mich so kindisch.
Mein Vater setzte sich auf die Bettkante.
»Alexander.« Und jetzt noch dieser ruhige, zärtliche Ton, wie er meinen Namen sagte. »Ist etwas passiert?«
Er hob das Kissen von meinem Gesicht und sah mir besorgt in die Augen. Seine väterliche Fürsorge war zuviel für mich.
»Nichts. Nichts ist passiert. Ich bin nur müde.«
»Bestimmt? Es ist nichts mit der Schule?«
»Nein«, versicherte ich.
Die Schule. Sie war keine besondere Belastung. Nur, daß sie zur Zeit so uninteressant war. Mein Vater dachte wahrscheinlich an Klassenarbeiten und Zensuren. Das anstrengende an der Penne war all das andere – das Rollenspiel, den Schein wahren. Mich zu verstecken. Mich nicht zu verplappern. Nicht zu zeigen, wenn ich traurig oder niedergeschlagen war, dann kommen die Fragen. Wie jetzt. Ich war gefangen. Es gab kein Entkommen. Wohin ich mich auch wandte, immer stand einer da und war überzeugt zu wissen, wer ich war – und ich fühlte mich gezwungen, der zu sein, der ich nicht war.
Also, lieber Vater, frag nicht. Ich kann ja doch nicht antworten. Es ist wohl nichts Besonderes daran, müde zu sein.
Ich konnte nicht verraten, was mich so müde gemacht hatte. Deshalb war es besser, so zu sein, wie ich früher gewesen war – fröhlich und verrückt.

Also packte ich mein Kissen und schlug es meinem Vater auf den Kopf, daß seine Brille ins Bücherregal flog. Er knurrte drohend, riß das Kissen an sich und holte aus. Ich ließ mich in bester James-Bond-Manier auf den Boden rollen und bekam unterwegs mein anderes Kissen zu fassen. Die Federn wirbelten, als mein Vater auf das leere Bett einschlug. Ich lachte höhnisch, und dann war die Schlacht in vollem Gange.

Ich war wieder wie neun Jahre, und auch mein Vater wirkte nicht einen Tag älter. Ich ließ all meine Weinenergie frei, und wir heulten und krakeelten wie brünstige Elchbullen, fuchtelten mit den Kissen herum und wechselten zwischen Clinch und hypnotischer En-garde-Stellung. Bis mein Vater mit einem Prachtschlag die Reislampe traf, die ihren Geist aufgab und auf den Boden krachte.

»Volltreffer!« brüllten wir im Chor und wanden uns in Lachkrämpfen. Ja, mein Vater wieherte wohl eher, wie er das immer tut, wenn er wieder neun Jahre alt wird.

Inzwischen hatten wir Zuschauer, still und starr: Patrik, Lovisa und meine Mutter. Meine Mutter applaudierte mit einem ironischen Lächeln.

Mein Vater räusperte sich. Fand wohl, daß er sich nicht gerade in einer würdigen Verfassung vor seiner Schwiegertochter zeigte – die Haare zerzaust, die Brille weiß der Teufel wo, das Hemd schlampig aus der Hose hängend, ein Daunenkissen in der Hand.

Außer der Lampe lagen noch Bücher, Papiere, Stifte und Kassetten auf dem Boden verstreut.

Schließlich konnte sich mein Vater nicht mehr halten.

»Wer hat gewonnen?« fragte er und grinste.

»Alexander«, antwortete Mutter trocken. »Na, dann gibt's ja doch noch eine neue Lampe.«

Sein Lächeln erstarrte theatralisch. »War das geplant?« Er sah mich streng an und warf das Kissen aufs Bett.

»Na klar!«
»Himmel, was für Kinder wir haben! Oder was sagst du, Helena?«
»Jaa«, sagte meine Mutter, »zwei Jugendliche und ein vierundvierzigjähriges Kind.«
Lovisa kicherte, und dann war es Zeit für Viermann-Whist, fand mein Bruder. Mein Vater trottete fröhlich in die Küche und schmierte einen Berg Scones.
So leicht war es, meinen Vater zu trösten, wenn sein ungewöhnlich glücklicher Johan Alexander müde und down war.

## *17. KAPITEL*

Das Schulfest rückte näher. Måns befand sich im Zustand der Auflösung. Er dachte sogar daran, sich neue Klamotten zu kaufen, um seine Sofie zu kriegen.
»Es ist an der Zeit«, sagte ich und pikte in seine zerfledderten Jeans, »obwohl man den Unterschied wahrscheinlich kaum sehen wird.«
Er mochte meine Kommentare zwar nicht, holte sich aber trotzdem Ratschläge bei mir in Geschmacksangelegenheiten. »Du scheinst eine unfehlbare Ahnung zu haben, was bei den Weibern ankommt«, sagte er. Ich behauptete, das sei Intuition und angeborener Charme und nichts anderes, und ich könnte also nichts dafür.

Maria rief an, wir küßten und umarmten uns. Mein Französisch verbesserte sich, doch mein Blut wurde dick wie Leim, und ich hatte ständig einen schlechten Geschmack im Mund.
Maria fieberte dem Fest mit großer Erwartung entgegen, und

auch sie benutzte mich als Berater: »Soll ich das Rosa oder das Mintgrüne anziehen?« fragte sie und sah aus, als versuchte sie zu verstehen, wie ein Explosionsmotor funktioniert.

»Spielt keine Rolle.«

Ich hatte keine Lust, auf das Fest zu gehen.

»Irgendwas mußt du doch finden! Welche Ohrringe passen besser? Die Papageien oder die Katzen?«

»Hast du keine Frösche?«

Sie kicherte und fand, da wär ja wohl die Grenze. Frösche kann man wirklich nicht tragen, sagte sie, als sei das eine absolute Wahrheit. Und dann umarmte sie mich und schleckte mir einen Kuß auf den mürrischen Mund. Ich antwortete, indem ich ihr Spucke ins Ohr spritzte, was sie verabscheute. Sofort stopfte sie sich das Ohr mit Wattepfropfen voll. In Französisch war sie gut, aber ihre Kenntnisse über erogene Zonen waren irritierend mangelhaft. Perra zufolge waren die Ohren Karros empfindlichster Punkt. Perras Spucke war vielleicht von höherer Qualität.

Siv versorgte uns mit Tee und Schnittchen und überredete mich alle Tage, noch bis zum Abendessen zu bleiben.

Sie war geradezu beängstigend vernarrt in mich, versuchte immer, mich mit auf die Wochenendausflüge der Familie in das Sommerhaus, nach Alt-Uppsala, Sigtuna oder zu einer betagten Steinkirche auf dem Land zu locken, stopfte mich mit Süßigkeiten voll, und manchmal sorgte die Alte für mein Aussehen, indem sie Klamotten für mich anschleppte – im Ausverkauf erstanden, aber trotzdem.

Ich war eine Mischung aus Sohn und Freund der Tochter, auf jeden Fall der werdende Schwiegersohn. Schließlich hatten sie nur Maria. Ich konnte verstehen, daß das auf Dauer langweilig wurde.

Gerade Siv verhinderte immer wieder meine Pläne, mit Maria Schluß zu machen. Wie macht man Schluß, einen Tag nachdem man ein Paar Jeans geschenkt bekommen hat?

Ich war fest in den Fängen dieser wohlmeinenden Menschen. Ich war zu nett. Zu feige. Zu ängstlich.

Die dunkle Tür war wie eine Felswand vor mir. Ich klingelte beharrlich. Wieder und wieder.
Stisse! Ich muß mit dir reden! So geht es nicht weiter.
Ich wollte gerade gegen die Tür hämmern, als Stisse seine Visage herausstreckte, eine John Silver im Mund.
»Johan! Was ist los?« Er sah meinen verrückten flackernden Blick. »Komm rein!«
Ich fläzte mich mit einem langgezogenen Stöhnen auf sein breites Bett. Es federte weich, wiegte mich wie ein Kind. In diesem Bett schlief Stisse abends ein – wovon oder von wem träumte er? Was wußte ich eigentlich über ihn?
»Wenn ich Frösche nur sehe, werde ich nervös«, rief ich.
Er starrte mich verständnislos an.
»Maria«, sagte ich, nachdem ich Luft geschnappt hatte.
Langsam setzte er sich ans Fußende vom Bett und lehnte sich gegen die Wand. Die Detektivmiene war ihm ins Gesicht geklebt.
»Ja, also, Maria.«
»Ich halt das nicht länger aus.«
»Aha.«
»Ich spring bald in den Fluß.«
»In welchen denn, wenn ich fragen darf? Doch nicht in den Fluß, der durch Uppsala fließt? Der ist zu flach.«
»Ist das alles, was dir dazu einfällt – aha, ja, also, zu flach!« sagte ich wütend. »Sie bringt mich noch um. Wir sollen Französisch machen, backen, spazierengehen und fummeln, ich weiß nicht, was noch alles!«
Das war eine Überraschung für ihn, das sah ich, obwohl er versuchte, unberührt zu wirken. Kein Wunder, die ganze Zeit hatte ich so getan, als sei alles in Ordnung. Und Maria war ja auch

nicht schuld daran, daß es so war, wie es war. Sie tat nur das, was man so tut, wenn man verliebt ist.
Es gab so viele andere, die sie hätte glücklich machen können. Warum mußte sie ausgerechnet mich wählen?!
»Wieso?« wollte Stisse wissen und steckte sich eine Zigarette an.
»Du rauchst zuviel«, sagte ich, und er lächelte schief.
»Darüber wolltest du mit mir reden? Ich dachte immer, das ist Gustavs Abteilung.«
Natürlich war es nicht das. Ich legte mir die Hand über die Augen.
»Tut mir leid, Stisse. Aber was meintest du mit *wieso?*« murmelte ich und wußte im selben Augenblick, daß ich es nicht fertigbringen würde, *the truth* zu sagen *and nothing but the truth,* nicht rein und ehrlich.
Ich sagte nichts. Besser, still zu sein, als den Mund zu öffnen und definitiv zu lügen. Stisse wäre der letzte, den ich anlügen wollte.
Nachdem wir eine Weile geschwiegen hatten, zerbröselte er die Kippe und legte mir die linke Hand aufs Knie.
Seine gewöhnliche Berührung durchzuckte mich.
Ich hätte ihn am liebsten umarmt, wollte mit ihm ringen, weinen, brüllen, wie damals, als wir klein gewesen waren. Ihn auf der bloßen Haut fühlen, um sicher zu sein, daß er noch da war – daß etwas Bestand hatte!
Stisse, wir wissen doch alles voneinander. Wir haben uns geprügelt und gelacht, in denselben Betten geschlafen, Geheimnisse miteinander geteilt und gemeinsam gelogen, heimlich beim Fahrradständer geraucht und Drei-Öre-Kracher beim »Faschisten« durch den Briefschlitz geworfen (obwohl wir ganz schön Schiß hatten und ich selten so schnell gerannt bin). Ich hab dein Blut aufgesaugt und du meins – erinnerst du dich? Das war kein Verbrüderungsritus – wir konnten keine engeren Freunde mehr

werden, als wir es ohnehin schon waren. Wir wollten bloß wissen, wie es schmeckte. Wir haben aneinander Küsse geübt, uns gegenseitig mit Masern und Windpocken angesteckt, wir haben alles zusammen gemacht!

Du bist mein bester Freund, Stisse, oder bist du es nicht?

Nicht mehr? Wir wußten alles. Damals. Jetzt nicht mehr.

Wenn du mich doch fragen würdest! Wenn du etwas wissen wolltest, dann würde ich es erzählen. Aber früher hatten wir uns nie fragen müssen, also warum sollten wir es jetzt?

»Du bist also überhaupt nicht verliebt?« sagte er.

»Bei allen heiligen Jungfrauen, nein! Sie ist sooo nett, süß, lieb und gescheit, daß ich kotzen könnte.«

Das Problem war aber, daß es nur die halbe Wahrheit war. Die andere Hälfte, daß sie falsch war, falsch, falsch, falsch, nur um ihrer Brüste, ihres Haares, ihres Mundes, ihres Geschlechtes willen, würde ich niemals sagen. Wie konnte ich nur solche Angst vor dem haben, was er denken würde!

Nicht dieses Mal, dachte ich trotzig, aber irgendwann einmal, Stisse, werde ich es dir sagen. Nächste Woche. Nächsten Monat. Wir sehen uns ja oft, fast immer. Irgendwann.

»Mach Schluß und stell dich nicht so an«, war der einzig mögliche, aber wertlose Rat, den ich mit nach Hause nahm.

## *18. KAPITEL*

Ich hatte versucht, Thomas zu vergessen. Aber das war nicht so leicht. Schließlich joggte er mit Deutschbüchern und Stiften in der Hand durch die Korridore der Schule. Wir saßen mehrere Stunden am Tag im selben Klassenraum. Wir sahen uns mindestens einmal in der Woche beim Basketball.

Ich wurde jeden Tag an ihn erinnert.
Unsere Beziehung war nach und nach vertraulich geworden, war verschmolzen und begann langsam zu keimen. Ich redete wieder mit ihm, und er nahm es dankbar an. So weit, ihn um Verzeihung zu bitten, ging ich nicht. Schließlich hatte Thomas sich blamiert und kam sich dämlich vor. Er umkreiste uns, gehörte aber weder dazu, noch stand er außen vor.
Das Wort Braut erwähnte er nicht einmal mehr.
Thomas bewegte sich, atmete, redete, scherzte und blödelte wie alle anderen. Daran war nichts Besonderes. Aber daß er mir auffiel, das war merkwürdig. Er sah mich wie die Rettungsplanke zwischen seiner Welt und unserer, und ich geriet in die merkwürdige Lage, daß er für mich schwärmte. Nicht auf *die* Weise. Niemals. Sondern indem er um mich herumstrich, mit mir redete und mich dazu bringen wollte, ihm freundschaftlich auf die Schulter zu klopfen, zu bekräftigen, daß ihm vergeben sei – daß er etwas taugte, daß er wirklich wie alle anderen war und nicht nur das Sportgenie Thomas.
Ich zweifelte keinen Augenblick daran, daß er außerdem über mich – den Don Juan – an Anna herankommen wollte! Denn wenn jemand wußte, wie man so was anstellte, schien ich es ja zu sein. Er konnte nicht wissen, daß sich alles verändert hatte. Seine Träume waren nicht meine.
Ob ich in Thomas verliebt war, das war wieder die brennende Frage. Ich glaubte es nicht. Doch er war der einzige wirkliche Mensch in meiner Nähe, von dem ich träumen konnte. Und das tat ich auch. Von Thomas und von Alexander dem Großen. Total sinnlos. Lächerlich. Destruktiv.
Aber wie er sich bewegte, atmete und redete und Witze machte! Ich war keineswegs völlig begeistert; ich entdeckte ein neues Gefühl in seiner Nähe, das mich nervös machte.
Ich tat alles, um ihm aus dem Weg zu gehen. Das war unmöglich. Thomas folgte mir wie ein Hund.

Unbemerkt tauchte er hinter mir auf. Ich stand vorm Spiegel und kämmte mich. Er bürstete sich das braune Haar, atmete mir in den Nacken, daß sich die Härchen aufstellten. Ich bekam ihn im Spiegel flüchtig zu sehen: die Wölbungen über seinen Augen, den sanften Amorbogen, die glatten runden Wangen ... Ich stand da in Unterhosen und fühlte das Pochen, das schwache, sich ankündigende Anschwellen – warum tust du mir das an, Thomas?!

Wenn Stisse oder Måns nicht schneller waren, haute Thomas im Umkleideraum sich neben mich, verstreute seine Sachen wie Mist auf dem Acker und redete über Basketball. Wenn wir drei gleichzeitig kamen, ließ er sich gegenüber nieder. Dann wagte er nicht, sich dazwischenzudrängen.

Ich hab gesagt, daß er nicht über Mädchen redete. Das war falsch. Er hielt über sich und die Bräute nur den Mund. Dagegen stellte er höfliche, manchmal neugierige Fragen nach mir und Maria, wie wir zusammengekommen waren, was wir taten. Aber er wurde nie hartnäckig. Der Denkzettel, den er sich im März eingefangen hatte, schmerzte immer noch.

Es war fast erschreckend, ihn so zu sehen – so rücksichtsvoll und gleichzeitig so anbiedernd. Wenn er gewußt hätte, wie sehr er sich vor mir entblößte, hätte er sich blitzschnell zurückgezogen. Er zeigte sich mit all seiner Unsicherheit und Sehnsucht, ohne daß ihm das klar war. Auf diese Weise war er mir ähnlicher als irgendein anderer – wir wachten beide auf und schliefen ein mit unseren Sehnsüchten, die doch so unterschiedlich waren. Der Unterschied bestand nur darin, daß ich mich wie eine Schildkröte in meinem Panzer verkroch.

Ich hatte eine ganze Weile geduscht und dann mit Måns in der Sauna gesessen und Dreck und alte Haut abgerubbelt.

Als wir in den Umkleideraum torkelten und jene beißenden Duftsensationen von Achselschweiß und Fußkäse einsogen, war Thomas schon angezogen.

Ich ließ mir absichtlich viel Zeit. Thomas blieb noch da. Er tat so, als wollte er verschnaufen. Suchte in seiner Jeansjacke nach seinen Schlüsseln, packte seine Sporttasche um. Ich mußte über sein durchschaubares Herumgewerkel einfach lächeln.
Zum Schluß waren nur noch Måns, ich und Thomas da. Halbherzig nahm Thomas an unserem Gequassel teil. Der Kerl hatte es nicht leicht. Was ihn auch bedrücken mochte, es fiel ihm schwer, es zu sagen. Måns und ich verstummten. Jetzt hatte Thomas Gelegenheit.
»Was habt ihr denn am Samstag vor?« fragte er betont beiläufig.
Ich zuckte mit den Schultern.
»Ihr habt nicht vielleicht Lust, rüberzukommen?«
Was hörte ich da? Thomas schlug vor, daß wir was zusammen machen sollten! Wann war das zuletzt passiert? Måns sagte, daß er was vorhatte, mir fiel in der Eile keine Ausrede ein.
»Und du, Johan, kannst du?«
In seiner Stimme lag solch ein Flehen, daß ich schon deswegen ein schlechtes Gewissen bekam, nur weil ich daran gedacht hatte, etwas vorzuschützen.
»Doch, ich kann.«
Die nächste Katastrophe war unausweichlich.

## *19. KAPITEL*

Der Streusand knirschte unter den Schuhen. Obwohl es ein schneearmer und milder Winter gewesen war, hatte man tonnenweise Sand auf die Straßen gekippt. Die Kehrmaschinen waren in vollem Einsatz, um ihn wieder einzusammeln.
Bewölkter Samstag. Maria hatte ich in einem günstigen Mo-

ment abgeschüttelt, und mein Mut, mit ihr Schluß zu machen, wuchs von Tag zu Tag.
Ich ging den Waldbergweg entlang, bog nach links in den Gråbergsweg und näherte mich Thomas' Haus.
Hier zwischen den Einfamilienhäusern und Gärten fiel allein schon die Ruhe im Unterschied zu unserem hellhörigen Mietshaus auf, wo man genau hören konnte, was der Nachbar machte, wenn er aufs Klo ging.
Der eine oder andere Hund kläffte mich an, als ich an den hohen Hecken vorbeiging, die die Grundstücke umschlossen.
Es war idyllisch. Alte Holzhäuser und einzelne Neubauten. Obstbäume und gepflegte Beete. Autos auf kiesbedeckten Garageneinfahrten und Vortreppen mit gußeisernen Geländern. Das kleine putzige Wohngebiet lag nahezu versteckt vom restlichen Eriksberg mit seinen Hochhäusern und dreistöckigen Wohnhausreihen. Die Beete vor unserem Haus waren überhaupt nicht so schön frisiert wie die vor den Einfamilienhäusern. Aber die Natur rundherum, die Kiefern, die man wie Wäldchen stehengelassen hatte, und die vereinzelten unberührten Baumreihen zwischen den Häusern ließen unsere Gegend trotz der Betonkolosse sanft und freundlich erscheinen.
Die frühlingshafte Mischung aus Kühle und Wärme duftete frisch. Spülte mich rein von allen flauschigen Wollsachen und Daunenjacken.

Thomas trug halbverschlissene Jeans und einen langärmeligen grünen Pulli mit weißen Streifen.
Es war schon prima, daß in mir nichts zusammenfuhr, als er die Tür öffnete – er sah nett und toll aus, Punkt, aus. Ein Freund.
Es war schon lange her, daß ich meinen Fuß in sein Haus gesetzt hatte. Seine Eltern und seine kleine Schwester waren verreist, und sein Bruder latschte im Wald rum und spielte als Wehrpflichtiger Krieg.

Das Stereogerät lief, spuckte Musik aus, und wir sanken auf das Wohnzimmersofa.
»Es gibt gleich was zu spachteln«, sagte Thomas. »Ich hab Thomas' Tabasco Speziale gebacken.«
Ich hatte keine Ahnung gehabt, daß er ein guter Koch war. Immer wieder rannte er in die Küche und kontrollierte den Ofen, teilte wie ein Fußballreporter die Lage mit und sagte, daß der Anstoß nahe war.

Die Pizza schmeckte gut. Etwas zu scharf vielleicht. Brennt man nicht vor Leidenschaft, wird man von anderen Flammen verzehrt. Thomas, der offensichtlich an starke Gewürze gewöhnt war, lachte, als mir der Schweiß ausbrach. Ich trank große Schlucke von dem Bier, das sein Bruder gekauft hatte, wurde aber nur noch durstiger davon.
»Trink nicht so oft! Trink lieber nachher. Das ist wie beim Training – halt aus, zwing dich, die Müdigkeit wegzudenken, bis sie vorübergeht. Quetsch dich bis an deine Grenzen aus, bis du dich dran gewöhnst. Dann kannst du dich ausruhen.«
»Das klingt verrückt«, sagte ich, aber er wußte es wohl besser als ich.

Alles nahm eine andere Wendung, als ich erwartet hatte.
Wir mampften die Pizza, unterhielten uns und hauten uns eine Packung Eis rein. Thomas erwies sich als ein Eismonster meines Kalibers. Davon hatte ich auch keine Ahnung gehabt.
Beim Essen wurde das Reden so leicht – mit Hilfe des Biers, nehme ich an, und ich erzählte von Maria. Erst hörte Thomas mit großen Augen zu, dann lachte er schallend.
»Und ich hab geglaubt, ihr seid ein eingespieltes Team!«
Er und seine Sportvergleiche.
Wir kratzten den letzten soßigen Eisrest aus und rülpsten laut.

Allein mit mir, war Thomas entspannt und redselig, und ich war froh, daß Måns verhindert gewesen war. Eigentlich hatte er gelogen, was Thomas ahnte. Ich war aufgedreht genug, ihm recht zu geben.

»Scheiß was auf Måns!« grölte ich. »Hast du noch mehr Eis?!«

Thomas erhob fröhlich sein Glas und sagte: »Ja, scheiß auf Måns. Er hat mich sowieso nie leiden können, und ich mag ihn auch nicht besonders!«

Das war das erste Mal an diesem Abend, daß ich wieder unruhig wurde. Einerseits, weil Thomas nicht so arglos gewesen war, wie ich angenommen hatte, andererseits, weil ich Måns verraten und gegen die ungeschriebene Loyalitätsregel der Clique verstoßen hatte.

»Mehr Eis zu diesem Tisch!« rief Thomas und winkte, als sei er im Restaurant.

Er ging vom Tisch weg, bog zur Toilette ab und kam gleich darauf wieder.

»Das Eis ist alle. Aber guck mal hier!« sagte er zufrieden und holte eine grüne Flasche hervor, die er hinter dem Rücken versteckt hatte.

Ich zog die Augenbrauen hoch. »Wo haste denn die her?«

»Aus dem Keller von meinem Vater«, sagte er und setzte den Korkenzieher an. Der Korken fuhr mit einem hohlen Plopp heraus.

»Das traust du dich?«

»Der merkt das nie. Er hat Massen davon. Manchmal klau ich mir eine und nehm sie mit zum Fußballtraining, und bisher hat er nichts gesagt.«

Thomas goß Wein ein, der sich mit dem Bierrest im Glas vermischte.

»Skål!« sagte er stehend.

Doch unsere Duralexgläser klangen kein bißchen. Sie gaben ein liebloses Plonk von sich, als sie aneinanderstießen. Und von nun an sagten wir jedesmal Plonk, wenn wir an dem bitter-süßen Rotwein nippten. Das gab ein schreckliches Geplonke. Meine Vorstellungen von der Welt wurden immer nebliger. Die Konturen lösten sich auf, und ich schaukelte auf dem Stuhl nach vorn.

Wir kicherten und spielten Karten, leerten die Flasche, und Thomas holte noch eine rauf und brachte zwei kratergroße Schüsseln mit Käseflips.

Die Karten tanzten über den Tisch. Bald konnten wir die verschiedenen Figuren nicht mehr unterscheiden. Thomas bewies seine Männlichkeit dadurch, daß er die küßte, die er für die Damen hielt. Die Karten wurden klebrig. Wie Marias Zunge, sagte ich und löste damit ein Wahnsinnsgelächter aus.

Als Thomas die nächste Flasche öffnen wollte, blieb der Korken im Flaschenhals stecken.

In meinem Zustand fand ich das maßlos komisch. Es konnte kaum schlimmer werden, als Thomas in seinem verzweifelten Versuch, an den Wein zu kommen, den Korken mit einer Gabel zerbröselte. Schließlich gelang es ihm, den Korken in den Wein runterzustoßen, der von dem Druck in hohem Bogen herausschoß und die Tischdecke und ihn vollspritzte.

»Wiederholung! *In slow motion!*« Ich lachte, daß mir die Tränen die Backen runterliefen.

»Plonk!«

Das Gehirn matschte zusammen, die Zunge schwoll an wie ein feuchter Tafelschwamm. Die Blase füllte sich bis zum Bersten. Mitten in einem Fullhouse mit Königen mußte ich raus.

Ich schob den Stuhl zurück, stand auf, und der Boden fuhr wie ein Fließband unter meinen Füßen weg. Ich grapschte nach etwas, woran ich mich festhalten konnte, bekam die Stange der Stehlampe zu fassen, die mir folgte und mit einer hübschen

Bruchlandung am anderen Ende des Zimmers direkt in ein Bücherregal krachte.
Ein Porzellankerzenhalter wackelte, fiel mir auf den Kopf und konnte nur deswegen der Nachwelt erhalten bleiben – eine schmerzende Beule war der einzige Schaden. Zum Glück. Die Lampe befand sich nämlich nicht mehr in bestem Zustand. Und das konnte man von mir auch nicht gerade behaupten.
Thomas heulte auf seinem festen Thron am Tisch.
»So 'n Spaß hab ich nicht mehr gehabt, seit mein Vater in Liseberg Disco Round gefahren ist. Wiederholung, bitte! *In slow motion!*« machte er mich nach.

Und dann mogelte er sich vier Asse zu, während ich aufs Klo torkelte.
Thomas zwang mir noch mehr Wein auf. Er behauptete nachdrücklich, daß die Reste der Käseflips zwischen den Zähnen weggespült werden müßten. Solch überzeugenden Argumenten hatte ich nichts entgegenzusetzen. Ich reichte ihm das Glas. Thomas schwenkte die Flasche wie eine Fliegenklatsche herum, und so landete mehr Wein neben als im Glas. Er hatte noch genug Verstand, einen Lappen zu holen und den Tisch und sich selbst damit abzuwischen.
Wir brieten uns Wurst und aßen sie mit Mayonnaise. Wurst macht so erfinderisch.
Sagte ich Wurst? Wein, natürlich.

»Und Ann-Louise?« fragte er plötzlich und war wieder da, wo wir bei Thomas' Tabasco Speziale aufgehört hatten.
Mein Image stand auf dem Spiel, und ein Angststachel stach mich innerlich. Ich beschloß, in dem Punkt mit der Wahrheit hinterm Berg zu halten, und log und übertrieb ein wenig, was in diesem Zustand keine große Kunst war oder ein schlechtes Gewissen erzeugte.

Alles war so angenehm und befreiend. Nie war das Leben so sorglos gewesen. Ich flog, und die Sorgen verschwanden in andere Galaxien. Es war so leicht, zu lachen und zu reden – außer daß gewisse Konsonanten Schwierigkeiten bereiteten. Und Thomas war wirklich richtig unterhaltsam.

»Wiespähisses?«

»Wiespähisses, wiespähisses, was weiß ich, was weiß ich«, sang Thomas zu der Melodie von Bruder Jakob.

»WIE SPÄT isses?« verdeutlichte ich.

Thomas begab sich auf einen riskanten Ausflug in die Küche, kam aber unbeschadet wieder zurück. Er starrte auf etwas in seiner Hand.

»Ich weiß nicht«, sagte er erschöpft. »Ich finde die Zeiger nicht, Plonk auf euch, hicks!«

»Kein Wunder!« rief ich. »Das ist 'ne Eieruhr, du Saufkopp!«

Und dann brachen wir in schallendes Gelächter aus.

Mitten im Gewieher mußte er plötzlich fürchterlich husten.

Thomas hustete immer weiter und taumelte nach Luft ringend in die Diele. Ich lachte, weil er so dämlich aussah. Aber es klang gar nicht schön, und ich torkelte hinter ihm her, gerade als die noch ganzen Wurststückchen zusammen mit einer unappetitlichen Pampe aus Pizza, Wein, Bier und Käseflips aus seinem Mund spritzten.

Er nickte ein. Ich fing ihn auf und führte ihn in Schräglage ins Badezimmer. Es zischte in seinem Mund, und er warf sich über das Waschbecken. Seine Wangen, die eben noch rot geleuchtet hatten, waren nun leichenblaß. Ich stützte ihn und holte Eimer und Lappen. Von seinen gurgelnden Konvulsionen begleitet, wischte ich mechanisch den Dreck in der Diele auf.

Thomas hing wie zermatschtes Hackfleisch über dem Waschbekken. Gefügig wie ein müdes Kind ließ er es zu, daß ich ihm die vollgereiherten Sachen auszog. Ich schmiß sie in die Badewanne und spülte sie halbwegs.

Übelkeit stieg mir den Hals hoch, als der Gestank aus dem Abfluß und von den Resten hochstieg, die an den Kanten festklebten und langsam am Waschbecken hinunterrannen.
Ich drehte die Handdusche auf und spülte Thomas mit eiskaltem Wasser den Kopf und das Gesicht ab. Er erholte sich so weit, daß er aufstehen konnte. Ich legte mir seinen Arm um die Schultern, griff ihn fest um den Leib und schleppte ihn weg.
Ich lief wie auf Zuckerwatte. In seinem halb bewußtlosen Zustand war er schwer und hing mehr an mir, als daß er selbst ging. Ich schwitzte wie ein Affe und fühlte, daß es ihm ebenso ging.
Ich kippte seine Trümmer ins Bett.
»So schlecht war mir nicht mehr, seit ich in Liseberg Disco Round gefahren bin«, stöhnte er und versuchte zu lächeln.
Ein Sportsmann darf niemals aufgeben, mußte immer tapfer sein! Aber er sah nur noch jämmerlicher aus, als er sein angestrengtes Lächeln lächelte.
Ich zog ihm die Socken aus und breitete die Decke über ihn. Er öffnete für eine Sekunde die Augen, warf mir einen Blick des Dankes zu und murmelte »Auf jeden Fall haben wir Spaß gehabt«, ehe er sich zur Wand drehte. Die Decke hatte er bis zum Kinn hochgezogen.
Als ich mich entspannte, überfiel mich eine schreckliche Mattigkeit. Die Beine knickten beinah unter mir zusammen. Mein Kopf veranstaltete einen Rundlauf. Die Wände entfernten sich immerzu, die Decke spielte Jo-Jo, und nichts konnte ich mit dem Blick fixieren. Alles bewegte sich wie ein riesiges Karussell, kam näher und entfernte sich wieder mit Wahnsinnsgeschwindigkeit. Ich flog wie eine führungslose Rakete durch den Weltraum und sah eine unendliche Anzahl von Sternen. Es half nichts, die Augen zu schließen. Ich suchte an der Wand Halt. Ich mußte mich hinlegen. Eine kleine Weile. Das konnte nicht schaden.

Angezogen sank ich aufs Bett, kroch unter die Decke und rückte an Thomas heran. Er grunzte und rutschte näher an die Wand.

Sich hinzulegen war, wie ins Paradies zu kommen. Zwar drehte und wirbelte das Zimmer immer noch herum, aber jetzt drehte sich wenigstens alles in eine Richtung.

Thomas lag unbeweglich da. Ich horchte nach seinem Atem. Ich hatte schon von Leuten gehört, die im Schlaf an ihrem eigenen Erbrochenen erstickt waren, und ich wollte nicht, daß er hier lag und starb.

Meine Gedanken irrten umher. Ich hatte vollständig das Zeitgefühl verloren. Jetzt schwebte ich, und mein Herz hämmerte nicht mehr so schrecklich schnell.

Ich hatte keine Ahnung, wie ich es je schaffen sollte, wieder aufzustehen. Ich drehte mich um und traf auf Thomas' nassen Nakken.

Armer Thomas! Aber Spaß haben wir auf jeden Fall gehabt, dachte ich und fühlte mich schlecht. Wie es ihm wohl ging?

Bis hierher war es so gut gelaufen.

Und da lag er. Heiß, wie im Fieber.

Die Gedanken drehten sich im Kreis. Der Rausch verlieh mir Mut. Ich hob die Hand und legte sie ihm auf den Arm. Ich mußte ihn einfach berühren. Es war das gleiche bedrückende Gefühl wie damals bei Marcus, nur, daß es diesmal stärker war. Trotz des Rausches erlebte ich es voll bewußt. Aber ohne ihn wäre es nicht dazu gekommen – da hätte ich mich besonnen. Doch nun wollte ich so gerne ... und er schlief doch.

Ich strich ihm mit der Hand über den Arm, streichelte seinen Bauch. In mir kribbelte es. Ich war aufgeregt, aber nicht geil, hatte keinen Ständer. Ich war vollkommen zufrieden damit, hier an seiner Seite zu liegen, seine weiche Haut zu fühlen, denn sie war wie Samt, und es überraschte mich, daß sie sich so anfühlte. Ich spürte fasziniert seinem Atem nach, wie sich der Bauch hob

und senkte. Da gab es so vieles zu entdecken. Ich war selig; niemals zuvor war ich einem Körper so nahe gewesen – einem Jungenkörper. Nicht auf diese Weise.
Mit der Hand horchte ich nach seinem Herzen, ließ die Brustwarzen meine Handfläche kitzeln, mein Rausch steigerte sich, und das war nicht mehr der Alkohol. Es war ein Wunder, das ich da erlebte, bildete ich mir ein, das totale Glück, und ich erkundete ihn mit meiner empfindsamen Hand immer weiter: den Bauch, die Brust, den Hals. Schließlich wagte ich mich zu den Schenkeln hinunter und streifte auf dem Weg dorthin seinen weichen Schwanz in den Shorts. Ich erlebte diesen seligen, schmerzlichen Augenblick des unbegrenzten Genusses und des grenzenlosen Glücks – man gehört zu einer anderen Welt und zu den Auserwählten. Ist man einmal dort gewesen, sehnt man sich immer dahin zurück.
Ich stand unter Drogen, war gefangen, konnte nicht aufhören, wollte nicht.
Bis etwas die Illusion zerstörte.
»Was treibst du da? Was machst du?« lallte Thomas. »Nimm deine Hand weg!«
Die Katastrophe war da.

## *20. KAPITEL*

Ich stürzte aus dem Haus. Direkt in den Stadtwald. Blind vor Angst stolperte ich in der tiefen Finsternis vorwärts, verlor die Orientierung. Wo zum Teufel war ich?!
Was hatte ich getan? Ich konnte schon die Überschriften sehen: »Sexgieriger vergewaltigt fünfzehnjährigen Jungen!« oder »Perverser Teenager in Eriksberg – Jungen werden gewarnt!«

Der Nobelpreis in Dummheit sollte mir zugesprochen werden. Thomas befummeln. In seinem Bett. Ich hätte mir an drei Fingern abzählen können, daß er aufwachen würde.
Thomas, verzeih mir, sag nichts, bitte ...
Ich bin besoffen gewesen, Thomas! Wußte nicht, was ich tat, weiß nicht, was in mich gefahren ist. Vergiß alles, alles, alles, ich existiere nicht, vergiß mich.
Ich werde ihm sagen, daß ich nur nachfühlen wollte, ob er lebt und atmet. So wie er gereihert hatte. Glänzende Idee! Das Herz sitzt schließlich zwischen den Schenkeln, das weiß ja jeder.
Johan Alexander Lindströms Irrfahrten! Könnte ein guter Titel für ein Buch sein. Die schmutzige Geschichte von einem geistesgestörten Fünfzehnjährigen, der seine Klassenkameraden begrapscht, Bräute verführt, von Alexander dem Großen träumt und nachts durch den Stadtwald irrt. Ich war der dümmste Suffkopf, den ich kannte.
Ich versuchte, klar zu denken, aber der Alkohol betäubte meine kläglichen Möglichkeiten. »Nimm deine Hand weg« – wäre es doch nur ein Alptraum gewesen! Aber ich fühlte ja immer noch seinen Körper in meinen zitternden Händen. Es war Wirklichkeit.
Ich ging alle denkbaren Selbstmordmethoden durch. Wenn ich schon pervers war, konnte ich mich auch gleich umbringen.
Der Fluß war zu flach, hatte Stisse ja gesagt.
Tabletten – ruhig und angenehm. Aber wenn es mißlang, konnte ich nur noch schlimmere Gehirnschäden davontragen.
Erhängen sagte mir nicht zu. Konnte Wirbelverschiebungen und bleibende Lähmung verursachen.
Revolver – zu brutal und blutig. Und wo sollte ich den herkriegen?
Vom Hochhaus springen ... viel zu riskant. Viele haben den Fall aus höheren Höhen überlebt.

Sich vor ein Auto werfen? Würde nur dem Fahrer eine Menge Schuldgefühle aufladen. Außerdem war der Verkehr um diese Zeit ziemlich spärlich.
Rasierklinge wirkte so roh.
Ersticken? Ertrinken? Feuer?
Doch vor allem war ich auch zu feige dazu. Und ich wollte es auch nicht. Es lief wohl darauf hinaus, noch ein Weilchen weiter zu lügen.

## *21. KAPITEL*

Mein gesamtes dramatisches Talent kam am Montag zum Einsatz. Ich wurde krank. Heftig krank. Ich lag wie ein Bleiklumpen im Bett, sank immer tiefer in die Matratze, webte mich in die Laken ein und wimmerte und hustete gekünstelt. Meine Mutter war davon überzeugt, daß es Grippe war.
Sie warf einen hastigen Blick auf mich, ehe sie zum Reisebüro davonstürmte.
»Bleib nur heute zu Hause, du, mein Prinz«, sagte sie – was mich an Frösche erinnerte und mir echte Übelkeit verursachte.
Ich konnte ganz einfach nicht zur Schule gehen, Thomas dort treffen und mit der Angst leben, er könnte etwas sagen – zu mir oder zu jemand anderem. Nie wieder würde ich ihm in die Augen sehen können und mich erst recht nicht mit ihm auf dem Basketballfeld schlagen oder in die Schlange an der Essensausgabe oder im Umkleideraum drängeln können.

Nach zwei Tagen war mein Bett so bequem wie ein Nagelteppich.
Eigentlich hätte ich es richtig gut haben können; morgens stand

ich auf dem Balkon und sog den Frühling ein und winkte den vorbeikommenden Klassenkameraden herablassend zu (außer Thomas, versteht sich), die Zeit vertrieb ich mir damit, Comics zu lesen, Musik zu hören, Hefeteilchen zu verschlingen (und der verdammte Hagelzucker, der von den Teilchen runter und in mein Bett rollte, machte mich verrückt), Karten zu spielen und mir selbst leid zu tun.

Anstrengend war es nur abends, wenn die Familie einfiel, Visite machte und mich verhörte, quetschte und befühlte und abklopfte, Tee hereinbrachte und Obst und Bonbons.

Am schwierigsten war es, den Husten echt klingen zu lassen. Tagsüber übte ich verschiedene Hustentechniken: Röcheln und Räuspern. Ich nahm es auf Band auf, hörte es ab und wählte dann den Husten des Tages.

Ich entdeckte, daß Milch die Mundhöhle schleimig machte, der Staub aus dem Anspitzer erzeugte Reizhusten, von fünfundsiebzig Liegestützen war ich völlig erschöpft und rotblau im Gesicht, und das, kombiniert mit einer der Zigaretten, die Stisse vergessen hatte, ließ mich vor Schwindel zu Boden gehen und verlieh mir obendrein die kleidsame Blässe von Krankheit. Dieses Ritual vollzog ich jeden Nachmittag und früh am Morgen, so daß die anderen von meinen Hustenattacken aufwachten. Sie hatten keinen Anlaß, mißtrauisch zu werden.

Ich versuchte, die Schwulenbücher zu lesen, die ich aus der Bibliothek nach Hause geschleppt hatte, aber die waren plötzlich uninteressant. Ich ertrug sie nicht, ich wollte alles, was passiert war, verdrängen. Mich fernhalten, bis alles vergessen war, und dann ein ordentlicher Kerl werden, eine Freundin haben und Händchen halten.

Ich las statt dessen über Eisbären.

Doch wenn ich dann und wann erregt war, kehrten meine Phantasien von Jungen wieder. Weil ich nichts anderes zu tun hatte, ließ ich sie gewähren und holte mir einen runter. Es passierte, daß Thomas mitten in so einer Vorstellung auftauchte und höhnisch lachte. Dann stürzte der Vorhang herab.

Stisse kam mich besuchen und hielt mir eine Weile die Hand. Er rauchte ununterbrochen. Rücksichtsvoller Samariter, der er war, blies er mir den Rauch in großen Wolken ins Gesicht. Zur Abwechslung bot ich der Welt authentische Hustenanfälle. Stisse glotzte mich großäugig an.
»Mein lieber Mann! Dir geht's wirklich schlecht!«
Als ob er es nicht geglaubt hatte!
Er fühlte, ob ich Fieber hatte. Ich lächelte matt.
»Mein Vater mischt immer Honig mit Kognak, wenn er Husten hat«, sagte Stisse, rannte in die Küche und grölte: »Habt ihr keinen Kognak da?«
Ich rief ihn zurück in die Wirklichkeit und wies ihn darauf hin, daß der Husten wohl davon kam, daß er mich vollständig eingeräuchert hatte. Da sah er wie ein beleidigter Hund aus. Ich bekam ein schlechtes Gewissen und rang mir einen meiner Huster ab (Modell Turbo – klingt wie ein rostiger Saab, der in eine Eisenbahnschranke donnert), daß die Tränen nur so liefen, und Stisse sah sehr zufrieden, wenngleich auch etwas besorgt aus.

Mariaaa rief jeden Tag an. Sie wollte kommen und mich verhätscheln. Ich wehrte alle Barmherzigkeiten dieser Art mit der Begründung ab, daß ich mein Elend nicht öffentlich zur Schau stellen wollte. Und daß sie dann vielleicht aufhören würde, mich gern zu haben. Das wäre sicherlich gut gewesen, doch wenn ich ihren Typ richtig einschätzte, würde ihre Liebe nur wachsen, wenn sie den rettenden Engel am Krankenbett spielen dürfte.
Am Donnerstag schauten Perra und Måns herein. Eine willkommene Unterbrechung der Langeweile. Dachte ich.
»Maria läßt grüßen«, sagten sie, und ich fühlte mich sofort mies. Was für Kameraden man doch hat.

»Sonst noch was?« fragte ich sauer und sank tiefer in mein Meer aus Decken und weichen Kissen.
»Mensch, bist du aber daneben«, sagte Måns.
»Er ist krank«, erklärte Perra, als ob ich nicht im Zimmer sei.
»Wir haben die Französischbücher mitgebracht«, fuhr Måns fort.
»Der nächste tödliche Schlag«, sagte ich mürrisch. »Vielleicht habt ihr auch noch Chemie mitgebracht?«
Måns sperrte verblüfft den Mund auf.
»Wie konnte er das wissen?« sagte er zu Perra.
»Man kann so werden, wenn man krank ist. Das ist, als ob man Kontakt mit anderen hat und Sachen im voraus weiß. Wie heißt das? Transpiranten! Vielleicht ist er einer geworden«, sagte Perra, wieder, als sei ich nicht anwesend.
»Transzendent«, piepste ich.
»Was?« sagte Perra, warf den Kopf in den Nacken wie eine Taube und schob die Haare zurück, die ihm immer in die Augen fielen. Ich wartete auf den Tag, an dem er sich die Haare beim Spielen in den Gitarrensaiten verheddern würde.
»Transzendent – nicht Transpirant. Und das heißt *Transparent* – nicht Transpirant.«
Perra nickte nachsichtig und klopfte mir auf den Scheitel.
»Du solltest dich nicht so anstrengen, wenn du krank bist.«
»Nein, immer schön mit der Ruhe«, ergänzte Måns.
Måns legte die Chemiebücher neben mich, und ich setzte mich im Bett auf.
»Wir haben Mittwoch in einer Woche einen Test«, sagte er unbekümmert.
»Braucht Maria etwa Hilfe?« fragte ich spitz.
Sie starrten sich verwundert an. Maria mischte genauso leicht Flüssigkeiten und brannte Zucker und sagte Formeln auf, wie sie französische Verben beugte. Sie brauchte wirklich keine Hilfe.

»Er ist tatsächlich krank«, sagte Perra.
»Ja, das ist er«, sagte Måns.
»Hat Thomas ...«
»Thomas!« riefen sie unisono.
»Er hat ALLES erzählt!« sagte Perra, und beide lachten ordinär.
»Alles?« sagte ich kleingläubig und fiel der Länge nach auf den Rücken.
»Ja doch«, sagte Måns.
»*All the details*«, sagte Perra.
Ich schlug mir vor die Stirn und keuchte laut. Måns und Perra reckten ihre pickeligen Visagen über das Bett und studierten mich eingehend von oben.
»Er ist sehr blaß«, sagte Perra, warf den Kopf in den Nacken. »Glaubst du, er braucht was zu trinken?«
»Ja, was zu trinken ist genau das, was er braucht«, sagte Måns, legte sich eine Prise ein und klapperte in die Küche, um Wasser zu holen.
»So, kleiner Johan, trink jetzt.«
»Was meinst du, woran er leidet?« hörte ich Måns fragen, und Perra antwortete: »Was weiß ich, ich bin kein Doktor.«
Und dann begannen sie, über meinen Zustand zu reden und über eigene Krankheiten und Wehwehchen. Ich versuchte, hier und da eine Bemerkung einzuflechten, doch sie waren offenbar der Meinung, daß es mir so schlechtging, daß ich für diese Welt schon verloren war. Ich war nicht die Spur interessant – außer aus wissenschaftlichem Blickwinkel – und sank noch tiefer ins Bett. Ich wollte, daß sie mit mir redeten, nicht über mich.
»Hallo«, wimmerte ich aus meinem grauen Grab. »Hallo! Hier bin ich!«
Ich streckte die Arme aus dem Kissenkomposthaufen und winkte, aber sie sahen mich nicht. Ich war Luft.
Was trieben sie da? Wollten sie mich in echt krank machen? Der

Zorn blubberte in mir, das Blut dampfte, und ich brüllte: »Ich verarsch euch doch nur! Ich bin gesund!«
Da endlich fuhren sie zusammen, unterbrachen sich mitten im Satz und starrten mich an, als sei ich ein grüner Außerirdischer.
»Er ist wirklich krank. Jetzt glaubt er auch noch, er ist gesund. Aber diese Blässe?!« sagte Måns zum dreizehntenmal.
»Schwerwiegender Fall«, sagte Perra zum vierzehntenmal und warf den Kopf in den Nacken.
Das ging wirklich zu weit. Ich loderte und glühte wie ein überhitzter Toaster. Ich konnte mich nicht länger beherrschen.
»Das ist wahr!« schrie ich. »Hört ihr nicht, was ich sage?! Ich bin gesund, G-E-S-U-N-D!!«
Sie sahen einander an, dann mich und wieder sich.
»Da haben wir den Salat. Er ist verrückt«, sagte Perra über meinen Kopf hinweg.
»Ja, wahnsinnig.«
Die Augen verdrehten sich.
»Hört auf mit dem Quatsch! Ich bin nicht verrückt. IIIHR macht mich wahnsinnig!«
Ich stampfte und hüpfte im Bett und war in diesem Augenblick wirklich wahnsinnig, aber nicht so, wie sie meinten. Die Kissen wirbelten durch mein Zimmer, die Chemiebücher wurden unter meinen Füßen zertrampelt. Meine fürsorglichen Freunde verzogen sich aus meiner Reichweite.
»Jesses, jetzt wird's gefährlich. Glaubst du, daß er einen Kollaps kriegt? Was soll'n wir jetzt machen?« fragte Måns verzweifelt.
»Was weiß ich, was weiß ich. Jetzt weiß ich's! Seine Mutter!«
»Ja, ich ruf seine Mutter an. Was sag ich ihr denn?«
»Sag, wie's ist. Ich versuche, ihn in der Zwischenzeit zu beruhigen.«
Ich sperrte erstaunt den Mund auf und kam aus dem Konzept.

Sie drückten mich ins Bett und redeten ruhig und rücksichtsvoll auf mich ein.
»Wo hast du die Telefonnummer von deiner Mutter, Johan? Sei ganz ruhig und gib mir die Nummer, dann wird alles gut.«
Ich verstummte. Glaubten die etwa, ich sei von jeglicher Intelligenz verlassen?
»Also, sag einfach nur die Nummer, mein Freund, dann werden wir uns schon um alles kümmern.«
Ich schnaubte heftig und atmete laut. Sie würden die Nummer nicht bekommen, und wenn sie mich auf die Streckbank legten. Måns holte ein nasses Handtuch, das nach Rasierwasser stank, und legte es mir aufs Gesicht, bis ich fast erstickte.
»Glaubst du, er ist bis zum Schulfest wieder gesund?« fragte Måns beunruhigt.
»Kaum. Es scheint ernst zu sein. Was ist bloß mit ihm passiert? Vielleicht ist es irgendein verstandschwächendes Virus vom KGB?«
Verstandschwächend – vielen Dank.
»Oder vom CIA«, sagte Måns, der das Herz auf dem linken Fleck hatte.
Das fehlte noch, daß sie auch noch anfingen, sich über ihre politischen Ansichten zu zanken! Ich stieß ein langgezogenes Stöhnen aus.
»Er stirbt!« rief Perra erschrocken und warf nervös den Kopf in den Nacken, daß es knackte.
»Nein, nein! Er ist nur erregt. Spiel mal Gitarre für ihn. Ich hab gehört, daß das 'nen beruhigenden Einfluß auf hysterische Personen hat.«
Endlich hatte Måns den Nagel auf den Kopf getroffen. Ich war tatsächlich hysterisch, und ich hatte auch gar nicht vor, das zu verbergen. Ich war ihren Blödsinn leid und stand von den Toten wieder auf. Ich richtete mich in voller Länge aus der Asche auf und schrie: »Raus! Macht, daß ihr hier wegkommt! Ich hab jetzt

die Schnauze voll. Ich brauch Ruhe! Ich muß Chemie lernen und Französisch und über mein Schicksal als wahnsinniger Hysteriker nachdenken!«
Sie witterten Gefahr und machten einen Karnickelsprung in die Diele und zuckten mit den Nasen.
»Jetzt ist er völlig ausgetickt«, sagte Perra.
»Absolut«, sagte Måns. »Am besten, wir gehen.«

## *22. KAPITEL*

Der Freitagmorgen war unerträglich. Am Abend vorher hatte ich meine plötzliche Genesung bekanntgegeben. Die Familie jubelte. Sie waren es leid geworden, in den Regen hinauszugehen, um Bonbons zu kaufen. Mein Bruder teilte mir fröhlich mit, daß ich dann ja seinen Essenkochabend übernehmen konnte, weil er meinen hatte übernehmen müssen. Er band mir schnell die Schürze um. Immer gleich hilfsbereit, wenn es darauf ankam.
Die Wohnung war leer. Mein Bruder war zur Penne gefahren, mein Vater zu seiner und meine Mutter zum Reisebüro.
Ich stellte mich auf den Balkon. Kein majestätisches Winken heute. Es war an der Zeit, der Wahrheit ins Auge zu sehen. Ich konnte mich nicht mein Leben lang unter der Decke verstecken. Auf jeden Fall nicht alleine. Das war todlangweilig, und außerdem hatte ich alle Asterix schon zum zweitenmal gelesen.
Der Magen knurrte und protestierte. Ich mußte andauernd pinkeln.
Die Minuten krochen dahin, aber tickten andererseits trotzdem zu schnell. Ich fuhr viermal mit dem Fahrstuhl runter und dreimal wieder rauf, ehe ich Mut faßte, aus dem Fahrstuhl stieg und mit schlotternden Knien zur Schule und zu meiner eigenen Hin-

richtung ging – leise furzend. Mein Bauch streikte. Meine Hosen wurden warm wie frischgebackene Waffeln. Als ich auf den Schulhof kam, meinte ich, daß der Gestank von Mist und Pferdescheiße mich umgab.

Der Schulhof war die Wüste. Das Tor eine Panzertür. Die Fenster vergittert. Isolationszelle. Wasser und Brot. Erschießung im Morgengrauen. Haben Sie einen letzten Wunsch? Einen Wunsch? Ich möchte die Sonne sehen, der Sonne zugewandt sein, wenn sie rot ist wie eine Blutorange. Nichts anderes.

Ich schwitzte an den Händen. Ich zögerte. Jemand ging an mir vorbei, grüßte verstohlen und lief hinein. Warum schaute er mir nicht in die Augen?

Das Gemurmel auf dem Korridor. Die Leuchtstoffröhren an der Decke. Die Metallschränke. Da waren sie, alle miteinander. Ann-Louise, Thomas, Perra, Maria, Jimmy, Måns, der ganze Clan von der 9 C. Redete. Lachte. Alles wie früher.

Ich sah mich um. Versteckte mich hinter der Schranktür. Sie nickten mir zu, während sie wie eine Horde elektrischer Zahnbürsten weitersurrten. Perra und Måns tauschten Blicke aus. Thomas schaute mich überhaupt nicht an. Er quatschte volles Rohr mit Anna! Doch, hol mich der Teufel, das war Anna.

Kein Willkommensgruß. Kein »Bist du wieder gesund«.

Ich war enttäuscht. Ich hatte einen großartigen Empfang erwartet: überschwenglich oder niedermachend. Nicht dieses Nichts. Nicht einmal Perra oder Måns sagten etwas. Und Stisse war krank.

Mein Bauch rebellierte und feuerte im stillen hinter der Tür geschützt eine Ladung dänischen Käse ab. Ich mochte nicht an die Tortur denken, Stunde für Stunde mit diesem Bauch im Klassenraum zu sitzen.

Dennoch schritt ich mutig zu meinen Klassenkameraden. Sie schnatterten weiter, als sei in den letzten dreißig Jahren nichts passiert. Maria sagte haaaallo und widmete sich wieder ihrem Gespräch mit – mit Ann-Louise! Sie redeten also wieder miteinander?

Ich stand da, wußte nicht, was sie wußten. Ich sagte nichts, machte nichts. Benahmen sie sich nicht irgendwie, als erwarteten sie etwas? Thomas lüpfte die Augenbrauen, als er mich schließlich bemerkte. Ich konnte mir nicht helfen, aber ich wurde rot.

Es war, als ob ich gar nicht weggewesen wäre. Nein, umgekehrt. Als ob ich niemals dort gewesen wäre. Ich war ein Neuankömmling, ein Flüchtling, der nicht verstand, was sie sagten, und der selbst nicht wußte, wie man die Wörter aussprach.

Ich beobachtete Maria. Nicht einmal sie ...

Der einzige, der sich in Erinnerung brachte, war mein Bauch, der mir allerdings eine zweifelhafte Gesellschaft war. Ich rannte zum Klo und furzte – auch zwecks Vorsorge.

Als ich völlig groggy aus dieser Einrichtung torkelte, hatte es bereits geschellt, und alle waren verschwunden.

Ich trug meine Bücher von einem Klassenraum zum anderen, stürzte zum Klo rein und raus und lief geradezu high und von meinen eigenen Ausdünstungen umnebelt auf den Korridoren herum.

Alle anderen waren Schatten. Perra warf den Kopf in den Nakken, und Måns stakste auf seinen Eiffelturmbeinen vorwärts. Sie umkreisten mich, vorsichtig, fragten, ob ich wirklich gesund sei.

»Jetzt fangt nicht schon wieder an«, seufzte ich. Sie tauschten skeptische Blicke und hielten Abstand. Ich konnte trotzdem sehen, daß sie auf der Hut waren, teils, um erneuten Beschimpfungen zu entgehen, teils, um eingreifen zu können, falls ich plötzlich umfallen sollte.

»Das Fest«, sagte Måns. »Schaffst du's?«

Himmel, bei ihm klang das, als hätte ich Tbc und wäre gerade von einer dreimonatigen Rekonvaleszenz in den Pyrenäen wiedergekommen.

»Klar schaff ich's!« zischte ich. »Es ist noch eine Woche bis dahin, und ich hab ja nicht im Sterben gelegen. Ich bin gesund. Habe ich das neulich nicht vollkommen klar ausgedrückt, du Blödmann!«

Ich war unnötig schroff gewesen und konnte es ihm nicht verübeln, daß er abhaute. Ich ging zu ihm.

»Das wird das Fest des Jahres«, sagte ich versöhnlich und blinzelte. »Du und Sofie, was?«

Er verzog leicht den Mund, und der Schnupftabak lief ihm aus den Mundwinkeln. Endlich erkannte ich die Welt wieder.

Als sich der Schultag seinem Ende näherte und alle müde waren und sich nicht darum scherten, was die Englischlehrerin sagte, flüsterte Maria:

»Was hast du heute nachmittag vor? Können wir uns nicht treffen – nur du und ich?«

## *23. KAPITEL*

Patrik war schon zu Hause und überraschte mich mit seiner Fürsorge, denn er hatte überbackene Brote mit Schinken, Käse und Tomate gemacht, die nach Basilikum dufteten. Er erkundigte sich sogar, wie es mir ging, was mich dazu veranlaßte zu fragen, wie es ihm ging. Er winkte meine Frage großmütig ab. »Was machst du dir Gedanken über mich? Wie geht's dir?«

Die Stille in der Wohnung war bedrückend. Ich knipste den Getto-Blaster an.

»Gut.«
Ich schnippelte mich durch die hartgebrannte Brotkruste, stopfte mir das heiße Stück in den Mund und ließ es herumhüpfen.
»Aahtj!«
Ich spuckte das Halbgekaute aus und spürte, wie meine Zunge anschwoll und Millionen kleiner weißer Blasen aufpoppten. Patrik goß mir schnell ein Glas Milch ein.
»Daß du das auch niemals lernst. Die Tomaten muß man abkühlen lassen.«
»Ich weiß«, murmelte ich. Ich war allergisch gegen Patriks vernünftige Großerbruderkommentare.
Ohne ihn anzusehen, mampfte ich den Rest der Brote, während ich an Maria dachte und daran, wie ich meine herzlose Botschaft vorbringen sollte.
Offensichtlich war es mein Schicksal, Menschen unglücklich zu machen. Was würde zum Beispiel mein Bruder sagen, wenn er wüßte, daß ihm gegenüber ein Junge saß, der auf andere Jungen abfuhr – sein eigener kleiner Bruder! Natürlich gab es solche wie mich, das wußte ja jeder – aber doch nicht in der Verwandtschaft! Sie – wir – gehörten zu einer anderen Welt; zum Getto in San Francisco oder ins alte Griechenland. Und daß die Römer sich früher einmal mit derartigen Perversionen beschäftigt hatten, war nicht neu – und wie ist es dem Römischen Reich ergangen? Vollkommener Zusammenbruch. Aber das hatte wohl andere Gründe.
»Du wirkst so abwesend«, sagte Patrik.
Ich fuhr erschrocken zusammen.
»Du hast irgendwie gar nicht richtig krank gewirkt«, fuhr er fort.
Die Milch wurde im Glas sauer. Ich tat verdutzt.
»Wieso? Glaubst du etwa, ich hab nur so getan?«
Er zuckte mit den Schultern und trank den letzten Schluck Milch aus.

»Nicht direkt. Nicht, daß ich glaube, du lügst, aber ...«
»Aber?«
Jetzt konnte er gefährlich werden. Wenn er in der richtigen Stimmung war, konnte er aus einem die Antworten herausquetschen, die er hören wollte, sich Bestätigungen dafür holen, daß er recht hatte. Diskussionen mit ihm konnten schrecklich sein. Das war sein Erbteil von Mama. Aber er schien mich nicht auf die übliche Weise angreifen zu wollen.
»Nimm's mir nicht übel, Alexander. Aber du hast ... Wie soll ich sagen ...?«
»Ja, was willst du sagen? Daß ich unehrlich bin? Daß ich lüge? Oder was?«
Er sah mich mit offenem, hechtähnlichem Mund an, zog die Augenbrauen hoch und reckte sich.
»Genau das, Alex, da haben wir's! Ich sag, du sollst es mir nicht übelnehmen, und du reagierst sofort wie 'ne saure Ratte. Du bist in letzter Zeit so gereizt gewesen. Völlig außer Form.«
Die Schmalzpfropfen in meinen Ohren schmolzen aus purem Zorn.
»Hör sich das einer an! Ich soll wohl immerzu lächeln und fröhlich sein. Ich soll die Familie mit meiner guten Laune unterhalten, wie? So willst du mich wohl haben, was?«
Das Gespräch war nahe daran, in einer unserer fruchtlosen Streitereien zu enden. Und diesmal lag die Schuld ganz und gar bei mir. Patrik war geduldig wie ein Ziehhund.
»Du hörst ja gar nicht zu. Das hab ich doch gar nicht gesagt. Aber vielleicht willst du ja nicht zuhören, was weiß ich. Nur eins noch: Ich denke nicht dran, hier dumm rumzulabern, auch wenn du das gern hättest. Vielleicht merkst du's ja nicht selbst, aber so, wie du dich hier aufführst, beweist du eigentlich nur, daß ich recht habe.«
Da war es wieder! »Beweist, daß ich recht habe« – nichts genoß er so sehr, als wenn etwas bewies, daß er recht hatte.

Ich fuhr mit dem Finger durch die Krümel auf dem Teller und leckte sie ab.
Die Wahrheit, hätte ich gern gesagt, es gibt keine Wahrheit. Man kann niemals beweisen, was richtig ist und was falsch. Vielleicht grad noch, daß 1 + 1 = 2 ist und Tananarive die Hauptstadt von Madagaskar – aber der Rest?
Falsch oder wahr, was heißt das schon? Meine Lügen, oder besser gesagt, Halbwahrheiten, waren Verstecke, ein Reservat, das für alle gesperrt ist, außer für die, die sehen konnten und wollten.
Es war doch nur mein Naturschutzgebiet, bis ich mich trauen würde. Bis ich mir sicher war, daß alle anderen sich trauen würden, zu sehen und zu verstehen.
Und du, mein Bruder, wer bist du? Konnte ich es wagen, dich in mein Reservat hineinzulassen? Konnte ich dir vertrauen? Was hast du gesehen und verstanden?

Ich war drauf und dran, meinem Bruder noch eine Lüge aufzutischen. Egal. Was bedeuten schon Lügen, wenn die Wahrheit nur als kleine Scheinwelt existierte, die das Leben erträglich machte. Es gibt nur persönliche Wahrheiten, und zu meiner gehörten Lügen inzwischen dazu.
»Es ist wegen Maria«, sagte ich.
Patriks Gesicht hellte sich auf. Eine Art Antwort war es immerhin gewesen. Auf diese Weise bot ich ihm die Rolle des erfahrenen, tröstenden großen Bruders an. Geschwister sollen sich schließlich umeinander kümmern.
»Ich mach heute nachmittag Schluß. Ich wollte jetzt hin.«
Er sah mich mitfühlend an. »Aber warum? Ihr seid doch noch gar nicht so lange zusammen.«
»Lange genug.«
»Findest du? Sie scheint doch okay zu sein. Hübsch ist sie schließlich auch.«
Wieder die alte Leier. Kriterium 1: Bräute haben hübsch zu sein.

Da hatte ich tatsächlich mehr von meinem Bruder erwartet als das.
»Was ist an ihr nicht okay?«
»Ich bin fünfzehn, Patrik, nicht fünfundzwanzig. Ich hab keine Eile. Was glaubst du wohl, wie viele von meinen Kumpeln mehr als ein halbes Jahr mit ein und derselben Braut zusammen waren? Nicht alle sind so wie du und hängen jahrelang mit ein und derselben rum. Du stellst die Ausnahme dar – nicht ich.«
Patrik räumte die Teller ab, stellte die Milch in den Kühlschrank, warf das Backpapier weg und lehnte sich mit verschränkten Armen an die Spüle.
»Mit dir kann man auch gar nicht reden, ohne daß du gleich sauer wirst«, sagte er ruhig.
»Entschuldige mal, aber ist das hier etwa wutfreie Zone? Hier soll man wohl nur wie ein Idiot rumlallen und trällern. Keine Sorge, ich träller ja schon: tra la la la, Gott, was bin ich fröhlich.«
Patrik kniff den Mund zusammen und zischte wie eine Schlange durch die Zähne.
»Hör auf! Das weißt ja wohl selbst du, daß ich es so nicht gemeint hab!«
Ich wurde noch lauter und trällerte weiter.
»Hör auf, hab ich gesagt!« schrie mein Bruder.
Ich hüpfte auf einem Bein in der Küche herum, ruderte mal krähend, mal trällernd mit den Armen. Ich schnappte mir meinen Bruder und hopste mit ihm herum und krähte ihm gleichzeitig ins Ohr.
»Du bist nicht ganz bei Trost! Laß mich los! Laß los!«
Er stieß mich brutal weg, daß der Tisch rutschte. Ein Stuhl krachte auf den Boden. Die Gläser rollten über die Tischkante. Es war eine ausgezeichnete Gelegenheit, Melodie und Tonart zu wechseln, und ich sang mit Fistelstimme »Ich bin so glücklich, ich bin so glücklich«. Der Getto-Blaster dröhnte und stimmte in die Kakophonie aus Gesang und Geschrei und zerbrechendem

Porzellan ein. Im Normalfall hätte Patrik laut losgelacht. Jetzt brüllte er wie von Sinnen: »Nein, ich glaub nicht, daß du nur so getan hast! Du BIST krank! Wahnsinnig! Verrückt! Was hab ich nur für einen bescheuerten Bruder!«

Ich brach meine bezaubernde Gesang- und Tanznummer ab, ging in die Diele und schnappte mir meine Jacke.

»Sag das noch mal, damit ich's auch wirklich höre. Sag es! Krank! Verrückt! Ja, ich bin krank, krank, krank!« schrie ich und knallte die Tür hinter mir zu.

## *24. KAPITEL*

Mit entschlossenen Schritten ging ich zu Maria. Das ganze Elend mußte jetzt ein Ende haben. Der Streit mit meinem Bruder, der Ärger über Måns und Perra, all die Lügen, das ewige Versteckspiel.

»Komm reiiin!« Sie eilte hinaus in die Küche.

»Möchtest du Tee? Ich hab einen Kuchen gebacken.«

»Kaffee bitte.«

Ich ging zu ihr in die Küche. Sie lächelte ihr Pfefferminzlächeln, was sonst. Tassen und Kuchenteller nahm ich mit ins Wohnzimmer. Ich war dankbar, wenn ich ihr sirupsüßes Zimmer meiden konnte, das mit so vielen Peinlichkeiten verbunden war.

Komischerweise war ich ruhig. Fühlte mich wie ein Berg: sicher, stark, unerschütterlich. Ich wollte mein Anliegen vorbringen und dann wie ein gerade entlassener Häftling meines Weges gehen.

Danach brauchte ich ihre Küsse nicht mehr zu ertragen! Ihre Hände, die immer alles anfassen mußten! Kein »ich versteeeeh ja« mehr, kein »Johaaan«, das wie Kunsthonig schmeckte, und vor allem – ich brauchte sie nicht mehr zu täuschen. Und mich selbst.

Ich war beinahe erschrocken, wie abgebrüht ich war; Marias Tränen, die das Sofa vollspritzen würden (ich hoffte im stillen, daß es fleckabweisend behandelt war. Ich erinnerte mich, wie schwer es gewesen war, Ann-Louises Mascara rauszukriegen); ich konnte Marias fades genäseltes »Warum, Johan, warum? Wo wir es doch so schööö miteinander haben« schon hören.
Sollte sie es doch glauben! Trotzdem, es ist aus, Baby!
Ein Lachen brodelte in mir auf. Ich furzte obendrein. Fühlte mich grenzenlos und glücklich. Sogar der Streit mit Patrik erschien mir lächerlich. Ein blöder Zwischenfall einfach. Patrik war eben, wie er war, und dafür konnte ich ja nichts.
»Worüber lachst du?« rief sie aus der Küche.
Mir war noch nicht mal klar gewesen, daß ich tatsächlich laut gekichert hatte. Mit einer Zeitung wedelte ich das Schlimmste von meiner Stinkbombe hinaus.
»Nichts. Nur ein alter Scherz.«
Arme Maria, wie ahnungslos du doch bist. Werkelst in der Küche herum, als ob nichts passieren würde. Wenn du wüßtest. In wenigen Augenblicken werde ich deine Illusionen zerstört haben. Es gibt kein Zurück. Es ist Schluß jetzt. Tränen und Bitten werden dir nicht helfen. Ich habe nicht vor, meiner empfindsamen Natur oder guten Erziehung nachzugeben. Finito.

Singend kam sie mit einem Tablett in den Händen herein.
Sing du nur, ehe es Zeit für Trauermusik ist.
Der Kuchen sah köstlich aus. Sie hatte eine Kerze dabei. Offensichtlich war heute Romantik angesagt. Überflüssig. Die Flammen waren in dem starken Tageslicht beinahe durchsichtig. Auf dem Tablett lag ein Päckchen mit einer Goldschnur.
»Für dich«, sagte sie. »Weil du wieder gesund bist.«
Peinlich. Ich schluckte und murmelte einen Dank. Sie tat mir fast leid. Aber nur fast. Wenn sie romantisch war, dann war ich grausam. Ich war kein Berg. Ich war ein Krokodil – das im

Schlamm liegt und auf die Beute wartet, und wenn sie vorbeihüpft, öffne ich meine klappernden Kiefer und schlucke sie mit einem Haps. Krokodile lieben Kröten.
Ich beugte mich auf alle Fälle vor und gab ihr einen Judaskuß auf die Wange. Es war ein letztes Opfer, das ich ihr wohl schuldig war.
Langsam knotete ich die Schnur auf. Maria protestierte und legte die Hand über meine Finger.
»Nicht jetzt. Warte, bis du zu Hause bist.«
Sie schaute geheimnisvoll und fügte hinzu: »Es ist eine kleine Erinnerung.«
Sie schenkte Kaffee ein. Ich nahm Anlauf und sagte ernst:
»Maria.«
»Probier mal den Kuchen«, sagte sie und hielt mir den Kuchenteller unter die Nase.
Ich käute ein Stück wieder und nickte anerkennend. Im Kuchenbacken war sie gut. Das konnte man nicht anders sagen.
Okay, ein Stück Kuchen noch, aber dann.
»Maria«, versuchte ich wieder.
»Warte«, sagte sie und verschwand.
Ich bewahrte die Ruhe. Noch war Zeit.
Ich bin frei von jedem Verlangen, dachte ich. Das war nichts, womit ich angeben konnte – mein Verlangen nach Maria hatte nie existiert. Vielmehr war ich besessen von dem irdischen Verlangen. Weg von dem alten wollte ich, um endlich das begehren zu können, das ich mir wünschte. Ich meinte nicht Thomas, aber er löste meine Sehnsucht nach DEM RICHTIGEN; DEM WAHREN; DEM EDLEN aus.
Maria kam unbekümmert zurück, störte den Sinnesfrieden und reichte mir ein paar Bücher.
»Danke fürs Ausleihen.«

Ich stopfte mir ein drittes Stück Kuchen rein, gurgelte mit zu dünnem Kaffee, stellte die Tasse ab und sagte zum drittenmal:
»Maria.«
»Johan.«
Kokosflocken rieselten mir auf die Knie. Maria und Johan. Romeo und Julia. Heathcliff und Cathy! Der König und Silvia! Historische Liebespaare.
Ich versuchte es von neuem.
»Maria.«
»Johan«, kam es blitzschnell. Unmöglicher Mensch!
Maria faltete ihre Serviette zu einem winzigen Quadrat zusammen, legte sie wieder auseinander und sagte: »Da ist etwas, was ich dir sagen möchte.«
Das möchte ich auch, dachte ich.
»*Go on*«, sagte ich kauend, daß die Krümel nur so über den Tisch flogen.
Maria kicherte und sagte, das sehe mir ähnlich. Dann wurde sie ernst.
»Ich möchte Schluß machen.«

Versteinerung. Leblos. Tundra. Sibirische Gefangenenlager. Eismeer. Die Eisberge haben neun Zehntel ihrer Masse unter der Oberfläche – Kollision. Gestrandet. Das Schiff wird leck durch das Unsichtbare. Nein, Maria, nein. Das war nicht recht! Was war das für eine tückische Verdrehung – das war mein Stichwort! Du hast es mir gestohlen, du gemeines Stück.
Die Atmung setzte wieder ein. Mit Ankündigung. Ich saugte eine Kokosflocke in die Luftröhre. Sie revoltierte und donnerte wie mein einstudierter, aber niemals angewendeter Concord-Husten. Ich mußte zur Toilette rennen, das letzte vom Kuchen ausspucken und Wasser nachkippen.
»Es tut mir leid, Johan«, hörte ich sie vor der Toilettentür, »aber es scheint keinen Sinn mehr zu haben.«

Ich war niedergeschmettert. Ich wollte doch Schluß machen! Nicht sie. Der Augenblick der Befreiung war zerstört. Aufgelöst. Es waren nicht die Worte an sich, sondern, daß *sie* sie gesagt hatte.

Stisse, ich sehnte mich plötzlich nach ihm. Aber er war krank. Thomas, das war undenkbar. Perra und Måns waren blind wie Fledermäuse, und mit meinem Bruder konnte ich nicht reden.

»Hörst du mich, Johan?« rief Maria.

Ich besprengte mir das Gesicht mit kaltem Wasser und versuchte, meine Ruhe wiederzufinden.

Meine Augen waren geschwollen wie Billardkugeln, die Wangen rot gesprenkelt. Ich sah bescheuert aus. Sie würde alles mißverstehen.

»Ach, Johan.« Sie umarmte mich, lehnte ihr Gesicht an meine Brust. Mutter und Kind. »Ich habe dich gern, das sollst du wissen. Ach, Johan.« Sie war dem Weinen nahe. »Aber ...«

Immer dieses »Aber«. Sentimentales Geschluchze. Meine Arme hingen herunter. Wut war das einzige, was diese Verwirrung und das Gefühl der Machtlosigkeit besiegen konnte.

»Es ist okay. Ich VERSTEHE.«

Sagte ich und schob die Tore vor meinem stickigen Sarkophag zu, in dem meine schmutzige kleine Seele gefangengehalten wird. Nie hatte ich mich so sterblich gefühlt – ja, genau das, sterblich. Viel schlimmer als bei Thomas letzte Woche. Alles, was ich tat, war falsch, glitt mir aus den Händen wie eingeseifte Lianen, und ich landete mit gebrochenem Genick auf dem Boden. Maria kam mir zuvor, und ich war überrascht. Es hatte vermutlich alles seine Ordnung. Was glaubte ich denn, wer ich war?

Das Päckchen mit der Goldschnur wog leicht in meiner Hand. Ich schmiß es in den Müllschlucker.

# 25. KAPITEL

Der Freitagabend zog sich bis Mitternacht hin. Gleichgültig hatte ich mich aufs Bett gepfeffert und den Abend über gefaulenzt. Hatte in einigen Zeitschriften geblättert, an die Decke gestarrt und Radio gehört, während ich eine Tüte Sahnebonbons verschlang. Bei jedem zähen Bissen erinnerten sie mich an Maria, die die Stirn gehabt hatte, Schluß zu machen. Wo doch ich es hatte tun wollen.

Und ich dachte an Stisse, von dem ich seit letztem Dienstag nicht die Spur mehr gesehen hatte. Warum mußte er gerade jetzt krank sein?

Beim Essen hatte meine Mutter ihren Blick immer wieder zwischen Patrik und mir hin- und herwandern lassen. Mein Vater plapperte unbekümmert – nicht etwa weil er nicht bemerkt hätte, daß etwas vorgefallen war, sondern gerade deswegen. Mit seinem Gerede wollte er die Unebenheiten glätten, die es seiner Meinung nach nicht geben mußte.

Meine Mutter nahm wohl an, meine Verwirrung käme daher, daß ich müde und immer noch nicht ganz gesund war.

Natürlich war ich müde! Aber nicht aus dem Grund.

Wir schwiegen und kauten. Meine Mutter behielt uns beide im Auge. Sie las uns ab wie der Elektriker den Stromzähler, prüfte die Spannung, wußte, wieviel das Stromnetz aushielt, und begriff, daß der Kurzschluß zwischen uns ernst war. Es störte mich, und wenn mir mein Bruder nicht gegenübergesessen und mit seinen Schimpansenkiefern geknirscht hätte, hätte ich zu ihr etwas Ungehöriges gesagt (auch wenn es sich auf das Taschengeld ausgewirkt hätte). Aber das wäre für meinen Bruder nur Wasser auf die Mühle gewesen. Das gönnte ich ihm nicht.

Er zischte direkt nach dem Essen ab zu Lovisa. Wir sprachen kein Wort miteinander. Ich vermißte ihn nicht.

Ich hatte vor, Stisse anzurufen, ihn zu bitten ... was auch immer. Reden. Nur dasein. Vielleicht erzählen. Lachen. Oder weinen. Irgendwas. Am liebsten lachen. Aber ich hatte es nur vor. Das war das einzige, was ich tat: Ich hatte eine Menge vor, ohne etwas davon zu tun. Ich überlegte mir, wie Stisse reagieren würde, wie wir über das Elend lachen würden.
Das ganze Theaterstück wiederholte sich in meinem Kopf; messerscharfe Dialoge, in denen jedes einzelne Wort notwendig und wahr war. Szenarien entstanden vor meinen Augen: Ich stehe einem Mann gegenüber (Stisse?) und sage: Ich bin nicht wie andere, nicht wie du. Er antwortet, den Blick auf den Boden geheftet: Was meinst du? Ist irgendwer wie der andere? Ich gehe zum Fenster, sehe über das Meer (es ist ebenso großartig wie dramatisch) und lasse plötzlich nach einer Weile effektvollen Schweigens etwas Tiefsinniges über den Ernst des Lebens ab ... Und so weiter.

Niemand rief an. Niemand schlug was vor. Was machten sie bloß alle?
Ich hatte zwar zu nichts Lust, aber es ärgerte mich, daß ich nicht einmal die Chance hatte, nein zu sagen. Ich lag auf dem Bett, und meine Eltern ließen mich in Frieden, obwohl ich manchmal ihre Schritte vor meiner Tür hörte. Ich streckte die Hand aus und klapperte mit Kassetten und Stiften herum, damit sie glaubten, ich sei gerade mit irgendwas beschäftigt. Sonst würden sie sich Sorgen machen. Mama kann nämlich hartnäckig sein, wenn sie einem die innersten Gedanken entlocken will.
Ich verließ das Zimmer einmal, um zum Klo zu gehen und meinen Phantasien freien Lauf zu lassen. Thomas offenbarte sich definitiv nicht, und es tauchte auch kein anderer Prinz auf. Ich stand eine recht lange Zeit da und strich mir einen, ehe ich ein bißchen Sperma ins Waschbecken losließ.
Normalerweise war das ein gutes Universalmittel, das gegen

Schlaflosigkeit, Unruhe und Gleichgültigkeit half. Einige aufregende Phantasien, und man wurde wieder lebendig; wild, geil und dann völlig ruhig und warm.
Nicht heute abend. Da war überhaupt kein Gefühl, als es losging, nur ein höhnisches Tröpfchen, und dann war es endlich vorbei. Es war ungefähr so, als hätte man eine Seite im Mathebuch durchgeackert.

Die Uhr schlug gerade zwölfmal, als ich hörte, wie die Tür vorsichtig aufglitt. Ich blieb stocksteif liegen. Und dann eine flüsternde Stimme: »Schläfst du?«
Ich rührte mich nicht.
»Darf ich reinkommen?« flüsterte die Stimme.
Ich mochte nicht so recht antworten. Wenn ich mich still verhielt, glaubte er vielleicht, daß ich schlief, und ging wieder. Aber mein Bruder kam hereingeschlichen und ließ sich auf der Bettkante nieder.
Da saß er. Gott weiß, was er dachte. Und da lag ich. Ich dachte wie gewöhnlich überhaupt nicht.
Er beugte sich über mich. Er roch nach Zahnpasta. Eine Hand legte sich mir auf die Schulter.
»Bist du wach?«
Die Stille drückte mich wie ein Schraubstock zusammen.
Ich fühlte Patriks warmen Atem am Hals.
»Tut mir leid, Alexander. Ich hab's nicht so gemeint, was ich heute gesagt hab.«
Mein Hals schwoll an. Das Weinen war einfach da und machte die Augen naß, hämmerte in der Brust wie ein eingesperrtes Kind. Ich grub den Kopf ins Kissen. Was würde er denken, wenn ich jetzt losheulen würde?
»Hörst du mich! Ich nehm alles zurück, hörst du?«
Ich nickte, ohne den Kopf zu heben, konnte wegen der verrotzten Nase nicht atmen.

Patrik machte keine Anstalten zu gehen. Er ließ die Hand liegen, und als ich versuchte, lautlos Luft zu holen, merkte er, daß ich weinte. »Was ist los? Alex ...«

Mit sanfter Gewalt drehte er mich um. Es war schön, daß er bei mir war. Gleichzeitig fühlte ich mich dumm und kindisch. Aber die Tränen flossen trotzdem. Es war kein unbändiges Weinen, sondern eine lang eingesperrte Traurigkeit, die hervorsprudelte.

Ich hätte ihm alles vergeben können, wenn er nur noch eine Weile blieb, wenn er mich nur nicht auslachte. Es war ungewohnt zu weinen. Das letzte Mal war so lange her, und wann hatte ich das letztemal vor jemand anderem geweint – vor meinem eigenen Bruder? Ohne daß ich sauer gewesen war?

Ich hatte beinahe vergessen, wie man das macht, und benahm mich unbeholfen und zögernd. Mein Bruder weinte auch nie. Als ob er niemals traurig wäre! Ich wollte weinen wie eine neue Sintflut, wollte die Welt damit überschwemmen, um zu zeigen, daß ich es konnte, es wollte, daß der vom Glück begünstigte Johan Alexander Lindström weinen kann, weinen muß.

Er strich mir vorsichtig die Haare aus der Stirn.

»Ist es wegen Maria?«

Ich wischte mir die Wangen ab und schüttelte den Kopf.

»Was ist es dann?«

Ich setzte mich neben ihm auf. Der Tränenstrom hatte aufgehört.

»Es ist nichts«, sagte ich und lächelte matt. Er sagte nichts. Natürlich verstand er, daß da etwas war.

Er wartete still ab. Ich saß mit dem Kissen auf den Knien da und starrte in die Dunkelheit.

»Ist was mit Stisse passiert? Habt ihr euch gestritten?« fragte er nach einer Weile.

Ich antwortete nicht. Ich fühlte mich so ausgeschlossen. Leer. Als ob ich nicht zu diesem Leben gehörte.

»Wenn es nichts mit Stisse zu tun hat und nichts mit Maria, dann ist es bestimmt irgendeine andere Liebesgeschichte, oder?«
Ich schloß die Augen. Fühlte wieder Tränen kommen. Doch, es ist die Liebe, meine hoffnungslose Liebe, die es eigentlich nicht geben darf. Ich lehnte den Kopf an seine Schulter. Umarmte das Kissen fester.
Patrik! Was würdest du tun, wenn ich es dir erzählte? Würdest du dann versuchen, mich zu trösten? Dürfte ich dann noch meinen Kopf an deine Schulter lehnen? Würdest du es verstehen? Wenn ich es doch nur wüßte! Wenn ich wüßte, was passiert, wenn man die Wahrheit sagt!
»In gewisser Weise ...«, sagte ich leise.
Ich stand auf. Er schaute mir nach. Saß immer noch auf der Bettkante.
Ich zog mich aus und schlich ins Badezimmer. Ich hörte Patrik in sein Zimmer gehen. Das Schnarchen meines Vaters drang durch die Schlafzimmertür. Ein schwacher Lampenschein kroch an der Schwelle durch die Türritze. Offensichtlich las meine Mutter, wie immer in den Wochenendnächten. Auf jeden Fall so lange, bis alle nach Hause gekommen waren.
Auf dem Rückweg steckte ich den Kopf in Patriks Zimmer.
»Patrik!«
Er drehte sich unter der Decke um, stützte sich auf einen Ellenbogen und blinzelte mich an.
»Ja, was ist? Willst du reinkommen?«
Ich mußte daran denken, wie wir das Zimmer miteinander geteilt hatten, als wir klein waren, und ich Angst vor dem Gewitter gehabt hatte und zu ihm ins Bett gekrochen war, wenn ich nicht schlafen konnte. Es klang genau wie damals: Hast du Angst? Willst du rüberkommen? Und dann war ich dankbar zu seinem Bett geschlichen.
»Nee, ich wollte nur gute Nacht sagen.«
»Dann gute Nacht. Schlaf gut.«

# 26. KAPITEL

»Warum hast du nichts gesagt?«
Måns' Stimme klang gereizt. Seine Frage hörte sich gequält an.
»Es hat sich einfach nicht ergeben.«
»Ach, Blödsinn, das hatte doch bestimmt 'nen Grund! Ein ganzes Wochenende vergeht, ohne daß ich was erfahre. Wir haben uns doch gestern gesehen. Da hättest du doch was sagen können. Wissen Stisse oder Perra was davon?«
Ich schüttelte den Kopf.
Er setzte sich an den Tisch zu den Fischstäbchen. Keiner von uns sagte etwas. Jeder wartete darauf, daß der andere anfangen würde.
So weit war es gekommen: Sprungbildungen, wie vom Frost aufgeplatzt, die den Boden löcherig machten – die heilige Allianz der Clique wurde von etwas Unbekanntem gestört, einem schleichenden Eindringling ohne Form, Farbe und Geruch. Oder war es vielleicht nur Einbildung?
Der Unterschied zwischen Måns und mir war, daß ich unseren Eindringling fühlte. Aber wie freundlich oder wie feindlich gesonnen er war, das wußte ich nicht. Er war einfach da – in mir, um mich herum. Riß mich fort von Selbstverständlichem, von dem, was immer dagewesen war. Ich wollte ihn nicht länger bekämpfen. Wollte mich nicht länger selbst bekämpfen. Er mußte doch trotz allem ein Freund sein. Aber gerade Freunde sind es, die einem richtig weh tun können – sie sind Teil unseres Innersten.

Ich wollte von diesem geheimnisvollen Wesen erzählen, das sich in mir einquartiert hatte. Aber was sollte ich sagen? Und wie anfangen?

Das Gedachte und Erlebte läßt sich nicht immer auf gewöhnliche Weise erklären. Ich war mir nur sicher, daß ich die Existenz meines Wesens vor jemandem entschleiern können mußte. Es war einfach zu kraftvoll, um es in mir zurückzuhalten.
»Johan, hörst du gar nicht zu?«
»Was?! Äh, nein, ich hab nur nachgedacht. Was hast du gesagt?«
»Kommst du trotzdem zum Schulfest?«
Was meinte er?
»Trotz der Sache mit Maria?« verdeutlichte er.
Ich grinste. Maria hatte ich völlig vergessen.
»Klar. Wir wollen doch Sofie für dich angeln. Null Problemo.«
Måns. Dieser lange Hackbraten aus Verrücktheiten – so unschuldig. Alle in meiner Umgebung waren die Unschuld in Person. Außer mir. Auf eine Art war er genauso ahnungslos wie Maria.
Måns. Die Ewigkeit ist nun zu Ende, merkst du das nicht? Nichts ist beständig. Die Clique, was ist das schon? Måns, willst du es wissen? Ich möchte, daß du es weißt.
Ich kriegte nostalgische Gefühle. Es ist so leicht, das Vergangene zu mögen. Es ist so angenehm verschwommen.
»Måns.«
Der Tonfall verriet mich. Er hörte auf zu kauen, wartete. Die Enthüllung, was auch immer das war, flatterte in der Luft herum, wie ein unruhiger Schmetterling.
»Maria und all das ... das ist jetzt vorbei.«
Ich wurde so rot, daß die Sahnesoße gerann.
Måns nickte und rührte mit einem Kartoffelstück in seiner Soße herum. Hatte er mich verstanden? Er sah so aus. Die Reue klopfte an meine Rippen.
Måns stopfte sich die Kartoffel in den Mund. Ich nahm keinen von all den Lauten um uns herum wahr. Måns wollte etwas sa-

gen, das merkte ich. Ich wartete. Eine Sekunde, zwei Sekunden. Ich saß ganz still da.
»Thomas und Anna sind jetzt zusammen«, sagte er. »Thomas braucht einem also doch nicht so leid zu tun.«
Ich war verblüfft. Wieder falsch. Falsch, Måns! Hast du nicht gehört, was ich gesagt habe? *Du* hörst nicht zu. Was hat das hiermit zu tun? Und Thomas, warum ihn hineinziehen ...
Thomas, dieses Inferno gemischter Gefühle. Ich kämpfte darum, ihn loszuwerden. Es war offensichtlich, daß die Dinge ihren Lauf nahmen, ohne daß ich etwas davon mitkriegte. Ich hatte keine Ahnung gehabt, daß Thomas und Anna zusammengekommen waren. Allmählich wurde das Zentrum der Welt verschoben.
Aber warum hast du mir das ausgerechnet jetzt erzählt?
»Das ist ja toll für ihn. Gratulier ihm, wenn du ihn siehst.«
Wir würden Thomas beide in der nächsten Stunde treffen.

## *27. KAPITEL*

In zwei Tagen sollte endlich dieses elendige Schulfest sein. Måns war nervös. Ich empfand Widerwillen. Natürlich würde ich hingehen. Måns brauchte jede unmoralische Unterstützung, die er kriegen konnte – jemanden, der ihn bei den Rotorblättern packte, bevor er zur Decke abhob.
Vorher mußte ich mit jemandem reden. Ich fühlte mich richtig vermint. Überall in meinem inneren verstrüppten Terrain lagen Blindgänger versteckt, und ich konnte jederzeit einen falschen Tritt machen und zerfetzt werden.

Es klapperte in Schwester Berits Zimmer. Dann folgte ein albernes Kichern, und kurz darauf kamen zwei kleine Jungen herausgerannt.
»Johan, du bist dran.«
Sie stand in der Tür und begrüßte mich mit ihrem freundlichen Lächeln. Alte, liebe Schwester Berit.
Ich trat ein. Das Sprechzimmer war klinisch rein. Die Pritsche war mit neuem glattem Papier abgedeckt. Der Äthergeruch vernichtete alles, was draußen war und hineinwollte. Keine Spur vom Leben anderer. Kein Stisse. Kein Thomas oder Maria, die mir den Kopf verdrehen würden. Ich hatte das Gefühl, daß alles dort drinnen den Desinfizierungstod starb.
Dort, bildete ich mir ein, würde ich reden können. Ein steriles Zimmer ohne Reste des Lebens, das ich lebte, keine Ruinen und einstürzende Illusionen. Es war eine neutrale Zone, ungefährlich, sich darin aufzuhalten. Und Schwester Berit unterlag ja der Schweigepflicht. Ihr würde ich es erzählen. Sie würde kein Gerücht verbreiten oder mich wie einen Aussätzigen behandeln.
Es wurde ganz still, aber so sollte die Schweigepflicht doch wohl nicht aufgefaßt werden?
»Was kann ich denn für dich tun?« fragte sie schließlich freundlich.
»Es ist ... da ist etwas, worüber ich mit dir reden wollte ...«
Eine der Deckenleuchten flackerte nervös. Daß Berit sie nicht auswechselte – sie verlieh dem Zimmer so etwas wie Leben, das nicht hineinpaßte; einen zögernden Pulsschlag. Ich hörte, wie sich das Tempo meines eigenen Blutstroms beschleunigte. Sie wartete.
»Ja, also das ist so ...«
Ich starrte auf ihren Schreibtisch, fing aber einen Schimmer ihres Blickes ein. Er schien plötzlich kalt und drohend zu sein. Er durchschnitt mich, teilte mich in der Mitte, ich konnte nicht ... mußte ...

»... es ist so, daß ich ... SO SCHLECHT SEHE, verstehst du. Ein Sehfehler, glaube ich.«
Sie lachte leise. Es hallte dünn in meinen Ohren wider.
»Darüber wolltest du mit mir reden ...?«
»Ja!« unterbrach ich sie eifrig. »Ich meine, ich konnte immer wie ein Falke sehen, und jetzt plötzlich – erkenne ich kaum das Bild!«
Mein dramatisches Talent übernahm wieder einmal die Macht. Verheerend. Ich konnte es einfach nicht verhindern. Ich war in den Klauen meiner eigenen Feigheit.
»Ist ja klar, daß man da Schiß kriegt. Den einen Tag – perfekt. Und am nächsten eine einzige Nebelsuppe. Verdammt merkwürdig. Verzeihung, sehr merkwürdig. Ich stoß mit Freunden zusammen und so, kann kaum sehen, was ich selbst geschrieben hab.«
Hör jetzt auf, Johan. Warum mußt du immer übertreiben? Sie wird dir nicht glauben. Sie schleppte mich vor die Tafel mit dem Sehtest.
»Lies die fünfte Reihe von unten.«
Unmöglich! Losgerissene schwarze Buchstaben rasten wie Fliegen umeinander, ich blickte überhaupt nicht durch. Ich geriet in Panik und log munter drauflos. Nicht ein Buchstabe war richtig. Sie fuhr systematisch mit der nächsten und übernächsten Reihe fort. Dabei war ich genauso erfolgreich.
Berit sah allmählich besorgt aus.
»Welcher Buchstabe steht ganz zuoberst?« fragte sie verzweifelt.
Ein Riesen-H. Wenn man das nicht erkannte, konnte man sich nur noch einen Blindenstock zulegen.
»P.«
Schwester Berit schüttelte den Kopf.
»Q vielleicht? Ö? N? Himmel, werd ich denn blind?«
Es ging wieder mit mir durch. Wenn man genügend übertreibt,

dann wird man so unglaubwürdig, daß einem schließlich doch geglaubt wird.

»Bist du dir ganz sicher, daß du nicht erkennen kannst, was das für ein Buchstabe ist?«

Ich schwankte. Jetzt konnte ich schließlich nicht mehr zurück. Auf dem eingeschlagenen Weg fortzufahren war auch unmöglich, wenn ich nicht für einen Idioten gehalten werden wollte. Was allerdings der Wahrheit näher gekommen wäre.

»Das ist bestimmt ein H.«

Sie atmete auf, daß mir die Nackenhaare flatterten.

»Aber es ist verdammt undeutlich. Ist die Tafel wirklich richtig sauber?«

Berit lachte schrill und sagte, daß sie blitzblank sei. Sie sah sehr beunruhigt aus.

»Aber das kommt vielleicht von dem Zusammenstoß beim Basketball gestern?« sagte ich. Ich versuchte, meine Lügen abzuschwächen.

»Gestern?«

»Ja. Ich bin voll gegen die Sprossenwand gekracht – peng! – und hab mir den Kopf eingeschlagen.«

Der Kragen ihres weißen Kittels richtete sich vor Schreck auf.

»Warum hast du das denn nicht sofort gesagt? Wie hast du dich nachher gefühlt? War dir schlecht?«

Jetzt war ich nicht mehr zu bremsen. Die Wörter entströmten mir wie überkochende Milch.

Ich hatte wahre Fluten gekotzt, behauptete ich, im Umkleideraum gelegen und mich platt wie eine Bulette gefühlt, war ohnmächtig geworden, war nach Hause gefahren und ins Bett gebracht worden und hatte selig fünfzehn Stunden an einem Stück geschlafen.

Sie war entsetzt.

»Aber jetzt geht's mir prima«, sagte ich sicherheitshalber. »Es ist nur noch das mit den Augen.«

Schwester Berit notierte fleißig und hielt mir dann eine kleine Lampe vor die Augen.
»Das klingt nach einer Gehirnerschütterung. Du brauchst Ruhe. Etwas Verdächtiges kann ich nicht erkennen, aber es wäre das beste, wenn du genauer untersucht würdest. Ich ruf im Krankenhaus an und ...«
»Nein!«
»Aber ...«
»Nein!«
»Doch, weil ...«
»Sooo schlimm ist es nicht, Berit. Ich fühl mich schon besser.«
Ich fühlte mich völlig daneben. Ich hatte die Kontrolle über die Dinge verloren. Der Äthergeruch, die Waage, die Meßlatte an der Wand, Reihen von Spritzen, ach, ich sollte nicht hier sein. Meine Geschwüre saßen doch gar nicht an der Außenseite. Krankenhaus! Was sollte ich da? Noch eine Lügenszene veranstalten?
»Du brauchst nicht anzurufen. Ich kann selbst gehen.«
»Schaffst du das wirklich? Obwohl du so schlecht siehst? Ich kann dir ein Taxi bestellen.«
Nein, nein! Ich brauch kein Taxi, ich brauch kein Krankenhaus, Berit! Ich hab von Anfang bis Ende gelogen, kannst du das nicht durchschauen?
Aber sie käute wieder wie die Zeitansage im Telefon.
»Es wäre am besten, wenn einer mit dir geht.«
»Nein, ich schaff das schon«, stöhnte ich, »bloß keine extra Umstände. Ich hatte mir nur solche Sorgen gemacht. Es ist bestimmt alles in Ordnung.«
»Ja, aber ...«
Ich wollte dieser Komödie ein Ende machen.
»Berit, das ist nicht nötig, wirklich nicht. Ich glaub fast, daß ich jetzt ganz normal sehe. X-L-M-K-H-P-V-N-Y, war das nicht richtig? Dein Kugelschreiber ist in Japan hergestellt worden, es

ist ein Pilot, oder? Das steht auf der Seite. Es geht allmählich vorüber, wie du siehst, Berit!«
Sie war so konsterniert, daß sie den Stift drehte und wendete und nickte, ehe sie die Fassung wiedererlangte und wieder Schwester Berit war.
»Johan! Mit so was macht man keine Witze.«
Ich gab auf. Ich hatte anfangs zu überzeugend gespielt. Es war unmöglich, jetzt noch die Wahrheit zu sagen. Es war zu spät. Immer zu spät.
»Jetzt tust du, was ich dir sage.«
Ich kriegte einen Zettel in die Hand, auf dem meine Symptome notiert waren. Den sollte ich mitnehmen und sofort zum Krankenhaus fahren. Ich stand auf. Berit folgte mir mit einem Wolkenbruch von Ermahnungen zur Tür, von dem ich vereinzelte Schauer wahrnahm:
»Dr. David Berg ... Zettel ... Notaufnahme ... denk daran, dann anzurufen ...«
Als sie die Tür hinter mir geschlossen hatte, atmete ich auf.
Was für ein Blödsinn! Meine verbalen Pirouetten hatten mein Hirn zum Kochen gebracht, das machte mich ganz verrückt. Den Zettel pfefferte ich hinter die Heizung.
Es rappelte an der Tür zum Wartezimmer. Måns streckte seinen Kugelkopf herein und brüllte: »Da steckst du also – Sport hat schon angefangen!«
»Schhh.«
Und da rappelte es wieder. Berit riß in ihrem tückischen Hinterhalt die Tür auf.
»Vergiß nicht, mich anzurufen«, sagte sie. Blödes Genörgel! »Gut, du nimmst Måns mit, wie ich sehe.«
»Äh, natürlich.«
Ein drohendes Zwinkern zu Måns, der ausnahmsweise so viel Verstand hatte, die Klappe zu halten. Diese Solidarität und Feinfühligkeit bestand also doch noch zwischen uns.

»Und den Zettel hast du?«

»Ja, klar«, sagte ich und schwenkte die leere Hand ins Blaue hinein. Idiot! Ich bückte mich hastig, tastete auf dem Boden herum wie ein blindes Huhn, wischte den Dreck weg, bis ich ein altes Kaugummipapier fand, mit dem ich raschelte und das ich dann in der Hand versteckte.

»Hier ist er, Berit. Vielen Dank, tschüs.«

»Gut, sei vorsichtig, Johan.«

Måns sah aus wie eine vor die Wand gelaufene Bulldogge.

Als Berit endlich verschwunden war, konnte er sich nicht länger beherrschen.

»Was zum Teufel treibst du? Jetzt beeil dich, wir müssen zum Training.«

Ich sah ihn jämmerlich an. »Du, ich kann leider nicht. Ich hab eine Gehirnerschütterung.«

»Daran zweifle ich keine Sekunde. Komm jetzt!«

Das ging aber wirklich zu weit! Vor ein paar Wochen war er noch so verrückt gewesen und wollte mich in eine psychiatrische Anstalt stecken, und jetzt pfiff er schlankweg auf meine Gehirnerschütterung.

»Gehirnerschütterung, kapierst du?!«

»Ach ja? Und seit wann hast du die, wenn ich fragen darf?«

Ich verstummte. Ja, wann hatte ich die eigentlich gekriegt? Wirst du allmählich vollkommen wahnsinnig, Johan Alexander Lindström? Hast du etwa schon vergessen, warum du zu Schwester Berit gegangen bist?

»Ach, es ist nichts«, sagte ich verlegen. »Komm, wir gehen.«

# 28. KAPITEL

Alles war weg. Aufbruchstimmung. Die Neunte war bald zu Ende. Sommerferien – und dann? Wir mußten uns entscheiden, wie unser Leben weitergehen sollte. Gymnasium. Ausbildung. Arbeit. Vielleicht eine Familie mit der Zeit. Kinder, Eigenheim, Hund. Oder was? Liebe?

Es war so leicht zu träumen.

Die Clique fiel allmählich auseinander. Wir hatten unterschiedliche Fächer gewählt. Wenn wir Glück hatten, landeten wir auf derselben Schule. Doch davon, was im Herbst sein würde, sprachen wir nicht oft. Das war irgendwann, weit entfernt in einer diffusen Zukunft. Die Dinge sollten ihren Lauf nehmen. Und das war das schlimmste – daß das Leben seinen Lauf nahm. Basketball war für diese Saison zu Ende. Perra und ich übten kaum noch für die Gitarrenstunden. Måns traf ich selten. Und wo war Stisse?

*Hallo Stisse!*

*Es ist ein komisches Gefühl, Dir einen Brief zu schreiben. Das tun wir ja sonst eigentlich nie. Wir treffen uns ständig, deshalb ist es eigentlich nicht nötig. Aber »ständig« scheint nicht mehr zu stimmen. Erst war ich krank, dann Du.*

*Dieser Brief wird wahrscheinlich etwas feierlich werden, und ich will sofort gestehen, daß ich diese Zeilen nicht zufällig zusammenstopple. Ich habe einen Grund.*

*Du bist immer mein bester Freund gewesen …*

Ich hörte auf zu schreiben. Es gab kein »immer gewesen«. Und jetzt? Ich strich den Satz.

*Es ist gar nicht so leicht zu erklären, Stisse. Ich weiß nicht, wie ich es schreiben soll – doch, wie schon, mit Stift und Papier, klar –, aber was. Du weißt, wie das manchmal ist. Man weiß,*

*was man sagen will, aber man bringt es nicht heraus. Die Wörter sind weg. Plötzlich futsch.*
*Merkst Du, wie ernst ich bin? Dabei ist es nicht so schlimm, wie es vielleicht scheint.*
Ich hörte wieder auf zu schreiben. Sicher war es ernst. Schrecklich ernst. Vom Schuljahr blieben nicht mehr viele Wochen, nur noch einige Monate bis zum Herbst, und ich selbst fühlte mich ein paar Stunden vom Tod entfernt.
Panik kroch heran. Was geschah mit der guten alten Clique? Und ich hatte sie noch die ganze Zeit sabotiert ... Alles hätte so einfach sein können, wenn ich normal reagiert und mich mit diesem Geschlecht begnügt hätte, dem Maria und Ann-Louise angehören. Doch das war ein Ding der Unmöglichkeit. Ich war schuld, daß die Clique sich auflöste. Oder bildete ich mir das nur ein? Vielleicht war doch Platz für einen süßen kleinen Schwulen in unserer Clique? Und vielleicht würde die Clique, egal, wie ich war, trotzdem gesprengt?
*Merkst Du, wie ernst ich bin?*
*Im tiefsten Innern hab ich Angst. Kannst Du das verstehen, Stisse? Ich, Johan, habe Angst! Klingt beknackt, oder? Und weißt Du, wovor ich Angst habe? Alles zu verlieren.*
*Dich, zum Beispiel. Måns und Perra auch.*
*Aber ich weiß nicht, bei ihnen ist es nicht das gleiche. Es ist nicht mehr wie früher, und das macht mir angst. Weißt Du noch, wie wir ...*
Erinnerungen! Was hatte ich gesagt; ich habe nur noch Erinnerungen und Träume. Ich radierte es aus. Keine weiteren Erinnerungen. Das macht die Sache nicht besser.
*Ich bin überhaupt nicht krank gewesen, Stisse. Ich möchte nicht mehr lügen. Dich will ich nicht belügen.*
*Da ist was passiert bei Thomas. Deswegen hab ich mich krank gestellt. Glaubst Du, daß Du die Wahrheit ertragen kannst? Wie sollst Du antworten können, Du weißt ja nicht einmal, was für*

*eine Wahrheit ich Dir servieren werde. Auf jeden Fall kriegst Du sie nicht auf einem edlen silbernen Tablett. Im Gegenteil.*
*Jetzt halt Dich fest (und bitte, sei nicht wütend oder angeekelt. In dem Fall sei lieber still):*
*Ich habe Thomas begrapscht. Ich lag besoffen neben ihm, fühlte mich schlecht und hab ihn befummelt. Ich hab mich nicht getraut, es jemandem zu erzählen. Nicht einmal Dir. Und gerade weil ich nichts gesagt habe, kommt es mir hinterhältig vor.*
*Begreifst Du?! Ich konnte mich nicht beherrschen. Ich war so verdammt aufgeregt, war fast irre vor Verlangen nach jemandem, den ich streicheln und an den ich mich schmiegen konnte – und ich hab ihn gestreichelt und mich an ihn geschmiegt. Einfach so. In seinem Bett. Idiotisch, ich weiß, aber was zum Henker sollte ich denn machen? Es war ein Zwang, und es war so angenehm, so verdammt schön.*
*Ich weiß, was Du denkst (und davor hab ich auch so 'nen irren Bammel): Aha, so einer ist der. Das hätte ich nie gedacht.*
*Ich habe das auch nicht geglaubt. Aber es ist so, ich bin »so einer«. Ich fahr ganz einfach auf Jungen ab.*
*Halt, halt! Nicht auf Dich! Oder Måns oder Perra. Glaub das bitte um alles in der Welt nicht. Ich habe Euch gern, aber deshalb liebe ich Euch nicht. Nicht auf diese Weise. In Wirklichkeit liebe ich auch Thomas nicht, aber dennoch, er löst in mir ein Kribbeln aus. Oder löste, denn jetzt ist es weg. Es ist gut, es ist leichter so, allerdings auch ein bißchen langweilig.*
*Glaub bitte nicht, daß ich verrückt bin! Oder abstoßend. Ich habe viel darüber nachgedacht, aber ich bin immer noch Johan Alexander Lindström. Scheiß auf den Rest, ich will nur, daß Du es weißt.*
*Am besten hör ich jetzt auf, wir können ja schließlich reden. Es ist jetzt bestimmt leichter, denn ich wollte schon lange mit Dir darüber reden, habe es aber nicht gekonnt (gewagt, meine ich).*

*Jetzt muß ich aber Schluß machen, bevor hier noch ein Buch draus wird.*

*Tschüs. Johan.*

*PS: Findest Du, daß ich komisch bin? Ders.*

*PPS: Erzähl es bitte niemandem. Was glaubst Du, was Måns und Perra sagen würden? Ders.*

## 29. KAPITEL

Gleich nachdem ich den Brief fertig hatte, ging ich los.
Ich kürzte den Weg über einen Rasen ab, der nach Hunden roch. Die Schuhe saugten die Nässe auf wie ein Alkoholiker und hinterließen braune Lederflecke auf den Strümpfen.
Das sah ich, als ich bei Stisse aus meinen Schuhen schlüpfte. Unbewußt war ich am Briefkasten vorbeigelaufen und hielt den Brief immer noch in der Hand. Ich war wie üblich bei Stisse ins Haus gestiefelt, ohne vorher anzurufen.
Ich erwachte aus meiner Trance, als Stisses kleine Schwester Julia an mir hochsprang und rief: »Komm, Johan!« Sie kicherte entzückt. Ihr kleiner Hund folgte uns dicht auf den Fersen und schnüffelte fröhlich an meinen Hosenbeinen.
Den Brief stopfte ich hastig in die Gesäßtasche, gerade als Stisse in die Diele kam. Mit einem Kuß auf ihre Wange erlöste er mich von seiner Schwester.
Bald darauf saß ich schnaufend in Stisses Rauchschwaden und hustete und schwatzte. Seine Stimme klang von der Erkältung immer noch rauh und trocken, und nach einer weiteren halben

Packung Giftstäbchen krächzte er. Nichts konnte ihn vom Rauchen abhalten.
Dann und wann fummelte ich an dem Brief herum.
»Honig und Kognak«, sagte ich böse, als er mit einer Hustenattacke einen ganzen Stapel Comic-Hefte von der einen Seite des Zimmers auf die andere fegte.
Er verzog seine sanfte Visage zu einer Grimasse.
»Ich kann Honig nicht ausstehen ...«
Ausreden, fand ich. Bald nippten wir alle beide an unseren Gläsern, die klein waren wie Fingerhüte. Es schmeckte widerwärtig. Von dieser Kur wird man schnell wieder gesund.
Das Frühstücksbrot der Familie verputzten wir auf einen Rutsch, brauchten die letzten drei Liter Milch auf, und dann ging ich. Es war Zeit fürs Abendbrot zu Hause.
Exakt um 22.33 Uhr bemerkte ich es. Der Brief. Er war weg! Als ich die Jeans auszog, war er nicht mehr in der Gesäßtasche. Mit erschreckender Klarheit sah ich das Furchtbare vor mir: wie mir der Brief auf Stisses Bett aus der Hose gerutscht war, wie Stisse ihn fand, ihn aufriß und mit einem amüsierten Grinsen las.
Ich wollte gar nicht mehr, daß er meinen Brief bekommt. Wir hatten einen guten und verrückten Abend gehabt, einen Abend wie immer. Er sollte nicht durch meinen Brief zerstört werden. Ich hatte ihn in einem unglücklichen Anfall von Übermut hingekritzelt, im Glauben daran, Stisse könnte derjenige sein, der es verstehen würde.
Aber wenn er es nicht verstand – dann hätte ich den Wichtigsten von allen verloren.
Vielleicht hatte er ihn ja gar nicht gefunden ... Vielleicht hatte der Brief den Spalt zwischen Bett und Wand gefunden und war auf den Boden gerutscht.
Ich mußte es sofort wissen. Ich wollte nicht wieder vor dem nächsten Schultag Schiß haben. Das passierte zu oft. Wenn es in diesem Stil weiterging, würde ich noch vor dem Schulende einen

Nervenzusammenbruch erleiden. Krankspielen konnte ich auch nicht schon wieder.

Also zog ich die Jeans wieder an, schloß meine Zimmertür von außen und schlich in die Nacht hinaus.

Zwischen dunklen Häusern und nachtschwarzen Baumstämmen rannte ich zu Stisse. Das ganze Haus sah aus, als sei es in Winterschlaf gefallen. Unheimlich still stand es da. Der kleine Garten wurde nur schwach von einer kalten Straßenlaterne beleuchtet.

Es war gar nicht daran zu denken, so spät am Abend noch zu klingeln. Ich lief um das Haus, in der Hoffnung, ein offenes Kellerfenster zu finden, doch noch waren die Nächte zu kalt. Stisses Zimmerfenster war mit herabgelassenen Jalousien verriegelt. Schließlich entdeckte ich ein kleines Lüftungsfenster, das nur angelehnt war. Typisch: Es war das Schlafzimmer von Stisses Eltern. Julia hätte ich täuschen oder beschwindeln können, wenn sie aufgewacht wäre. Aber das ... Und der Hund! Wenn nur dieser Kläffmops keine Gefahr witterte!

Ich brauchte etwas zum Draufsteigen, damit ich hinaufreichte. Die Gartenmöbel hatten sie zu meinem Glück schon herausgeholt. Ich schleppte einen Klappstuhl herbei. Er wackelte bedenklich, als ich draufkletterte. Meine Schuhe stellte ich ordentlich daneben.

Lautlos hakte ich das Fenster auf. Ich horchte. Immer noch still. Vorsichtig legte ich die Hände auf den Fensterrahmen und stemmte mich hoch, Zentimeter für Zentimeter.

Gerade als ich mich ins Zimmer gleiten lassen wollte, war jemand an der Tür zum Schlafzimmer. Ich warf mich hinaus in den Garten, landete auf dem Stuhl und krachte durch den Stoffsitz. Es war nie ein besonders schöner Stuhl gewesen – nun taugte er nicht einmal mehr zum Draufsitzen.

Ich hörte, wie Stisses Vater gute Nacht sagte und Stisses Mutter einen Kuß zuschmatzte.

Es war fast zwölf Uhr, als das Schnarchen von Stisses Vater end-

lich durch die Nacht röhrte und ich einen neuen Einbruchversuch wagte.
Ich holte einen neuen Stuhl und nahm die Fassadenkletterei wieder auf. Wieder saß ich da wie eine Krähe, blinzelte ins Zimmer und ließ mich auf den Boden hinunter. Mit eingeknickten Knien schlich ich an der Front des Doppelbettes entlang.
Der Indianerspäher Rotes Gesicht war in voller Aktion – nichts konnte ihn aufhalten! Er war ein Spezialist für unmögliche Aufträge.
Überall herrschte tiefe Finsternis, und ich verfluchte mich dafür, daß ich nicht daran gedacht hatte, eine Taschenlampe mitzunehmen. Keine Routine. Am schlimmsten waren Julias Legosteine, die in der ganzen Diele verstreut lagen. Sie bohrten sich in meine Fußsohlen und Zehen. Ich riß mich ordentlich zusammen, um nicht vor Schmerz zu schreien. Daß die auch so spitz sein mußten! Doch Rotes Gesicht ertrug schlimmere Torturen als Lego.
Mein Herz bullerte heftig, als ich Stisses Türklinke langsam herunterdrückte. Die Tür knarrte, natürlich, aber Stisse schnarchte ruhig in seinem bequemen Bett. Auch wenn die Augen sich an die Dunkelheit gewöhnt hatten, war es doch verflixt dunkel. Nicht einmal Tonnen von Mohrrüben hätten geholfen.
Mit ausgestreckten Armen torkelte ich wie Frankensteins Monster vorwärts. Obwohl im Zimmer ganz ordinäre Stisse-Luft war, vibrierte sie und schloß sich wie eine Zwangsjacke eng um meinen Körper. Alle Geräusche gellten und hallten wider. Mein kurzatmiges Schlucken klang wie eine Baßtuba, jeder Schritt knirschte auf dem Boden – durch die Geräusche konnte ich die Stille hören. Lähmend. Alles gab Seufzer, Schnarcher und Zischlaute von sich. Ich war so konzentriert, daß es in meinen Ohren klingelte.
Neben Stisses Bett sank ich auf die Knie und spähte. Dunkelheit. Ich sah gar nichts.

Der Länge nach schlängelte ich mich unters Bett und tastete nach dem Brief. Er klemmte zwischen Bettkante und Wand. Ich riß den Brief an mich, küßte ihn und atmete auf. Der Auftrag war ausgeführt. Rotes Gesicht hatte es wieder einmal geschafft. Ich war richtig stolz.
Ich rollte ins Zimmer zurück und holte Luft. Staub kitzelte und juckte in meiner Nase. Einen Augenblick lang durchfuhr mich Panik, ehe ich – nieste.
Schnell wie der Teufel rollte ich mich wieder unter das Bett und preßte mich an die Wand. Allmählich wurde mir leicht schwindlig.
Das nächste Niesen stieg wie Kohlensäure in meiner Nase auf. Ich riß mich zusammen. Die Nase schwoll an. Ich kriegte keine Luft mehr, ließ meinen Zinken los und bohrte ihn in die Armbeuge, um die Explosion zu dämpfen. Das Niesen war recht diskret. Jedenfalls für jemanden, der taub ist. Es klang ungefähr, wie wenn ein Elefant sich schneuzt. Und ich nieste zweimal. Dreimal!
Die Nachttischlampe wurde angeknipst. Rotes Gesicht war nun wirklich knallrot. Rotes Gesicht nahm wieder Leichenhaltung ein. Wo ich lag, war das nicht besonders schwer. Mein Herz schlug heftig. Der Infarkt war nahe. Blutsturz. Gehirnblutung. Staublunge. Ich zählte die Sprungfedern in seinem Bett; leierte die Hauptstädte Europas runter; ging die Gitarrenübung Note für Note durch; versuchte, mich an alle Schlachten Alexanders des Großen zu erinnern; memorierte die Spieler der Fußballnationalmannschaft; alles nur, um nicht daran denken zu müssen, wie peinlich es war, hier unter dem Bett zu liegen.
Ich überlegte, was ich sagen sollte: »Ich kam zufällig vorbei und dachte, ich sollte mal reinschauen.« Das war nicht haltbar. Nichts würde plausibel klingen.

# 30. KAPITEL

Das Licht wurde wieder ausgeknipst. Aber wahrscheinlich war er wach. Wie ich wieder aus diesem Haus hinauskommen sollte, war mir ein Rätsel. Rotes Gesicht war vielleicht ein Meister im Schleichen – mit dem Denken war es schon schlechter. Ich gewöhnte mich allmählich an den Gedanken, den Rest der Nacht dort zu verbringen, wo ich war. Na ja, es hätte schlimmer sein können. Die Staubflocken machten es recht weich und gemütlich. Irgendwas sagte mir aber, daß es auch nicht besser war, am nächsten Morgen entdeckt zu werden.

Vorsichtig rutschte ich nach vorn. Rotes Gesicht schien Triumphe zu feiern, denn die Lampe blieb dunkel. Stisses Schlaftalent war berüchtigt.

Adieu, Staubflocken! Jetzt muß es genug sein!

Ich robbte mich aus meinem Versteck vor und schaute hinaus – und wurde von Stisses funkelnden Augen entdeckt, die über die Bettkante schauten. Lustig, sich so zu treffen.

»Johan!« rief er. Mit gewissem Erstaunen.

»Stisse, *I presume*«, sagte ich.

Sein blonder Schopf wedelte wie ein Wimpel in der Luft.

»Was machst du denn hier?«

Ich kletterte hervor und klopfte mir den Staub ab. Stisse machte die Lampe an. Meine Sachen waren ganz grau.

»Du mußt mal putzen«, sagte ich, als ob es vollkommen natürlich wäre, daß ich nachts bei anderen Leuten Putzinspektionen machte.

»Im Ernst, Johan. Wie bist du hier reingekommen? Und warum?«

Ich erzählte. Er grinste. Vor allem über den Möbeldemolierer Johan, dem nach der Stehlampe bei Thomas nun auch der Klappstuhl in ihrem Garten zum Opfer gefallen war.

»Und das alles wegen dem einen Brief! Das muß aber ein ganz schön wichtiger Brief sein.«
»Ja«, gab ich zu, »aber ich werd ihn verbrennen. Er hat genug Unheil angerichtet.«
»An wen ist er denn?«
Oje.
»Maria. Es ist doch Schluß zwischen uns.«
Er griff nach den Glimmstengeln und zündete einen sorgfältig an.
»Hab schon gehört«, sagte er. »Måns hat davon gesprochen.«
Ruhig formte er seine Rauchringe, blinzelte mit seinen verschmitzten, freundlichen Augen und schüttelte lächelnd den Kopf.
»Was treibst du bloß? Du verwickelst dich in Sachen. Eine unmöglicher als die andere. Was wird's denn das nächste Mal? Was soll'n wir wetten? Irgendwas bei der Abschlußfeier?«
Die Erinnerung kam wieder, aber ich hatte es versprochen. Jetzt war einfach nur jetzt, kein Damals, kein Später.
Warmes Lampenlicht. Nächtliche Stille. Stisse holte mir ein Glas Saft.

»Es stimmt nicht, was ich gesagt hab. Der Brief ist nicht an Maria. Er ist an dich ...«
Er staunte.
»Warum hast du ihn dann nicht liegengelassen? Irgendwann hätte ich schon geputzt. Aber wie ich sehe, hast du das ja jetzt erledigt.«
Ich war müde. Was sollte ich darauf antworten? Ständig fehlten mir Antworten, mußte ich immer Versteck spielen.
Ich wollte doch nur ehrlich sein!
Er war neugierig auf den Brief, aber den stopfte ich mir in den Hosenbund, wo er sicher war, und ich faselte, daß nur Dummheiten drinstanden – nichts, was der Rede wert wäre.

»Sicher?«
»Todsicher.«
Er sah mich skeptisch an. Detektiv Stisse zweifelte aus Prinzip.
»Und trotzdem hast du dir solche Mühe gemacht ...«, murmelte er, aber als er meinen Blick sah, fuhr er laut fort: »Ja, ja, wie auch immer. Du kannst ja einen neuen schreiben, wenn du nicht reden willst.«
»Aber da ist nichts. Nur dummes Zeug. Über Tho ...«
»...mas?«
Ich und mein Plappermaul!
»Und, was ist mit Thomas?«
»Nichts. Über *Donnerstag* wollte ich sagen.«
»Und was ist am Donnerstag?«
»Nichts. Keine Ahnung. Das war ein Mißverständnis – ich hatte nur gedacht, es wär irgendwas.«
»Ich versteh gar nichts«, sagte er.
»Ich auch nicht.«
Und dann alberten wir lauthals rum.

Kurz vor eins ließ er mich raus – durch die Eingangstür. Ich sagte gute Nacht und watete durch das Gras zu meinen Schuhen.
»Irgendwie spinnst du, Johan! Wir seh'n uns dann morgen.«
Glaubte er, ja.
Als ich zu Hause ankam, merkte ich, daß ich mein Schlüsselbund in meinem Zimmer vergessen hatte.
Ich ging zu Stisse zurück, klopfte an sein Fenster und pennte bei ihm auf dem Fußboden. Neben dem Bett. Auf einer Matratze.
Das meiner Mutter und meinem Vater zu erklären würde kompliziert werden.
Ein Brief bedeutet so viel.

## 31. KAPITEL

Måns lief mit steifen Beinen neben mir her. Wie unsichtbare Wogen breitete sich die Nervosität über ganz Eriksberg aus und ließ die Bäume zittern und die Hunde knurren.

»Und wenn sie nun nicht kommt?«

»Klar kommt sie.«

»Aber vielleicht hat sie schon jemanden.«

»Das hättest du ja schon mal vorher rauskriegen können. Aber falls es dich interessiert: soviel ich weiß, ist sie genauso frei, wie du pleite bist. Wie viele Kröten hast du?«

Måns grub tief in seinen Taschen und holte einige Goldzehner und ein paar Silbermünzen hervor.

»Zweiunddreißig fünfzig.«

»Bescheiden«, sagte ich. »Ich hab sechzig Schleifen. Macht neunzig, aber das reicht bestimmt. Falls Stisse nichts für Zigaretten braucht.«

Die Kiefern leuchteten rotgolden im Abendlicht. In den Laubbäumen zwitscherten die Vögel. Die Pfützen trockneten, und die Hunde wälzten sich im Matsch. Kinder flitzten auf Fahrrädern herum, Fußbälle und Springseile waren aufgetaucht. Es war warm. Ernsthaft Frühling. Ein Abend, wie für ein Fest gemacht.

»Und was ist, wenn sie nicht tanzen will?«

Ja, das wäre wirklich schlimm – wenn man bedachte, was wir alles ertragen hatten, um es ihm beizubringen. Karro hatte unter gewaltigen Qualen – und wildem Gelächter von uns anderen – als Tanzpartnerin herhalten müssen. Ich weiß nicht, woher sie diese psychische Stärke nahm. Das Ganze erinnerte an einen Parademarsch der Walrösser. Und das war nicht Karros Schuld. Für den technischen Teil erteilten wir die Traumnote 1,1. Den künstlerischen Ausdruck konnte man nicht einmal beurteilen.

In der Beziehung mußten wir uns auf die gute Schicksalsfee verlassen – und hoffen, daß sie uns an diesem Abend mit ihrem Zauberstab helfen würde. Måns brauchte das.
»Sind meine Hosen auch ganz bestimmt nicht zu lang?«
Zu lang? Für diese Beine konnte nichts zu lang sein.
Gestern hatte er Klamotten eingekauft. Seine Mutter hatte nur vor Staunen den Mund aufgerissen, bis ich ihr den Anlaß erklärte. Sogar die Strümpfe waren neu. Die Haare waren frisiert – so was in der Art jedenfalls. Parfum durfte er sich von dem eitlen Perra ausleihen, und er duftete wie eine frischgeschälte Apfelsine.
Was ich selbst auf dem Fest verloren hatte, wußte ich nicht. Aber in diesen Tagen wußte ich sowieso wenig. Irgendwas würde schon passieren. Das war immer so. Die Frage war nur, was.

Es waren schon viele da, als wir kamen. Ich gab ihm einige letzte Ratschläge, was das Tanzen anbelangte, und empfahl ihm, so herumzuhüpfen, wie er es beim Basketball machte. Nicht gerade elegant, aber weniger riskant für Sofie. Und größere Erfolgschance für ihn.
Die eine Schmalseite des Eßsaals war mit Hilfe von Wandschirmen in zwei Bereiche geteilt. Eine kleine Bar war aus Servierwagen zusammengestellt worden, und hier und da standen Stühle und Tische mit Teelichtern verstreut.
Karro, Perra und Stisse winkten uns sofort zu sich. Sie hatten einen Tisch ergattert, der strategisch günstig stand: nahe an der Bar und durch einen der Wandschirme ein wenig geschützt.
Stisse stellte enttäuscht fest, daß Rauchen verboten war. Außer Schnupftabak waren keine anderen Drogen zugelassen. Durchsuchte man die Toiletten, konnte man aber kleine Taschenfläschchen finden, die von einem vorausschauenden Alkoholiker zwischen die Papierhandtücher oder auf den Boden der Mülleimer – unter der Mülltüte – gestopft worden waren.

Sofort beluden wir ein Tablett mit Salinos, Chips und Sprudel. Sowohl Perra als auch Stisse waren ausnahmsweise mal einigermaßen gut bei Kasse. Stisse hatte in den letzten Monaten Werbezettel ausgetragen und hatte gerade seinen Lohn ausgezahlt bekommen. Perra hatte einen guten Gewinn gemacht, als er einem armen Gutgläubigen aus der Siebten ein altes Skateboard verkaufte. Wir kannten Perra und hüteten uns davor, Geschäfte mit ihm zu machen.

Måns spähte die ganze Zeit zum Eingang und fummelte an der Schnupftabakdose. Ein Blick von Karro hinderte ihn daran, sich zu bedienen. Er nahm kaum am Gespräch teil, verzog aber den Mund, wenn wir lachten. Er wollte schließlich nicht dumm wirken.

»Da!« flüsterte er plötzlich und rüttelte mich. »Da, siehst du! Da ist sie!«

»Danke für die Mitteilung, aber ich weiß eigentlich, wie sie aussieht.«

»Måns.«

Er drehte sich zu Karro. Mit einem Lächeln nahm sie ihn unter die Lupe und rückte sein Hemd zurecht.

»So! Jetzt bist du fertig. Keiner kann dir widerstehen!« Und dann küßte sie ihn auf die Wange.

»Viel Glück!«

Wir verstummten und sahen ihn im Slalom zwischen den anderen hindurchlaufen, die dastanden wie leere Kulissen in dem Drama, das gerade begonnen hatte. Er verschwand im Gewimmel, in dem er nicht einmal mit seiner Länge etwas ausrichten konnte. Perra sang »Oh, diese Nacht, diese liebliche Nacht« mit italienischem Einschlag.

Bald machten sich Perra und Karro auf zur Tanzfläche. Perra hatte sich in den letzten Wochen im Solarium rotbraun wie eine Grillwurst gebraten. Er präparierte sich sorgfältig für die Freiluftsaison und trug zum Grillrot ein schwarzes Poloshirt mit

Neonbuchstaben, die von selbst leuchteten und protzten. Perra wollte gesehen werden. Nicht, weil er besonders toll war oder so, sondern um mit seiner knackigen Erscheinung Eindruck zu machen. Ein recht oberflächlicher armer Teufel eigentlich.
Karro war genau das Gegenteil. Sie trug ihre schwarzen Kleider und war einfach da. Wenn Leute sie sehen wollten, konnten sie das tun, aber sie bat nicht um Aufmerksamkeit. Man bemerkte sie sowieso.
Auch Stisse und ich machten einen Abflug und markierten unsere Plätze mit Jacken und Pullis. Stisse bog zum Rauchen nach draußen ab.
Mein Blick suchte Måns. Ich fand ihn an einer Wand, bedenklich zur Seite geneigt wie der Schiefe Turm von Pisa. Jede Sekunde konnte der zerbrechliche Turm zusammenkrachen. Eine Prise Schnupftabak hatte doch ihren Platz gefunden und ihn in einen außergewöhnlich gut aussehenden Neandertaler verwandelt. Ungewöhnlich lang und auch unbehaart.
Er starrte über die sich aneinander reibende Masse auf der Tanzfläche. Da schüttelte Sofie sich zusammen mit Anders aus der 9 B den Hintern ab. Anders wechselte mit jedem Taktschlag eintönig den Fuß. Das sah in etwa so aufregend aus wie das Telefonbuch. Deshalb verstand ich nicht, worüber Måns sich Sorgen machte. Verglichen mit Anders würde sogar er wie ein Virtuose erscheinen. Allerdings sprach das Aussehen gegen ihn, denn in der Beziehung gewann Anders mit Knockout.
Was hab ich gesagt?
»Ich geh«, murmelte Måns, als ich kam.
Lieber, dummer Måns!
»Du gibst einfach viel zu leicht auf«, sagte ich. »Ist doch erst 'ne Viertelstunde um. Kümmre du dich um Sofie, dann kümmre ich mich um Anders.«
Himmel, was hatte ich da gesagt?!
»Wie denn?« fragte Måns betrübt.

»Wirst du schon seh'n«, sagte ich und war selbst genauso gespannt, was passieren würde.
Obwohl Anders wie eine lahme Kuh tanzte, mußte ich ihn einfach anschauen. Sofie tanzte für beide und machte das gut. Herr Finstermann neben mir hing wie eine wurmstichige Elchzunge an der Wand, und ich fragte mich, ob alles vergebens gewesen war. Bei der Erinnerung an Karros zertrümmerte Füße schritt ich zur Tat.
»Jetzt machen wir mal Dampf«, sagte ich. »Wir müssen näher zu ihnen ran. Wenn das nächste Stück zu Ende ist, schlagen wir zu.«
Måns nickte träge, hatte aber immer noch einen Ertränkte-Katze-Blick, der mich allmählich verrückt machte. Mißerfolge ließen ihn immer aufgeben. Meine einfache Taktik lief darauf hinaus, daß sich jeder von uns in der sekundenlangen Pause zwischen zwei Stücken einen von ihnen schnappen und in die jeweilige Richtung mitziehen sollte. Måns sollte die entschieden leichteste Arbeit übernehmen.
»Das klappt doch sowieso nicht. Die verdrücken sich doch in irgendeine verdammte Ecke und fangen an zu knutschen.«
»Du pessimistischer Eierkopf! Warum soll sie das denn mit diesem Charmeur da anfangen! Verglichen mit dem da steppst du wie ein Gott. Und sei nicht so verdammt feige, das macht mich wahnsinnig!«
»Selber Eierkopf! Sei nicht feige! Du hast leicht reden!«
»Ja, irre leicht: Sei nicht so verdammt feige. Ich schnapp mir Anders, und du erledigst deinen Teil. Wenn du Sofie heute abend noch küssen willst, dann mußt du dich wirklich ein bißchen ins Zeug legen. Und wenn du's nicht willst, ja, dann sieh zu, wie du fertigwirst.«
Ehe er antworten konnte, hatte ich ihm schon eine Handvoll Salinos zwischen die Kiemen gedrückt.
Ich beobachtete Sofie und Anders. Einen unsinnlicheren Tänzer

als Anders gab es kaum auf der nördlichen Halbkugel, aber – was für ein Gesicht!
Es war mir nie in den Sinn gekommen, so war ich von Thomas geblendet gewesen. Mit einem Schaudern fühlte ich, wie mir die Hormone durch den Körper peitschten. Nach der Sache mit Thomas wäre es entschieden bequemer gewesen, eine Wiederholung zu vermeiden. Aber diese verfluchten Hormone strömten fröhlich und ungehemmt in mir herum.

Die Musik verklang. Ich knuffte Måns, zeigte auf seine Oberlippe, und er fummelte den Tabak heraus und schnippte ihn in meine Salino-Tüte.
»Anders!« rief ich.
Er drehte sich zu mir um. Måns schlich hinter seinen Rücken und hatte den Weg zu Sofie frei. Er glitt rasch zwischen die beiden Ahnungslosen. Anders glotzte mich verwirrt an und dann über die Schulter, nur um gerade noch zu sehen, wie Sofie und Måns davonsegelten. Oder davonschaukelten, wie man wollte.
Da stand ich mit Anders. Es war leichter gewesen als erwartet, doch mein Plan hatte ganz klar einen Haken: Was sollte ich jetzt tun?
»Mach mal 'ne Pause«, sagte ich lächelnd, aber er sah nicht besonders glücklich aus.
Ich schubste ihn vor mir her von der Tanzfläche, ehe er das Komplott durchschauen konnte.
Je weiter wir aus dem Gedrängel rauskamen, desto stärker wurde das Licht. Karro mit Stisse an der Hand tauchte kurz auf.
»Der erste Akt ist gelaufen«, brüllte und flüsterte ich Karro zugleich ins Ohr und schubste dann Anders weiter vor mir her.

# 32. KAPITEL

»Was wolltest du?«

Anders schaukelte auf seinen schwarzen Tennisschuhen wie ein Eisbär vor und zurück. Sicher würde er gleich auch in die Offensive gehen. Gott, schick mir eine Eingebung! Wo ist die gute Fee?!

»Ist es nicht warm, in den Dingern da zu tanzen?« sagte ich, um ihn abzulenken.

Sein Körper war nach dem Tanzen erhitzt. Seine Stirn glänzte von Schweiß, und seine Wangen waren leicht gerötet. Er war voller Bewegungsdrang. Ein Spannungsfeld umgab ihn. Er hatte eine Ausstrahlung wie ein Kernkraftwerk. Und ich fühlte mich schon verstrahlt.

»Was?«

»Die da!« Ich zeigte runter. »Geil. Wo hast du die gekauft?«

Die gab es in jedem Geschäft auf dieser Seite der Sonne, aber was tut man nicht für einen Kumpel wie Måns. Anders drehte nervös den Siegelring, den er am rechten Ringfinger trug.

»Ej, echt geil! Wo hast du den gekauft?« sagte ich und war von meinem phantastischen Konversationsvermögen beeindruckt. Ich grapschte nach seiner Flosse und glotzte kurzsichtig auf den Ring. Anders wurde immer verwirrter und zog seine Hand zurück. Irgend etwas sagte mir, daß er mich für einen Idioten hielt.

»Ein paar Salinos vielleicht?« versuchte ich.

Er lächelte vage, als ob er nicht wüßte, was er denken sollte. Kleine Lachgrübchen bildeten sich auf seinen Wangen, und ich wunderte mich, wie ich ihn in all den Jahren hatte übersehen können. Anders war eigentlich jemand, den ich nur sporadisch getroffen hatte. Die einzige klare Erinnerung an ihn stammte vom Orientierungslauf im Herbst, bei dem wir uns beide im

Hammarwald verlaufen hatten und schließlich gemeinsam unter endlosen Tiraden darüber, wie überflüssig Freiluft-Aktionstage sind, das Ziel gefunden hatten. Außerdem war ich in einen schlammigen Graben geraten – genau in dem Moment, als Anders angerannt kam und drauf und dran war, auf das gleiche matschige Schicksal zu treffen wie ich. Besser zwei Wirrhirne gehen zusammen, als wenn jeder in seine Richtung läuft, hatten wir festgestellt, und waren weitergetrabt.
Mit einem stillen Dank steckte er die Hand mit dem Ring in die Tüte.
»Uuääähh! Was ist das denn?«
Angeekelt schaute er auf den Brei aus Tabak und Salinos, den er herausgefischt hatte.
»Oje!« Ich kicherte. »Das sieht ganz nach Måns' Prise aus. Tut mir leid, war keine Absicht, ich hatte es vergessen.«
Ein Tiefdruckgebiet hing über seinen Augenbrauen, und eine düstere Kaltfront blies aus seinen Augen. Er war gar nicht mehr so süß.
»Kann ich nicht drüber lachen, Johan! Und Sofie ist auch weg!«
Und dann putzte er sich seine Hand an meinem Hemd ab, das glücklicherweise schon schwarz war, drehte auf dem Absatz um und ging.
Ich lief ihm nach.
»Anders! Anders! Das war keine Absicht. Entschuldige!«
Ich erreichte ihn und legte ihm kameradschaftlich die Hand auf die Schulter. Er schüttelte sie ab.
»Ich wußte nicht, daß du und Sofie ...«
Wir waren in die Garderobe zwischen Aula und Eßsaal geraten. Leute rannten von hier nach da und machten einen ziemlichen Radau. Wir gingen quer durch den Pulk, der wie ein unförmiger Brei aus Armen und Beinen wogte. Anders hatte keine große Lust, meinen Entschuldigungen zuzuhören.

Plötzlich schoß ein Torpedo aus der Achten mitten durch den Brei in Anders' Seite und tapezierte ihm eine Wurst an den Rücken, ehe sie beide in einem Knäuel zu Boden gingen. Leute trampelten zwischen ihren Beinen herum, und es gab einen schrecklichen Tumult.

Ich schloß die Augen und biß die Zähne zusammen. Sollen wir wetten, daß die nächste Katastrophe bei der Abschlußfeier passiert, hatte Stisse gesagt. Ha! Mit einer gewöhnlichen einfachen Herleitung würde Anders merken, daß ich die Ursache für dieses kleine Unglück war.

»Idiot!« zischte Anders. »Zieh Leine!«

Er stieß den Torpedo weg, der unkontrolliert auf dem Boden herumkroch. Aus der Nase sickerte Blut.

Als Anders sich aufrappelte, trat er aus Versehen auf die ausgestreckte Hand des Torpedos. Ein lauter Schrei stieg zur Decke.

Augenblicklich tauchten einige Wesen mit vorstehenden Augenbrauen, langen Armen und kräftigem Unterbiß – schimpansenartig, könnte man eigentlich sagen – auf. Offensichtlich die Kampfbrüder des Torpedos. Der Torpedo selbst saugte an seiner Hand, während Blutstropfen darauf heruntertröpfelten.

»He, was treibst du da?« sagte einer der Kumpel, stiefelte zu Anders und drohte ihm mit der Faust. Die beiden anderen schlossen auf, flankierten seine Seiten und stießen gutturale Gurgellaute aus.

»Ich?« stieß Anders hervor. »Fragt lieber den verdammten Rotzbengel da.«

Der Schimpanse machte einen Schritt auf Anders zu.

»Sag das noch mal, wenn du dich traust!«

Ein zustimmendes Gurgeln war von beiden Trabanten zu hören. Anders war knallrot. Er schnaubte verächtlich. Er schien nicht zu kapieren, wie dornig die Sache für ihn wurde.

Der Torpedo sammelte seine Extremitäten ein, kam auf die

Füße und war wohl wild darauf, sich seinen protzigen Kumpeln anzuschließen.
Die Wurst rollte immer noch in ihrem Ketchup auf dem Boden herum. Ich hob sie auf. Irgend etwas mußte passieren. Auf die gute Fee konnte man sich nicht verlassen.
Anders ließ den Blick unruhig umherschweifen. Einer gegen drei waren üble Vorgaben. Außerdem schienen sie nicht von der einsichtigen Sorte zu sein. Im Gegenteil. Wort und Tat schienen für sie ein und dasselbe zu sein, denn ich sah, wie der Mittelaffe Anders die Hand an den Hals drückte.
Als der kleine Torpedo sich auf den Weg zu Anders machte, schnappte ich mir seinen Arm. Erschrocken sah er auf. Schnell packte ich ihn im Schritt und hielt ihn dort fest. Während ich die Wurst vor seinen Augen baumeln ließ, zischte ich:
»Du hast was vergessen – deine eklige Wurst.« Ich klemmte sein Heiligtum einmal vorsichtig ein. »Wenn du ihn abbrichst, kannst du ihn in deine Nilpferdnase stopfen und das Bluten stoppen.«
Er fluchte, wand sich und versuchte freizukommen.
»Hast du gehört?« sagte ich und drückte wieder zu. Ein kurzes Piepsen kam über seine Lippen. »Nimm deine Wurst und verpiß dich. Wir werden hier keine Klopperei veranstalten. Und nimm deine blöden Kumpel mit. Verstanden?«
»Laß mich los!«
»Hast du kapiert?! Wenn du nicht machst, was ich sage, werd ich dich ausziehen – hier und jetzt!«
»Laß mich los, verdammt noch mal!«
»Glaubst du mir etwa nicht, du kleiner Scheißer?«
Ich machte ihm den Hosenknopf auf.
»Nein!«
Er sah plötzlich wirklich ängstlich aus. Und es erschreckte mich ein wenig, daß ich es genoß, ihn zu erniedrigen. Normalerweise betrachte ich mich als einen friedfertigen Menschen.

Ich zog ihm den Reißverschluß runter.
»Hör auf! Bitte!«
Klang das nicht ein wenig so, als würde er gleich weinen, der Gnom? Als ich seine Angst bemerkte, besann ich mich. Das war nicht in Ordnung. Er war wie ein kleines Kind. Was hatte ich für ein Recht, ihn so zu quälen?
»Ruhig, ruhig, ich tu dir nichts, wenn du nur abhaust – und zwar JETZT!«
Er nickte, packte die Wurst, und ich ließ ihn los. Die feige Ratte zischte tatsächlich ab – ohne auch nur zu versuchen, mit seiner Pavianguerilla zu reden.
Als ich mich umdrehte, hörte ich Anders' gefügige Stimme:
»Hör schon auf . . . das war echt nicht m . . . meine Schuld.«
Guter Rat war teuer und ausverkauft.
Ich schaute auf meine Hände – hatte nur zwei, hätte eigentlich mehr gebraucht. Aber sie mußten reichen.
Der Späher Rotes Gesicht schlich sich von hinten an, flatterte mit den Armen, stürzte an die Flanken, plazierte die Hände hart und fest an ihren Hintern und grub die ausgestreckten Mittelfinger so gut es ging zwischen ihre Pobacken. Mit einem Schmerzensschrei fuhren sie hoch, und der Oberprimat sah sich einfältig um. Er schwang eine Faust nach hinten, und ich parierte sie im Reflex. Ich schnappte mir Anders und zog ihn mit mir. Weg mußten wir, ehe sich die Affenhorde wieder sammeln konnte. Anders schlingerte wie ein Aufnehmer am Schrubber hinter mir her.
»Zum Klo!« rief ich.
Als wir ankamen, erlangte Anders seine Fassung zurück.
»Nein, warte! Nicht das«, sagte er. »Komm!«
Er führte mich zu dem Klo, das der Tür am nächsten war. Wir schlüpften rein und knallten die Tür zu. Endlich sicher hinter Schloß und Riegel. Anders sank auf die Kloschüssel. Ich lehnte schwer gegen das Waschbecken. Nun kamen Herzklopfen und eine Welle von Angst. Wir sahen uns an und lächelten matt.

»Das wäre um ein Haar schiefgegangen«, sagte ich.
»Die müssen direkt aus dem Zoo gekommen sein«, sagte er mit einem Lachen.
»Ganz meiner Meinung – vom Affenberg. Außer diesem kleinen ...«
»... Rotzlöffel, meinst du. Was für Idioten! Was hast du eigentlich mit denen gemacht?«
Ich verdrehte die Augen und seufzte. Wir waren wieder die alten – er so süß, ich verwirrt. Es war komisch, zu zweit auf einem Klo zu sein, genau wie damals, als wir noch klein waren. Es war eng. Nah. Gefährlich. Aber ruhig und klinisch rein von Gorillas.
»Also ... darüber reden wir ein andermal.«

Wir wuschen uns das Gesicht mit eiskaltem Wasser. Anders stand auf, drehte mir den Rücken zu und grub zwischen den Papierhandtüchern herum.
»Wie siehst du denn aus!« rief ich.
»Wo?«
»Auf dem Rücken.«
Ein Fleck Ketchup zierte sein Hemd an der rechten Schulter. Er versuchte, sich umzudrehen, konnte den Kopf aber nicht so weit nach hinten drehen, daß er das Elend hätte sehen können.
»Nur mit der Ruhe, ich werd dir helfen.«
»Momento«, sagte er und wühlte weiter zwischen den Papierhandtüchern. Er holte ein gitarrenförmiges Souvenirfläschchen aus dem Versteck.
»Das ist genau das, was wir jetzt brauchen«, sagte er zufrieden, nahm einen Schluck und reichte es an mich weiter. Mein Glück, daß er vergessen zu haben schien, welche Rolle ich bei dem Tumult gespielt hatte.
»Nein, danke, jetzt nicht.« Nur zu gut erinnerte ich mich an den unglückseligen Abend bei Thomas, und so was durfte nicht wieder passieren.

Aber wie es mir in den Fingern kribbelte, im Körper, ich war wieder die reinste Popcornmaschine. Ich wollte sie anhalten – aber wie?

Ich drehte ihn um und begann, ihm mit Wasser und Seife den Ketchupfleck wegzureiben.

Es war die reinste Verzückung, ihm ganz legitim die Schulter massieren zu dürfen – auch wenn Stoff dazwischen und ich eigentlich viel zu nervös war, um es überhaupt genießen zu können.

Mehr Seife drauf, Wasser drüberschütten. Abspülen. Wiederholen. Mehr Seife. Mehr Wasser.

»Halt still. Es müßte gleich raus sein.«

»Danke, Johan«, sagte er warm, und ich fühlte mich wie in Watte gewickelt. Bis auf diese kleine Sache, die immer härter und fester wurde, obwohl ich dagegen ankämpfte. Es war so wenig Platz in der Kabine, daß er es ganz leicht hätte merken können. Zu meinem Schrecken wurde er immer größer, je mehr ich rieb. Der Fleck, natürlich!

Das Hemd sog jedes Ketchupmolekül in sich auf und verteilte sie mit Lichtgeschwindigkeit. Ich mußte mehr reiben. Der Stoff wurde von Tomatenmatsche imprägniert. Und die Seife vermischte sich damit und hinterließ hier und da graublaue Farbpopel. Nicht das auch noch, dachte ich. Reichte es nicht, daß ich ihm schon den Abend vermasselt hatte?

Das Kapitel, wie man Flecken rausbringt, mußte ich bei der Haushaltslehre verpaßt haben. Vom Möbelmarodeur zum Kleidervernichter, eine Lebensgeschichte in achtunddreißig Kapiteln.

»Geht's raus?«

»Also ... nein, sieht nicht so aus. Im Gegenteil, befürchte ich.«

»Laß mal sehen!« sagte er plötzlich, knöpfte sein Hemd auf und zog es aus.

Ich wagte kaum, ihn anzuschauen. Mußte er unbedingt hier und jetzt strippen? Ich wußte schließlich, wie empfindsam ich war. Auch wenn ich es eigentlich nicht wagte – konnte ich es denn lassen? Aber nein. Mein Blick klebte fest an seinen nackten Schultern, seinem ausrasierten dunklen Nacken, an seinem todernsten Gesicht, das den Matsch auf dem Hemd begutachtete. Ein leichter Duft nach Haargel kam aus seinem Haar, das so dicht vor mir war. Anders wirkte vollkommen unberührt, goß Wasser auf den Fleck und versuchte selbst, ihn rauszubekommen.

Wer war er eigentlich? Wie kam es, daß ich mit ihm auf dem Klo stand und dieses Kribbeln fühlte, ein wachsendes Verlangen nach ihm? Er war zwar süß, und ich genoß es, ihn halbnackt zu sehen, aber zur Hölle! Eine Menge Kerle sind süß, jede Woche beim Sport und beim Basketball sehe ich eine Masse Jungs splitternackt, ohne daß es mich einen Pups kümmert. Das hier war offensichtlich etwas anderes.

Blöde. Eine bloße Schulter, eine nackte Brust, ein wenig Haut, und wilde Gedanken schossen in meinem Schädel herum.

Ich mußte mich bewegen, um nicht noch einen Skandal zu riskieren. Kein Gefummel hier, nein.

Aber als ich mich in die Ecke zwischen Toilette und Wand drängte, um an die Flasche zu kommen, legte ich ihm natürlich die Hände auf die Schultern, als ob ich fürchtete, ich könnte ihn anrempeln. Daran war überhaupt nichts Verdächtiges. Außerdem waren seine Schultern schalenförmig, perfekt für meine Hände ...

»Darf ich 'nen Schluck nehmen?«

Irgendwas mußte ich doch tun. Ich konnte ja schlecht rausgehen, während er sein Hemd kaputtwusch und mit nacktem Oberkörper dastand.

»*Sure*. Nimm nur.«

Der Schnaps kratzte im Hals, schmeckte nach verbranntem

Gummi, und meine Stimme sank um drei Oktaven. Das mußte selbstgebrannter sein.
»Was für ein Abend«, seufzte Anders und gab die Kleiderwäsche auf. »Gibst du mir mal die Flasche? Scheint der einzige Trost zu sein, den man hat!«
Er lächelte. Hör auf! Lächle nicht! Du darfst nicht lächeln. Du siehst so verdammt – hübsch, so toll aus, wenn du lächelst. Ein Freund. Konnte er nicht einfach nur ein Freund sein? Nichts weiter. Jetzt, wo Perra und Måns sich entfernen ...
Plötzlich zog er seinen Hosenschlitz auf und holte seinen Pinn raus. Ich fuhr erschrocken zusammen. Da stand er breitbeinig und hielt ihn zwischen Daumen und Zeigefinger und pinkelte. Okay, eine nackte Brust, damit kann ich fertigwerden, aber das! Es machte mich verrückt, womit mich die Leute gedankenlos quälten. Wohin sollte ich jetzt schauen? Schamröte senkte sich über mich. Ein Blick von ihm zur richtigen Stelle würde außerdem verraten, warum.
Hol mich hier weg! Nein! Laß ihn nur erst fertigpissen. Ich hoffe, er pinkelt lange. Hilfe, was denke ich denn da! Und er. Er könnte sich schon ein wenig vorsehen. Einfach sein Geschlecht so vor den Augen eines anderen herausholen, als ob man auf irgendeiner Ausstellung wäre. Obwohl ich zugebe, daß er Best-in-Show war. Ich selbst hätte in dem Moment direkt an die Decke gepinkelt, wenn ich es versucht hätte.
Endlich stopfte er ihn in die Jeans zurück.
»Das war schön«, sagte er unbekümmert. »Aber das Hemd ist hin.«
Ich nahm Maß. Wir hatten ungefähr dieselbe Größe. Er war ein wenig kleiner und schmaler. Es würde auf jeden Fall kein Problem sein.
»Du kannst meins haben«, sagte ich und knöpfte es auf.
Er protestierte, aber ich gab nicht auf. Nach allem, was ich angerichtet hatte. Und bei meinen frivolen Gedanken! Und außer-

dem konnte ich dann seinen Duft in meinem Hemd mit mir herumtragen.
Falls dieser Dummkopf es nicht wäscht, bevor er es zurückgibt.

»Bist du in Sofie verliebt?« fragte ich, als ich das Hemd ausgezogen hatte. Ich war immer noch heiser von dem Gummischnaps.
»Verliebt?« Seine Stimme klang überrascht. »Nein, überhaupt nicht. Wir sind nur Freunde, aber sie hatte versprochen, daß wir heute abend viel tanzen würden – sie wollte es mir ein bißchen beibringen.«
»Ja, das könnte dir nicht scha...«
Ich und mein loses Maul – Plapperus Faselus!
»Ja, das ist wahr«, sagte er mit einem resignierten Lachen. »Ich tanz wie 'ne Krähe. Weiß auch nicht, warum. Beweglich bin ich eigentlich. Guck mal hier«, sagte er und verschwand mit etwas Spagatähnlichem abwärts – soweit das enge Klo es zuließ.
Mir blieb der Mund offenstehen.
»Ich hab mal geturnt, als ich klein war. Ringe und so was«, erklärte er. »Aber tanzen ... hab mich irgendwie nie damit beschäftigt, weiß eigentlich nicht, wie man das macht. Möchtest du?«
Er nahm wieder einen Schluck aus der Flasche.
Nee danke. Mein Urteilsvermögen läßt auch so schon nach.
Und gleich darauf der Beweis.
»Ich kann's dir beibringen!« platzte ich mit schlecht verstecktem Enthusiasmus heraus.
Zu meinem Erstaunen erhellte sich sein Gesicht.
Der Übungsraum war nicht groß, also stellte ich mich auf den Klodeckel und fing an, ihm Anweisungen zu geben. Zuerst demonstrierte ich das sinnlose Getrampel, das er dargeboten hatte.
»Hab ich echt so ausgeseh'n?!« Er lachte.

Und ich: Hör auf! Hör auf zu lächeln!
»Vergiß nicht den Oberkörper«, schnaufte ich, »es soll sozusagen 'ne Wellenbewegung von den Schultern runter durch die Hüfte und die Beine zu den Füßen gehen. Dann bewegen sie sich von selbst.«
Und dann jazzte ich auf meinem Deckel, daß es nur so rappelte.
»Jetzt mach mal nach!«
Er ahmte es nach. Kläglich.
»Der Takt! Denk an den Takt und an den Rhythmus, darauf kommt's an. Und nimm die Arme vom Körper weg. Sonst siehst du aus wie ein tiefgefrorener Aal.«
Ich kam in Fahrt, improvisierte und wand mich. Stark konzentriert bewegte Anders den Oberkörper, daß seine schmale Taille und die Brust wogten. Ich fand das sehr anziehend, aber als Tanz betrachtet war es eine Katastrophe.
»Beweg deine Füße! Und beug die Knie – tu so, als ob du Slalom läufst. Nein, nein, nicht soviel. Leg hin und wieder mal 'nen Kreisel ein«, sagte ich und machte eine heftige Drehung.
Ich bin zwar gut im Tanzen, aber die Drehung war dann doch zuviel, und ich glitschte von dem glatten Klodeckel und donnerte auf dem Weg abwärts mit dem Hintern auf das Waschbekken.
Anders hörte mit seiner eigenartigen Choreographie auf und geierte sich blaurot. Dann wurde er ernst.
»Hast du dir weh getan?«
»Nee, nicht so schlimm.«
Nur den Schwanzwirbel gebrochen, dachte ich, rieb mein Gesäß und fühlte einige eisige Stiche am Rückenende. Was tut man nicht alles für die Kunst. Und für die Liebe.
»Es geht nicht«, sagte er resigniert. »Ich kann's nicht.«
»Was soll der Quatsch! Komm, mach weiter! Ich werd's dir noch mal zeigen!«

Wo wir doch nun alle beide auf dem Boden standen, konnten wir es auch dort praktizieren.
»Jetzt laß mal seh'n, was du gelernt hast.«
»Weiß nicht. Ich komm mir so blöd vor ...«
Armer Kleiner! Ich hatte all diese Einwände satt.
»Stell dich nicht so an! Schließlich seh ich's ja nur.«
Mit einem lahmen Schulterzucken begann er sich unbeholfen zu bewegen und mit den Armen zu schlenkern.
»Jetzt weiß ich, was du falsch machst!« rief ich. Er war gespannt.
»Du bewegst dich nicht in den Hüften.«
Was für eine Chance! Ich faßte ihn um die Hüften und zwang ihn, sie zu wiegen, während ich ihm Anweisungen für den Rest des Körpers gab.
»Wow, es wird!«
Es wurde wirklich besser. Als er endlich verstand, seine gymnastische Geschmeidigkeit in rhythmische Bewegungen umzusetzen, gab es nur noch diesen – Tanz. Ich kriegte Herzbeklemmungen. So, als wäre er mein kleiner Pinocchio, den ich geschaffen und den ich tanzen gelehrt hatte. Ich hätte ihn am liebsten sofort umarmt, warum ihn nicht küssen, ihn zwischen kühle Laken betten, hinterherkriechen und ... und ... Gib auf, Johan! Halt dich im Zaum!

Er mußte natürlich noch viel lernen, doch die Verwandlung war beeindruckend. Jetzt konnte man es auf jeden Fall als Tanzen bezeichnen.
Ich beschloß, sofort zum nächsten Abschnitt des Kurses überzugehen.
»Gut! Jetzt mußt du noch den Paartanz üben.«
Er sah mich dämlich an.
»Nein, nein, bitte, Johan, jetzt reicht es«, sagte er und nahm noch einen Schluck.
Aber wen kümmert's? Ich war schließlich weniger auf sein Glück

aus als auf meins und insistierte, bis er mit einem gleichgültigen Seufzen nachgab.
»Das mußt du können.«
»Und wozu soll das gut sein?«
»Tja, wenn nicht für was anderes, dann eben wegen der Mädchen.«
»Versteht sich«, sagte er abwesend.
Wenn nicht für was anderes, dann für mich, meinte ich!
»Hrm, das ist eine ganz andere Technik«, sagte ich und ergriff seine Hände, legte mir die eine auf die Schulter und hielt die andere Hand in meiner.
Ich versuchte, das Gefühl, seine Hand an meiner Haut zu haben, in mich einzusaugen, um mich später daran erinnern zu können. Versuchte, jeden einzelnen Quadratmillimeter zu registrieren, den ich streifte mit meinen Händen; Körper, Muskeln, Fleisch und Blut, feine Härchen – und diese Düfte!
Stisse, Perra und die anderen hatte ich vergessen. Mein einziges Interesse galt in diesem Augenblick einem Klo – und Anders, der nicht übertrieben glücklich zu sein schien, daß er mit mir Paartanzen üben mußte.
Langsam wiegten wir auf der kläglichen Fläche zwischen Waschbecken und Wand. Das Ganze war einfach komisch und verrückt. Und ich fragte mich, wie ich ihn überhaupt dazu gebracht hatte. Das alles passierte nicht in der Wirklichkeit.
»Dann bist du also nicht verliebt?« fragte ich beharrlich.
»Du nervst! Nee, hab ich doch gesagt. Du denn? Ich mein, weil du fragst.«
»Ob ich verliebt bin?«
»Ja.«
»Vielleicht ...« sagte ich und starrte an die Wand hinter ihm, um nicht seinen wachen, blauen, leicht irritierten Blick sehen zu müssen. Es tat fast weh in mir.
»Aber nicht in Sofie«, fügte ich hinzu.

Diesen Moment wollte ich so lange wie möglich hinauszögern, ohne daß er mißtrauisch wurde. Vielleicht war er es bereits. Die Angst, ihn zurückzustoßen, grub ein Loch in mich. All diese eingeschlossenen Sehnsüchte und Begierden, was macht man damit?

Anders, mein Anders – *You've got to hide your love away ...*

Mein Kopf füllte sich mit Wahrscheinlichkeitsrechnungen. Ich konnte doch nicht der einzige an der ganzen Eriksbergschule sein? Logisch gesehen – es mußte noch mehr geben. Wenn es nun wenigestens noch einen gab, wie groß war dann die Chance, daß es einer war, der auch in die Neunte ging? Daß es genau er war, dieses gelenklose Lebewesen hier, das ich tatsächlich in diesem Moment festhalte? Mit dem ich durch aufgeweichte Wälder geirrt war – aber warum war er mir damals nicht aufgefallen?

Mein Gott, ich fing schon wieder an zu spinnen. Warum sollte Anders ... Meine Wünsche hatten mit der Wirklichkeit nichts zu tun.

Es war wie mit Thomas in der Sauna. Anders wollte Tanzen lernen, nichts anderes, während es für mich darum ging, zu fühlen, zu leben, schnuppern zu dürfen an DEM RICHTIGEN, DEM WAHREN, DEM EDLEN. Dabei wußte ich die ganze Zeit, daß ich ihn wieder verlieren würde. Daß es für so einen wie mich keinen Platz gab.

Das machte mich traurig und ganz verrückt! Warum sollte ich außerhalb dieses berauschenden Karussells stehen müssen? Warum durfte ich mich nicht verlieben, in welchen Typ ich wollte, ohne Angst haben zu müssen, als eine Mißgeburt betrachtet zu werden?

Måns wollte seine Sofie haben, Karro ihren Perra. Ich will dich haben, Anders! Was ist daran so komisch?

Mein Schädel spuckte eine Zahl aus. Hatte ich nicht irgendwo eine Berechnung gesehen, die besagte, daß zwischen fünf und zehn Prozent der Bevölkerung homosexuell waren? Niedrig ge-

rechnet, müßten wir in dem Fall mindestens fünfundzwanzig an der Schule sein. Eine ganze Klasse! Fünfundzwanzig in achtzehn Klassen – also mehr als einer in jeder Klasse.
Wie groß war da die Wahrscheinlichkeit, daß es in der 9B ausgerechnet Anders war, der ... Hör sofort auf, Johan! Was beweist schon eine Statistik? Außerdem mußte ich alle homosexuellen Mädchen abziehen, und dann blieben nicht mehr so viele übrig, die interessant waren.
Anders hatte seine Füße unter Kontrolle gebracht. Hier konnten wir nicht länger bleiben und uns in den Hüften wiegen – ich sah auf der Uhr, daß beinahe fünfundzwanzig Minuten vergangen waren. Alles wegen einer Wurst. Oder besser, wegen Måns. Trotzdem war ich ziemlich glücklich. Ich versuchte, das Ende hinauszuschieben.
»Jetzt gibt's nur noch eins, was du lernen mußt«, sagte ich, so selbstsicher ich konnte.
»Was denn?«
»Den Schieber.«
Er blieb sofort stehen, ließ mich los und hob sein Hemd auf, das auf den Boden gerutscht war.
»Ich finde, wir sollten lieber gehen.«
Ich schämte mich. Jetzt war ich zu weit gegangen.
»Du solltest doch mein Hemd nehmen. So kannst du dich nicht zeigen«, sagte ich leise.
»Aber du kannst das?« Er marterte mich mit einem ironischen Lächeln.
»Ach, ist doch egal. Ich hab draußen irgendwo 'nen Pullover.«
Ich reichte ihm mein Hemd und nahm seins. Schweigend zogen wir uns um. Anders stellte sich vor den Spiegel, musterte sein Aussehen und fuhr sich mit den Fingern durch die Haare, so daß sie ihm in die Stirn fielen, wie sie sollten. Er nahm noch einen Schluck aus der Flasche und stopfte sie zurück zwischen die Papierhandtücher. Ohne mir etwas anzubieten.

»So«, sagte er und reckte sich. Er griff nach der Türklinke. »Ist wohl am besten, wenn ich zuerst gehe ... Dann kannst du ein bißchen später nachkommen ... Wenn du verstehst, was ich meine?«
Ich nickte. Er mußte alles verstanden haben.
Mein Hemd stand ihm auf jeden Fall gut. Schwarz machte ihn überhaupt nicht blaß.
»Ja dann, danke für die Hilfe ...« sagte er. Er hob zögernd die Hand und schien nicht zu wissen, was er damit machen sollte. Mit einem weiteren Dankeschön klopfte er mir dann ein paarmal auf die Schulter und schaute mir direkt in die Augen. Er sah vermutlich nichts – ich weiß nicht, ob er etwas Besonderes suchte.
Anders verschwand. Ich schob das Hemd und meinen Schwanz in der Hose zurecht. Es war an der Zeit, sich wieder der anderen Art von Wirklichkeit zuzuwenden. Der Ketchupfleck und ich.

## *33. KAPITEL*

Es wird immer wieder Montag. Auf Anders pfiff ich. Daß man mich richtig versteht; ich hatte einfach keine Kraft, mir seinetwegen Gedanken zu machen. Ich hatte mich wie ein Idiot benommen, aber was war daran auch schon merkwürdig?
Der Rest des Festes war trotzdem gelungen. Ich war der gewohnte alte Johan Alexander Lindström gewesen, der es ungewöhnlich glücklich getroffen hatte.
Måns kriegte seine Sofie, und sie hockten den ganzen Abend zusammen und schmatzten sich ab, daß die Viren weit herumspritzten. Ich tanzte die meiste Zeit. Sogar mit Maria. Wir konnten sogar miteinander lachen. Mir gefiel es. Ich war der Johan, für den mich alle hielten.

Von Måns sah ich am Wochenende danach nicht die Spur.
»Er ist bei irgendeiner Sofie«, lautete ständig die Antwort, wenn ich bei ihm anrief.
Wo Perra und Karro steckten, wußte niemand. Nur einer war noch da, Stisse. Gegen Samstag nachmittag wachte er aus seinem Dämmerzustand auf und ging wankend mit mir ins Kino. Und schlief ein.

Sicher, es war lustig gewesen. Doch das Fest war ein letzter zukkender Todeskampf aus bereits dahingeschiedenen Zeiten.
Dieses glückliche, tanzende Gespenst vom letzten Freitag war eigentlich nicht mehr ich. Wenn es irgendwer gewesen war, dann mein früheres Ich. War es vollkommen verloren? Was war in dem Fall mein jetziges Ich? Konnte ich mich so aufteilen, als ob ich irgendein Müll wäre, der in verschiedene Haufen sortiert werden mußte – in ein Damals und in ein Jetzt . . . ?
In der Nacht zwischen Sonntag und Montag waren sie alle da, Perra, Måns und Stisse und . . . doch, auch Anders. Und ein bißchen auch Thomas und Marcus. Ihre Gesichter zeichneten sich hinter meinen geschlossenen Augenlidern ab – und viele andere mit ihnen: Patrik und Lovisa, Maria, meine Mutter und mein Vater, mein entschlafener Hamster Paff, Großmutter, mein Cousin Daniel . . . Sie schwammen in meiner Birne herum und lächelten freundlich. Sie meinten es alle so gut mit mir.
Bilder: Großmutter, wie sie mich als kleinen Jungen zudeckte; meine Mutter, die meine Schürfwunden mit Desinfektionsmittel reinigte; Stisse, wie er sich Paff an die Wange hielt und wünschte, es wäre seiner; Maria, die, ohne zu wissen, wer ich war, geglaubt hatte, mich zu lieben; Daniel und Patrik, die mich mitnahmen zu ihrer geheimen Hütte – aber schwöre, daß du nichts verrätst! –, wo sie unter Fichtenzweigen Pornohefte versteckt hatten; mein Vater, der aus seiner Höhle herausschaute und fragte, ob etwas passiert sei; Lovisa, die in mein Zimmer

geschlichen kam, sich auf mein Bett setzte und sagte: »Kannst du nicht was spielen, Alex?«
Sicher war all das noch da. Diese Menschen gab es.
Ich lag unter der Decke und fühlte mich von Wärme umschlossen. Ich hatte es wirklich ungewöhnlich glücklich getroffen. Damals.
Schließlich stand ich auf, setzte mich an den Schreibtisch und schrieb zum erstenmal in meinem Leben so eine Art Tagebuch. Es entstanden vier Sätze:
*Ich habe nur ein Leben und muß damit leben.*
*Ich mag mich, ich mag das Leben, und ich will es haben.*
*Ha! Ich bin verliebt – in das Leben und in mich selbst.*
*Und in Anders.*
Dann legte ich mich wieder hin, spürte meinem Körper nach, und jeder Körperteil war ein Gedanke und eine Erinnerung – ein geschmeidiger Schenkel, ein Arm wie ein sonnengewärmter Stein, eine runde Schulter, eine Brust, eine schmale Taille, ein Bauch geschmeidig wie eine Katze, Wangen flach wie das Wasser eines Sees, ein halbweiches Glied, das behutsam in meiner Hand steif wurde. Milde Düfte, wie von Zimt und Samt, von meinem Körper. Ich erschauderte von meiner eigenen Berührung. Ich liebkoste mich, bis zur Auflösung vollkommen bedröhnt von Liebe.

Doch das war gestern gewesen. Es wird immer wieder Montag. Mein früheres Ich und mein jetziges Ich. Und daß mir Anders gleichgültig war, ist nicht wahr. Ich hielt Ausschau nach ihm, spähte verstohlen durch die Schrankreihen, ließ den Blick über den Eßsaal schweifen, ehe ich mich neben Perra, Karro und Stisse setzte (frisch verliebt, wie er war, setzte Måns sich zu Sofie und deren Klassenkameraden). Auf dem Weg zum Aufenthaltsraum drehte ich fünfzehn Runden oder mehr und hielt Ausschau – nirgendwo war er. Ich wollte ihn sehen, nichts anderes. Ich

brauchte die Gewißheit, daß er wirklich durch die Korridore der Schule ging, auch wenn ich es eigentlich wußte. Reden, nein, es gab nichts für uns zu reden.
Für Måns war es das Fest der Feste gewesen. Alles war planmäßig verlaufen. Sofie und er hatten sich gefunden und gingen von nun an auf diesem Pfad der Liebe voran, von dem alle redeten.
Perra & Karro, Måns & Sofie, Thomas & Anna, Patrik & Lovisa, Paare, Paare, Paare! Für immer und ewig. In Freud und Leid vereint! Halleluja! Die Sonne des Glückes möge ihnen scheinen – urk!
Und es wurden immer mehr Paare, die herumschäkerten und sich gegenseitig die Flöhe abzupften. Sie füllten die Welt wie ein dichtgewebter Teppich; Knoten an Knoten saßen sie nebeneinander und bildeten ein selbstverständliches vorgegebenes Muster von Glück, Reihenhaus, Kindern und Hunden – ein monströses Vater-Mutter-Kind-Spiel, so einfach und natürlich. Ein gigantisches Gewebe, das über die Welt ausgerollt wird. Und ein paar Riesenfinger schnappten einen am Schlafittchen und schoben einen mit sanfter Gewalt in den Teppich und versuchten, einen passend zu machen, damit man das Muster des Teppichs nicht durchbrach.
Immer deutlicher erkannte ich, daß ich einer der Schönheitsfehler dieses Teppichs sein würde – ein Knüpffehler. Und einen anderen Teppich gab es nicht, in den man sich hineinweben konnte.

## *34. KAPITEL*

Langsam ließ unser Tempo in der Penne nach. Das der Lehrer übrigens auch. Jetzt wurde noch schnell in uns hineingestopft, was übriggeblieben oder vergessen worden war.

Ein Monat noch, dann sollten wir wie normale verantwortungslose Teenager leben dürfen.
Die meisten benahmen sich schon, als sei alles vorbei, zogen wie vom Wind getriebene Existenzen durch die staubigen Korridore, hingen über den Bänken und glotzten mit glasigen Augen auf die Figur vorne am Katheder und sehnten sich nach der Pause. Dann kam Leben in uns.
Fotoapparate wurden hervorgeholt, und alle fotografierten bekritzelte Schränke, arrangierte Küßchen & Umarmungshappenings und Klassenkameraden in unterschiedlichen Kombinationen und Posen, um im letzten Augenblick die Erinnerung vor dem Vergessen zu retten. Wir quatschten wie Verrückte. Jetzt war es höchste Eisenbahn. Das, was nicht in den letzten 104 Monaten geschehen war, mußte JETZT passieren! Denn was wußten wir, was danach kommen würde? Mit gemischten Gefühlen begegneten wir dem ersten richtigen Einzug in die Erwachsenenwelt.
Wir sehnten uns hinaus. Jetzt war es an uns, die Welt zu erobern. Wir wollten älter werden – aber niemals alt.
Jimmi und Torben aus der Klasse hatten ein knalloranges Blatt Papier aufgehängt, auf dem die verbleibenden Tage eingezeichnet waren, die jedesmal, wenn wieder einer vorbei war, mit Kreuzen aus schwarzer Tusche durchgestrichen wurden. Als ob wir in einem Gefängnis wären. Nach und nach wurde das Papier sogar mit tiefsinnigem Gekritzel gefüllt, wie:
»Bald zieht Lasse mit sei'm Pimmel
weg aus dem Gewimmel.«
Intelligenter war das nicht. Man konnte wirklich auf die Zukunft hoffen.

# 35. KAPITEL

Sanfte Düfte überraschten mich noch einmal, als ich von der Schule nach Hause kam. Noch einmal lag die Küche in Trümmern. Lovisa und Patrik hatten wieder herumgewerkt. Unter blauweißen Handtüchern lagen warme Zimtteilchen und verströmten durch die ganze Wohnung Wohlbehagen.

Ich ließ den Rucksack im Flur plumpsen und sank auf einen Stuhl in der Küche. Ich schnupperte in die Luft.

»Sofort«, sagte mein Bruder und füllte Teeblätter in die Kanne.

»Und die Bedingung«, seufzte ich, denn ich nahm an, daß das Probieren mit einer Art Gegenleistung verbunden war.

»Du spülst.« Ein gehässiges Grinsen deformierte sein ohnehin schon mißgestaltetes Gesicht.

Ich sah mich um: Töpfe und Schüsseln in klebrigen Stapeln, verkleckertes Eigelb, angepapptes Mehl auf der Anrichte und, was am schlimmsten war, ein paar schwarzverbrannte Bleche, für die ein vierundzwanzigstündiges Salzsäurebad das beste gewesen wäre.

Nicht einmal zwanzig frischgebackene Hefeteilchen hätten mich dazu gebracht, auf so eine Abmachung einzugehen.

»Du machst wohl Witze! Vergiß bloß nicht, daß ich nicht mehr so klein bin – und größer werd ich auch noch!«

Das sollte bedrohlich klingen.

»Doch, das war wirklich ein Witz, aber vielleicht wärst du ja drauf eingegangen«, gab mein Bruder mit einem Grinsen zu. Ich wäre vor Staunen fast vom Stuhl gefallen.

»Der ist jetzt nicht mehr so leicht reinzulegen«, sagte er zu Lovisa und küßte ihren mehligen Hals. »Also, setz dich und ruh dich aus.«

Frischgebackene Zimtteilchen und Tee beim Nachhausekom-

men. Keine harten Verhandlungen mit Patrik. Ich brauchte mich nur hinzuhauen und mich vollzustopfen. Das reinste Paradies. All diese Freundlichkeit roch fast schon verdächtig.
Lovisa war dabei, Hagelzucker auf die letzte Ladung Kuchen zu streuen. Die Zuckerklümpchen prallten ab und flogen durch die ganze Küche. Ihre Bewegungen waren vielleicht eine Spur zu heftig, aber möglicherweise bin ich auch nur überempfindlich.
Plötzlich mußte ich an Sofie und Karro denken. Irgendwie waren diese Mädchen sich ähnlich. Sie blökten nicht so wie Maria, forderten einen nicht auf Ann-Louises durchtriebene Art heraus, widmeten ihre Energie nicht einer einzigen fixen Idee wie Thomas. Thomas? Wie ist der denn nun in diese Gesellschaft geraten?
Ich kicherte – wenn der wüßte, daß ich ihn tatsächlich in die Sammlung von abgelegten Mädchen und mißglückten Beziehungen hineinbugsiert hatte!
»Worüber lachst du?« wollte Lovisa wissen und schmiß auf die gleiche graziöse Weise Teetassen über den Tisch, wie sie den Hagelzucker auf die Teilchen gepfeffert hatte.
»Über einen Klassenkameraden«, antwortete ich unerschrocken. »Das einzige, woran der denkt, sind Basketball und Fußball.«
»Ach so, Thomas!« rief mein Bruder von der Spüle herüber, auf der er intensiv mit einem ollen Lappen herumrieb. Und ich wurde rot, was sonst? Das war inzwischen fast schon wie ein Hobby. Ich hätte allmählich eine Statistik führen können, wie oft ich rot werde pro Tag, Woche, Monat und Jahr, vielleicht sogar pro Stunde.
Lovisa bemerkte das natürlich und zog die Augenbrauen hoch.
»Und was ist mit ihm?« fragte sie.
»Na ja, nichts Besonderes eigentlich. Auf irgendeine wundersame Weise ist er mit Anna zusammengekommen, in die ...«
»... du auch verliebt bist«, ergänzte Lovisa.
Ich lachte laut. Hysterisch laut. »In die? Niemals!«

»In ihn vielleicht«, sagte sie und prustete los.
Und mein Bruder wieherte. Ich lachte albern und ungehemmt. Schlimm, wie ausgelassen sie waren! Bei mir war das mindestens eine Woche her gewesen, ha, ha, und ich holte schnell die Kanne mit dem Tee und goß ein, damit meine nervösen Hände etwas zu tun hatten.
»Furchtbar witzig! Und du bist vielleicht in den Bruder von deinem Freund verliebt, was?« konterte ich verzweifelt.
»Oje, jetzt hören wir wohl besser auf«, schnaufte mein Bruder und trocknete sich die Hände am Frotteehandtuch ab. »Du bist gar nicht so süß und aufgeweckt, wie du meinst, mein Kleiner. Und noch bin ich größer und stärker als du, vergiß das nicht.«
Lovisa legte den Kopf schief wie ein Kanarienvogel, klimperte mit den getuschten Augenwimpern und sagte gerissen: »Aber ziemlich süß bist du, Alex. Besonders, wenn du rot wirst.«
Die beiden Mehlkäfer lachten – hart, aber herzlich. Ich antwortete mit einem albernen Grinsen. Wie machtlos ich mich fühlte!
Der Nachmittag fing ja wirklich gut an.

Das Kartenspiel wurde hervorgeholt, und Lovisa sahnte beim Pokern total ab. Wir mampften Zimtwecken, draußen bewegten sich die Kiefern leicht im Wind, die Turteltauben küßten sich zwischendurch, und die Französischbücher lagen verlassen im Rucksack.
Als ich endlich einen Königsdrilling bekam, klingelte es an der Tür.
Mein Herz machte einen Satz hinunter in den Magen und nahm irgendwie im Vorbeifahren den Weg über die Knie, die mir weich wurden, und setzte seine Safari hinauf in den Kopf fort, mein Gehirn fühlte sich wie geschmolzenes Stearin an, das jeden Moment durch die Nase aus mir herauslaufen konnte. Vor mir stand, wie aus einem Reklamefilm für Jeans geholt – Anders.
»Hallo«, sagten wir wie aus einem Munde. Und schwiegen. In

der Küche plätscherte der Tee in die Tassen, der Aufzug fuhr wie ein weißes Gespenst an unserer Etage vorbei. Anders verlagerte das Gewicht auf den anderen Fuß. Ich schaute auf seine Füße. Dieselben schwarzen Tennisschuhe. Ich sah hoch. Dasselbe dunkle Haar. Dieselbe süße Visage.
Dieselbe Verwirrung.
»Hier. Danke fürs Leihen.« Er reichte mir mein Hemd, ordentlich zusammengelegt.
»Du hast es gewaschen?«
»Natürlich.«
»Das war doch nicht nötig. Wir haben schließlich eine Waschmaschine«, murmelte ich und steckte die Nase hinein. Er wies mich darauf hin, daß er es wirklich gewaschen hatte.
»Und sonst?« sagte er und wechselte den Fuß.
»Ja, danke, die übliche Pla ...«
»Willst du noch lange da draußen steh'n?« brüllte Patrik.
Jaa, so lange ich will! Kommt, so werdet ihr der Welt schönstes Geschöpf sehen. Eine Rarität. Kein Gott, doch welches Abbild! In schwarzen Tennisschuhen, Jeans und weißem T-Shirt mit aufgekrempelten Ärmeln.
»Ich komm sofort«, rief ich zurück. Anders konnte nicht ruhig stehen.
»Komm doch 'nen Moment rein«, sagte ich und machte die Tür sperrangelweit auf. Nachdem er einige Sekunden gezögert hatte, trat er ein. Schnell schnürte er sich die Schuhe auf.
Und als er sich bückte und ich seinen Rücken wie eine weiße Fläche vor mir hatte, kriegte ich solche Lust, mit der Hand darüberzufahren. Über die ungeschützte geheimnisvolle Öffnung zwischen Jeansbund und Hemd zu streicheln. Einfach, um zu wissen, wie es sich anfühlte. Ob es wirklich das war, wovon ich träumte. Ich lebte schließlich in Träumen. Ich träumte davon, daß er dasselbe tun würde wie Maria: mich umarmen. Meinen Nacken liebkosen und sagen, ich hab dich gern.

Ich wollte geliebt werden.
Sobald er sich wieder aufgerichtet hatte, nahmen die Träume ein Ende.
Schweigend gingen wir in die Küche. Da saßen die beiden Mehlkäfer und hatten die Backentaschen voll Kuchen.
»Das ist Anders«, sagte ich, »und das sind Patrik und Lovisa.«
»Der große Bruder«, erklärte Patrik mit Betonung auf groß und sagte hallo.
»Ihr seht euch nicht besonders ähnlich«, antwortete Anders.
»Gott sei Dank«, seufzte ich und kriegte einen Wecken an den Kopf. Anders lachte unverschämt. Ich fühlte mich unbeholfen.
»So benimmt der sich immer – quält seinen armen kleinen Bruder, wirft mit Sachen nach mir, klaut mir meine Bonbons, wenn ich krank bin, und ...«
»Jetzt reicht's aber«, fuhr mein Bruder dazwischen. »Wenn du nicht lieb bist, kriegst du keine Wecken mehr, die WIR gebakken haben. Bitte, Anders, probier mal. Nimm die von Alexander auch.«
»Alexander?«
Ich seufzte wieder. Warum konnte meine Familie sich nicht an Johan halten, wie alle anderen? Ich erklärte es Anders.
»Aha«, sagte er, »aber mir gefällt Alexander auch besser. Ich hatte mal ein Meerschweinchen, das Alex hieß. Allerdings ist es in einem Eimer ertrunken.«
Was sollte ich nun davon halten?
»Tja, ein bißchen was von einem Meerschweinchen hast du ja tatsächlich«, sagte Lovisa und strich mir über die Wange. Ich kam mir total dämlich vor.
»Aber du brauchst dich deswegen nicht zu ertränken«, fügte sie hinzu. Danke.
Anders saß nur lächelnd da, kaute und schien es zu genießen.

Das grausame Lächeln, das mir das Gehirn aus der Verankerung hob. Völliger Blödsinn, von einem Lächeln so hin und weg zu sein. Aber ich konnte die Augen nicht von ihm lassen.
Anders saß mir strategisch plaziert direkt gegenüber, und es war leicht, ihn anzusehen, ohne daß es auffiel.
Komisch. Der aufgeweichte Wald, das enge Klo und dieser viereckige Tisch. Trotzdem so natürlich. Er war plötzlich da. Drei Ereignisse, drei Zufälle; da war er, wie ein unauslöschbarer Teil der Welt – so, als ob er immer dagewesen wäre. Und das war er ja auch. Allerdings nicht in meiner Welt.
»Ihr geht nicht in dieselbe Klasse, oder?« fragte Lovisa.
»Nee«, sagte Anders, »wir haben uns auf dem Schulfest getroffen und ...«
»Wie romantisch!« rief Patrik und seufzte übertrieben. Keine Frage, wer rot wurde! Anders lächelte nur kühl und fuhr fort: »... und Johan – oder Alex – hat mir sein Hemd geliehen. Meins hatte so ein Schimpanse aus der Achten mit Ketchup beklekkert.«
»Davon hast du ja gar nichts erzählt!« sagten Lovisa und Patrik zu mir und verlangten einen genauen Bericht. Ich hatte Todesangst, daß Anders vom Klo erzählen würde, doch er verlor kein Wort darüber. Es war ihm offensichtlich zu peinlich. Um so ausführlicher beschrieb er meinen heldenmutigen Einsatz.
»Ich bin stolz«, sagte Patrik und streckte den Rücken. »Nimm noch ein Stück Kuchen!«
»Und was machst du, wenn du gerade nicht mit Schimpansen streitest?« fragte Lovisa Anders. Ich war genauso neugierig wie sie. Vermutlich noch mehr. Ich wollte alles über ihn wissen.
»Alles mögliche. Zeichnen, malen, fotografieren, faulenzen. Nichts wahnsinnig Interessantes.«
»Sei nicht so bescheiden«, sagte ich. »Zeig mal den Spagattrick.«
Lovisa war Feuer und Flamme und erbettelte eine Aufführung.

Anders glitt mit auseinandergespreizten Beinen elegant zu Boden. Imponierend.
»Ja, ich hab geturnt, als ich klein war«, sagte er. »Aber dann hab ich mal 'nen Fehler gemacht und bin von den Ringen gekracht, als ich elf war, und hab's fertiggebracht, mir dabei ein Knie zu brechen. Da war meine Karriere vorbei. Ich hatte plötzlich Todesangst und hab mich nicht mehr raufgetraut. Das war dann auch egal. Ich kann mir schließlich lustigere Sachen denken, als an Ringen zu baumeln. Malen, zum Beispiel.«
Er malte also. Aber was? Häuser? Vögel? Bananen, hübsche Mädchen – oder vielleicht hübsche Jungen?
Patrik legte das Kartenspiel zusammen und seufzte verträumt: »Bald sind Sommerferien, hört ihr!«
Wir stimmten zu. Aber stellten fest, daß wir jobben mußten, um Knete zusammenzukratzen. Ein Sommer ohne Geld war nicht viel wert.
»Was hast du denn im Sommer vor?« fragte Patrik und wandte sich an Anders.
»Weiß nicht. Wir fahren immer für ein paar Wochen an die Westküste. Aber ich weiß nicht, ob ich das dieses Jahr will ...«
Er zögerte. So als ob er meinte, daß er zuviel gesagt hatte. Er schaute an uns vorbei, zum Fenster hinaus. Mit einem Schlag verdichtete sich die Atmosphäre. Die Luft wurde hart wie Granit. Ich spürte, wie ich plötzlich jeden Muskel anspannte. Lovisa und Patrik erstarrten ebenfalls. Es war, als ob die Küchendecke auf uns herabdrückte.
Ich sah Anders schnell an. Seine Augen schienen beinahe die Farbe gewechselt zu haben. In etwas Unbestimmbares. Sein Mund war geschlossen, weit entfernt von seinem gewohnten Lächeln. Dann wandte er uns den Blick wieder zu. Heftete ihn auf mich, und mein Puls schlug, daß ich ihn im ganzen Körper spürte.
»Meine ältere Schwester«, sagte er mit seiner gewohnten

Stimme, »ist im letzten Sommer ertrunken, deshalb hätte ich ein komisches Gefühl, wenn ich dieses Jahr wieder hinfahren würde. Weiß nicht, ob ich damit fertigwerde.«

Er zuckte mit den Schultern, als ob er sagen wollte ›habt kein Mitleid mit mir, laßt uns von etwas anderem reden‹. Wir wußten auch nicht, was wir sagen sollten. Alles hätte künstlich geklungen. Ich saß da und fühlte mich dumm und verlegen.

»Wie ist das passiert?« fragte Patrik leise.

»Ein Segelunfall.«

Das einzige, was noch gesagt wurde, war ihr Name.

»Catharina.«

Für eine Weile wurden wir still und ernst. Ganz unbewußt hielten wir so etwas wie eine Schweigeminute für sie. Ich dachte an Patrik. Wenn er sterben würde. Überfahren werden würde. Oder erstochen. Oder einfach verschwinden würde. Wie widerwärtig er auch sein konnte – was sollte ich ohne ihn tun?

Dachte Patrik dasselbe von Lovisa? Lovisa, die mit ihrem langen Haar spielte und Anders ansah.

Und Anders, woran dachte er?

Ich bewunderte ihn, daß er es gesagt hatte. Warum hatte er es uns erzählt? Für ihn wäre es doch leichter gewesen, es zu verschweigen, genau wie ich selbst manches verschwieg. Schließlich hatte ihn niemand gedrängt, etwas zu sagen – aber er hat es gesagt. Unsentimental und unkompliziert. Und dann ein vorsichtiges, leicht trauriges Lächeln. Patrik legte ihm eine Hand auf die Schulter. Irgend etwas, fand er, mußten wir wohl tun. Es hätte meine Hand sein sollen.

Stück für Stück hatte er Details von sich selbst enthüllt, mehr und mehr formte er sich vor mir zu einem lebenden Wesen, nicht nur eins, das wie ein rostiges Abflußrohr tanzte oder im Sumpf im Hammarwald versank.

Der Nachmittag verging. Mein Vater war auf irgendeinem Treffen und würde Mama gegen sechs am Reisebüro abholen. Das bedeutete spätes Essen.
Patrik verkündete, daß er und Lovisa ins Kino gehen würden.
»Das hatte ich eigentlich auch vor«, warf ich planlos ein und sah Anders an. »Hast du Lust mitzukommen?«
»Du?« fragte mein Bruder, unbarmherzig wie immer. »Welchen Film willst du denn sehen?«
Das nannte ich einen Schlag unter die Gürtellinie. Wie sollte ich das denn wissen?
»Äh ... wie hieß der noch? Dieser amerikanische. Ich weiß, daß der jetzt läuft. Welchen wollt ihr denn sehen?«
»Black Winter«, sagte Lovisa. Auf sie konnte man sich verlassen.
»Ja, das ist er!«
Wovon er auch handeln mochte. Mein Bruder schaute mich sehr skeptisch an, sagte aber nichts. Anders war einverstanden.
»Ich hab aber keine Knete mit. Eigentlich wollte ich ja nur das Hemd abgeben.«
»Alexander ist reich wie 'n Steuerhinterzieher. Wenn er dir schon ein Hemd geliehen hat, dann kann er dir auch Geld leihen«, sagte Patrik und schloß die Diskussion damit ab.

Das stelle man sich mal vor! Kino mit Anders. Schon. In der Dunkelheit des Kinosaals.
Sicherheitshalber putzte ich mir die Zähne und strich mir Deo unter die Arme.
Patrik und Lovisa räumten das Schlachtfeld Küche auf, und ich führte Anders in mein Zimmer.
»Spielst du etwa?« fragte er, als er meine Gitarre entdeckte. »Spiel doch mal was.«
»Ach, ich bin nicht besonders gut.«
»Komm schon! Schließlich hör ich ja nur zu«, sagte er grinsend und spielte auf unsere Tanzstunde auf dem Klo an.

Ich war noch nie so nervös gewesen. Es wär typisch gewesen, wenn meine Finger ausgerechnet jetzt gestreikt hätten. Wenn man nervös ist, gehorchen sie einfach nicht. Spielen, wie sie wollen. Bestenfalls werden geglückte Improvisationen draus.
Ich fühlte mich, als hätte ich mich mit einem Schrankkoffer behängt.
Eine Atombombe hatte in das Liederarchiv eingeschlagen, das ich normalerweise in meinem Kopf hatte, und ich klimperte *Du bist der einzige*. Etwas anderes fiel mir nicht ein. Außerdem war es peinlich passend. Also, für mich.
»Sag mal, spielst du nicht immer beim Schulabschluß?«
Peinlich. Genau das Lied mußte er bis zum Abwinken gehört haben.
Plötzlich stand mein Bruder im Türrahmen und popelte in der Nase.
»Lieber kleiner Bruder – hast du nicht Kochdienst heute abend?«
Mist! Das hatte ich völlig vergessen! Ich sah das Kino in Rauch aufgehen. Ich fluchte laut und seufzte, als ob mein ganzes Leben in Trümmern liegen würde.
»Immer mit der Ruhe«, sagte mein Bruder. »Was wolltest du denn brutzeln?«
»Gehacktessoße spezial.«
»Mit massig Knoblauch?«
Ich brummte trübsinnig.
»Ja, ja, das ist gut, aber jetzt sitz nicht nur rum und umarm deine Gitarre. Wenn wir alle zusammen ranklotzen, schaffen wir das in nullkommanix.«
Was?! Schlug er mir tatsächlich vor – *mein* Bruder! –, mir freiwillig zu helfen?! Das hatte es ja noch nie gegeben. Dieser Tag war wirklich unglaublich.

*Geliebte Eltern!*
*Wir sind im Kino. Das Essen steht in der Mikrowelle. Ihr braucht es nur noch aufzuwärmen und zu genießen. Seid brav, bis wir nach Hause kommen.*
*Küßchen!*
*Patrik & Lovisa*
*Alexander & Anders*

*PS: Das kam ganz spontan. Wir spülen, wenn wir nach Hause kommen. Ds.*
*PS 2: Warum schaffen wir uns keine Spülmaschine an? Ds.*

Als die Werbung begann, holte Anders eine Brille mit dunkelbrauner Fassung hervor. Malt also und hat schwaches Sehvermögen. Tanzt schlecht. Kniebrechen als Hobby. Eine tote Schwester. Segelt. Lächelt. Mist!
Die Stunden im Saal widmete ich der meditativen Liebe. Eine andere gab es ja nicht. Aber ich konnte sie über meinen Körper, bis in meine Seele hinein spüren und erschaudern, konnte die Liebe dazu bringen, meine Härchen zu streifen. Ich konnte all meine Sehnsucht einseifen, wenn ich unter der Dusche stand, konnte die Hände über meinen eingeseiften Körper gleiten lassen und es genießen: Tagträume und Phantasien, Glaube, Liebe und Hoffnung.
Da saß ich in meinem gemütlichen roten Kinosessel im Filmpalast, knabberte mein Popcorn und wollte alles, konnte aber nichts. Die Angst hinderte mich daran, meinen innersten Impulsen zu folgen. Zum Beispiel den Arm um Anders zu legen. Oder seine Hand zu nehmen. Dinge, die man im Kino tut, wenn man verliebt ist. Er war hier, ganz nah bei mir. Nur eine Sessellehne zwischen uns – sie war wie die Chinesische Mauer. Unüberwindbar. Wenn ich doch nur trotzdem meine Hand zu seiner hätte hinunterschieben können, um sie zu berühren, um zu erfahren,

ob er dasselbe wollte wie ich. Aber selbst das war unmöglich. Ein Johan, der einen Anders gern hat, das war nicht erlaubt. Meine Liebe mußte sich an Tagträume und Phantasien halten – und eine unparfümierte Seife unter der Dusche.
Ich mußte immer an etwas glauben, mußte träumen, um leben zu können. Aber warum entschied ich mich dafür, an Unmögliches zu glauben und darauf zu hoffen? Als ob dabei was Gutes herauskommen könnte! Aus Anders!

## 36. KAPITEL

Es war ein merkwürdiges Gefühl, Anders nach dem Kinobesuch zu verlassen. Am nächsten Tag würde ich ihn vielleicht in der Penne sehen, doch was bedeutete das schon? Grüßen und eine Weile quatschen. Wahnsinnig toll. Ich wollte mehr als das. Wollte zum »Storch« runterfahren, Kaffee trinken, ein Stück Schokoladentorte schlemmen und reden und zuhören. Vermißte er seine Schwester? (Selbstverständlich!) Was malte er denn eigentlich? (Bestimmt Steine!) Welche Musik mochte er? (Nicht Country & Western! Egal was, aber nicht das!) Hat er nicht auch einen Bruder?
Aber er verschwand einfach mit seinen schwarzen Tennisschuhen Richtung Täljestenstraße.
Er mußte gefroren haben, denn er hatte ja nur ein T-Shirt an. Der Abend war ein wenig kühl, duftete nach Rinde und nach Frühlingserwachen. Die Benzinwolken von der Tankstelle mischten sich in den Luftstrom. Eine Duftmischung, die ich wohl hiernach nie mehr vergessen würde. Und es war ganz still. Es würde eine sternenklare Nacht werden.
Mein Bruder küßte Lovisa zum Abschied, und wir gingen

schweigend den kurzen Weg vom Bus zu unserem beigefarbenen Hochhaus, an der nach Fett stinkenden Imbißbude vorbei, wo einige Klassenkameraden rumhingen. Ich wollte meinen warmen Gedankenstrom nicht mit Gerede unterbrechen. Patrik schien ebenfalls in Gedanken über den tieferen Sinn des Lebens versunken – aber vielleicht war das auch nur Einbildung, weil er nämlich ausnahmsweise mal still war. Doch meine verrückten Gedanken betrafen nicht nur Anders, denn Patrik glitt mit in sie hinein, fröhlich und ausgelassen und verliebt. Wie hatte er sich in Lovisa verliebt? Hatte er damals genauso gefühlt wie ich jetzt?

Als wir nach Hause kamen, stand mein Vater an der Spüle und wusch die letzten Teller ab. Der Abfluß gurgelte, und mein Vater pfiff. Ich kriegte sofort ein schlechtes Gewissen, aber er sagte, er mache das doch gerne, und plauderte über die Schule und die politische Lage in der Welt. Es *war* ein unglaublicher Tag.

»Alexander! Kannst du mal einen Moment kommen?« rief meine Mutter aus dem Wohnzimmer. Sie hockte zusammengekauert im Sessel mit einem Buch über Berlin und Papier und einem Stift auf den Knien. Wie üblich nagte sie, wenn sie las, meterweise Lakritzschnüre und war bereits bei ihrer zweiten Tüte angelangt. Ihre periodischen Diätkuren waren immer eine eigenartige Mischung aus Grünzeug, Lakritz und zuckerfreiem Kaugummi.

»War der Film gut?«

Ich zuckte mit den Schultern. Eigentlich hatte ich ihn ja gar nicht gesehen. Gut war er allerdings absolut nicht gewesen. Das übliche Töten und einige obligatorische Verfolgungsjagden. Ich hatte schon Hunderte von solchen Filmen gesehen.

»Du siehst trotzdem zufrieden aus«, sagte sie, und ich fühlte eine kribbelnde Wärme durch meinen Körper kriechen. Natürlich war ich zufrieden. Dies war mein Tag gewesen. Ich nickte.

»Wer ist denn dieser Anders? Du hast noch nie von ihm gesprochen.«

Jetzt verstand ich! Neugierig wie immer! (Ich kümmere mich eben, sagt sie.)

Liebe Mutter, mach es mir nicht so schwer. Du merkst doch immer, wenn Patrik und ich nicht die ganze Wahrheit erzählen. Du hast es immer im Gefühl. Wenn ich nichts sage, wirst du mißtrauisch. Du kannst über alles reden und Patrik Kondome demonstrieren (»ja, du kannst auch dabeisein, Alexander, so weißt du beizeiten, wie das funktioniert« – peinlich, denn Perra war damals bei mir. Der unsolidarische Mistkerl hatte nur laut gelacht und wollte mitmachen), und was weiß ich noch alles.

»Ein Freund«, sagte ich.

Sie schlug das Buch zu und nahm ihre Lesebrille ab.

»Was du nicht sagst! Ich dachte immer, daß du dich mit deinen Feinden abgibst«, sagte sie sarkastisch und lächelte. »Ist er neu in der Klasse?«

»Nee, nee, er geht in die 9 B.«

»Spielt er Basketball?«

»Nein.«

Es brannte und brodelte in mir.

Und wenn ich sagen würde, wie es war? Das Schulfest, der Orientierungslauf, der Kinobesuch!! Welch ein Ausblick! Sie würde aus dem Sessel rutschen, alle Haare verlieren, über den Boden keuchen und Schaum kauen wie eine vergiftete Mohrrübe. Und mein Vater! Er würde auf der Stelle tot umfallen. Was für eine tragische Geschichte – im Alter von fünfzehn Jahren elternlos zu werden. Das wollte ich nicht erleben.

Und wenn sie es nun machte wie bei Patrik; wie sie ihn mit ihrem Röntgenblick durchbohrt hatte und ruhig fragte: »Bist du verliebt, Patrik? Dann darf ich gratulieren!«

Bei meiner Mutter konnte man nie so genau wissen.

»Mann, bist du schweigsam. Na ja, wenn er genauso süß und

nett ist wie Perra und die anderen, werden wir bestimmt miteinander auskommen«, sagte sie lachend. Als ob er *ihr* Kumpel wäre! Sie ist wirklich lustig. Soweit hatte ich es doch überstanden, aber nun wurde ich rot. Wenn sie es gemerkt hatte, dann tat sie jedenfalls so, als sei nichts.

»Setz dich, da ist noch etwas anderes, worüber ich mit dir reden möchte.«

Ich setzte mich vor meiner Mutter auf den Boden, fummelte eine Schnur aus dem Lakritzwirrwarr, machte einen großen Knoten hinein und mampfte sie auf. Die Stimme meiner Mutter klang ernst, doch ich dachte immer noch daran, wie sie alle Haare verlieren oder mir gratulieren würde. Es wäre so schön gewesen, ihr alles erzählen zu können, genau wie Patrik es gekonnt hatte. Konnte ich ihr vertrauen?

Sie sah meinen abwesenden Blick.

»Du bist so weit weg. Wo bist du denn?«

Mußt du so grausame Fragen stellen?!

»In Rom«, platzte ich heraus, obwohl ich überhaupt nicht so weit weg gewesen war. Eigentlich nicht mehr als 300 Meter weit, in der Täljestenstraße. Meine Mutter war auf einmal ganz unglücklich und seufzte schwer. Was hatte ich denn so Verkehrtes gesagt?

»Das ist genau das ... Es tut mir leid, Alexander. Leider wird nichts aus der Rom-Reise. Auf jeden Fall nicht im Juni.«

»Was?!«

»Verzeih, Alex. Ich verstehe, daß du enttäuscht bist, aber ...«

»Was hilft's!« unterbrach ich maulend.

Ich hielt ihre Entschuldigungen und ihr ewiges Verständnis einfach nicht mehr aus. Dauernd verstand sie alles so gut. Warum mußte sie das gerade heute sagen, wo der Tag eigentlich perfekt gewesen war? Sie hätte genausogut bis morgen warten können.

»Letzte Woche hieß es doch noch, wir wollen fahren.«
»Ich weiß, und es tut mir leid, aber das Reisebüro hat mich für eine Erkundungsreise nach Berlin eingeplant«, sagte sie, hielt das Buch hoch und ließ es dann mit einem Knall auf den Boden fallen.
»Mußt du da denn hinfahren?«
Sie nickte und sah aus wie sieben Tage Regenwetter. Ich war sicher ungerecht – sie konnte ja nichts dafür –, aber ich wollte mir diesen Tag nicht zerstören lassen.
Ich hörte gar nicht mehr, was sie sagte. Was spielte das auch für eine Rolle? Alte Steinmauern und armlose Marmorstatuen, ich würde wohl auch ohne das auskommen. Das Kolosseum, diese gigantische Richtstätte für Sklaven, wer wollte das schon sehen? Eine blöde Reise zu etwas längst Vergangenem, wenn man alle Hände voll zu tun hat mit dem, was jetzt passiert?! Spielte überhaupt noch irgend etwas eine Rolle?
Plötzlich war ich ganz aufgeregt, wütend, wollte den ekligen wohlerzogenen Johan Alexander Lindström in eine kleine entlegene Ecke des Zimmers stoßen und etwas Dummes tun! Etwas richtig Dummes. Nicht so was wie all diese Peinlichkeiten, die ich mir sonst leistete.
Renn zu Anders rüber und reiß ihm die Kleider vom Leib! Ich hatte Lust, die Wände mit dreckigen Wörtern vollzusprayen, mich richtig unmöglich zu benehmen, verdorben zu sein und boshaft, wollte ein trauriges Kapitel in der Verwandtschaft sein, was auch immer, bloß nicht mehr so gutartig und wohlerzogen.
Ich hielt das nicht länger aus. Eine verdammte Fassade aufrechtzuhalten – wofür denn? In mir drin, hinter all dem Blankgeputzten, war ich abbruchreif.
Stell dich mitten auf den Westmarkt und laß die Bombe detonieren. Schrei der Welt zu: Ich bin in Jungen verknallt!
Mechanisch riß ich noch eine Lakritzschnur heraus. Ich ließ sie

mir wie einen Bandwurm aus dem Mund hängen. Langsam kurbelte ich sie mit der Zunge auf.
Meine miesen Gefühle wollte ich auf morgen verschieben. Im Augenblick war nur eines wichtig: Ich wollte in mich selbst hineinhorchen, auf die Stimme, die mir zuflüsterte, daß dies ein perfekter Tag gewesen war.
»Ich geh ins Bett«, sagte ich und hielt Anders' Bild ganz fest, um ihn nicht in dem Wirrwarr zu verlieren. Meine Mutter nickte und kniff den Mund zusammen. Sie sah mich mitleidig an und bat mit ihrem Blick gleichzeitig um Entschuldigung. Ich sah, daß sie aufrichtig betrübt über meine Reaktion war. Das sollte sie auch ruhig sein. Aber so traurig war ich eigentlich gar nicht. Komischerweise konnte ich es nicht sein – all das andere war stärker, und für noch mehr Gefühle hatte ich nicht mehr die Kraft. Nun wollte ich nur noch in Frieden den Augenblick des Tages pflegen und putzen, mich in meinen staubigen und blutbespritzten Sarkophag zurückziehen, um – gleich einem Gott, oder warum nicht auch einem Frankenstein – Leben in die Körper dort drinnen zu blasen, in die Anders-Leiche, die es dort gab.
Und wer weiß, vielleicht war Anders ja im Juni in der Stadt, wenn wir eigentlich nach Rom hätten reisen wollen.

## *37. KAPITEL*

Der D-Day rückte näher. Ende Mai und trocken. In den Pausen füllten sich die Rasenflächen um die Schule herum. Die Raucher verzogen sich in den Schatten zwischen Kiefern und Büschen zum Grillplatz und qualmten sich eins auf das Verbotene.
Wir faulenzten in der Vegetation zwischen Ameisen und Raps-

glanzkäfern, tankten Sonne und zählten die Tage. Jimmys und Torbens orangefarbenes Papier mit den Schultagen, die wir noch vor uns hatten, wurde immer schwärzer.
Es klingelte zur nächsten Stunde. Widerwillig schleppten wir uns rein und hockten uns auf die stelzenhohen Stühle im Biologiesaal. Es war stickig im Raum.
Der Moment war gekommen, da wir in das große Rätsel des Lebens eingeweiht werden sollten – in den Sex! Ja, ja, nun ging es bei der Sexualkunde um mehr als nur um Sex, und eigentümlicherweise scheint die Sexualkunde sehr wenig mit Sex zu tun zu haben und noch weniger mit Liebe.
Irgendein Scherzkeks hatte in mein Biologiebuch *»Kilroy was here – I'm Kilroy, ha-ha / Peter«* geschrieben mit einem Pfeil, der zwischen die Beine einer gezeichneten nackten Frau zeigte.
Wir schlugen unsere Bücher auf, und alles war da: Abbildungen von Jungen und Mädchen, Männern und Frauen. Pädagogische Texte verglichen und zeigten die Unterschiede zwischen den schmächtigen, vorpubertären und den erwachsenen Körpern auf. Als ob wir die nicht kannten! Ich weiß nicht, wie beknackt man sein muß, daß man die Haare unter den Armen oder die wachsende Größe des Pimmels nicht bemerkte. Und wenn schon nicht bei einem selbst, dann doch zumindest bei anderen. Natürlich schauten wir uns gegenseitig an, mehr oder weniger heimlich, verglichen unsere Körper, und es kam vor, daß wir mehr taten als nur das. Ich hielt mich da allerdings raus, seit dem Tag, an dem Thomas und ich uns in der Sauna gegenseitig einen runtergeholt hatten. Egal, wieviel Spaß die anderen Jungs dabei auch hatten.
Das Kapitel über nächtliche Pollutionen gab an diesem Tag noch Anlaß zu vereinzeltem Gekicher.
Karro hielt die Hand hoch und sagte: »Pollution?! Auf englisch bedeutet das doch Verschmutzung. Kommt das etwa daher? Ich

mein, früher hat man vielleicht geglaubt, daß es schmutzig war!«
Sogar der Lehrer lachte. Und die Hälfte der Jungen, die normalerweise so überheblich waren, wurden bis zum Nabel runter rot.
Der Pauker hatte darauf keine Antwort, aber in gewisser Weise hatte Karro bestimmt recht.
Früher, so stand es im Buch, empfahl man gegen Onanie eiskalte Duschen, weil man Onanie für schädlich hielt. Man versuchte, den Jungen einzubleuen, daß die Handflächen schuppig oder die Zunge schwarz werden konnten, wenn man sich selbst befriedigte. Ja, man könnte sogar geisteskrank werden. Obwohl wir natürlich aus eigener Erfahrung wußten, daß man es nicht wurde.

Soweit war es ein ungewöhnlich guter Unterricht gewesen. Unser Pauker stotterte nicht verlegen herum wie der Lehrer meiner Mutter irgendwann in der Vorzeit. Nachdem wir die Zeichnungen über die Entwicklung unserer Körper und die nächtlichen Pollutionen überflogen hatten, erklärte unser Pauker, womit wir den Rest der Zeit verbringen würden – er hatte bereits einen Film in den Projektor eingelegt –, denn auch in der Woche darauf würden wir noch einige Stunden haben.
»Es gibt vieles, was wir noch aufgreifen könnten, da müssen wir auswählen«, sagte er und zählte »die Entstehung eines Kindes, Verhütungsmittel, Geschlechtskrankheiten, Gesetze des Zusammenlebens, Liebe und eine Hebamme, die kommen sollte«, auf. »Dann haben wir da noch verschiedene Arten der Sexualität, zum Beispiel Homosexualität.«
Ich spitzte die Ohren.
»Aber im Hinblick auf alles andere schaffen wir das wohl nicht mehr, und so wichtig ist das Thema ja auch nicht. Es gibt schließlich nicht so viele Homosexuelle – und hier wird wohl kaum einer sein«, schloß er mit einem sanften Lächeln.

Das versetzte mir einen Schlag. Nicht so wichtig, hatte er gesagt!
»Torben, machst du das Licht aus, dann kann Ann-Louise den Projektor starten«, hörte ich den Pauker sagen.
Jemand trieb Nadeln in mich. Ich wurde perforiert. Kraft und Mut zischten durch Tausende von Löchern aus meinem Körper.
Es hallte in mir wider: Ich bin nicht wichtig genug.
Die anderen hatten keine Miene verzogen – sie hatten halbherzig gelacht.
Was der Lehrer gesagt hatte, war selbstverständlich für sie gewesen. Es war nicht wichtig – warum sollte es auch?
Ich sah mich im Dunkeln um. Ihre Gesichter waren der Leinwand zugewandt. Der Countdown flimmerte vorbei, 8, 7, 6, mein Körper war schwer und erschöpft, 5, 4, konnte einfach nicht dableiben, 3, 2, ich zählte nicht, 1, 0, ich war ein bedeutungsloser Schwuler!
Der Projektor ratterte. Laute röchelten aus dem Lautsprecher. Die Rolladen herabgezogen. Überschattete Gesichter. Starrende Augen. Wie Porzellan. Kotzgeschmack im Mund.
Es wird wohl kaum einer hier sein, hatte er mit einem Lächeln gesagt. Als ob wir so selten wären, daß man, wenn man auf einen traf, nur lächeln und rufen konnte: »Guck mal, was für eigentümliche Tierchen es doch gibt – neiiin, wie erfinderisch die Natur ist!«
Welch ein Hohn! Ich wurde verleugnet, vernichtet – aber ich war doch da mit meinem ganzen Ich, meinem Körper, meiner Seele, mit Herz und Hirn.
Aber ich war vor allem traurig und niedergeschlagen.
Wie ein toter Fisch glitt ich vom Stuhl. Keine Minute länger in diesem Klassenraum! Was hatte ich dort zu suchen, wenn ich ja doch nichts wert war.
Ich nahm meine Bücher und schleppte mich aus dem Saal.
In der Garderobe setzte ich mich auf eine der harten Holzbänke.

Die blauen Schrankabteilungen mit ihren verbeulten Türenreihen glotzten finster und stumm.
Ich betrachtete die Linien, die sich in meinen Handflächen kreuzten: Die Lebenslinie ging bis zum Handgelenk hinunter – was war mein Leben eigentlich?
Die Lebenslinie – manche behaupteten, sie könnten in der Hand die Zukunft lesen; ich wäre froh gewesen, wenn ich eine Stunde hätte weiter sehen können. Ob man wohl sehen konnte, daß meine Hände von weggeworfenen Sehnsüchten völlig verdreckt waren?
Das sonnenweiße Licht war schmutzig.

Das war die Einsamkeit. Sicher wimmelte es um mich herum von Freunden und Kameraden jeder Art – ich war beliebt, kein Zweifel! Komischerweise machte es die Sache schwerer für mich. Die anderen verließen sich schließlich auf mich: daß ich stark war und lustig, daß ich standhielt, daß ich mich in Mädchen verliebte. Daß ich so war wie sie.
Doch mitten unter ihnen allen war ich einsam. Keiner dachte wie ich. Keiner fühlte wie ich. Ich war es, der sich anpaßte, weil ich es war, der anders fühlte.
Obwohl ich doch stark war! Ich hatte den Biologiesaal verlassen, weil ich nicht noch mehr hören wollte – weil ich es nicht ertragen konnte, verspottet zu werden.

Es klingelte zum Essen. Horden von zensurenjagenden Viechern rannten wie wildgeworden zwischen Klassenräumen und Schränken herum, drängelten und wühlten. Ich stand auf und ging in das schöne Wetter hinaus.
Unten auf dem Schotterplatz spielte irgendeine Klasse aus der Mittelstufe Brennball. Ich kriegte Lust mitzumachen. Daß es schon so lange her war – damals war ich in Einhandwürfen gut gewesen, eine Eigenschaft, die geschätzt wurde. Ich konnte auch

ziemlich weit werfen. Rannte auch schnell und schaffte einen Umlauf, wenn ich nur einen guten Treffer bekam.
Plötzlich war Stisse da und pustete mir Rauch ins Ohr.
»Wo bist du gewesen?«
»Nirgendwo, wie du siehst.« Ich schaute weiter über den staubigen Hof hinweg.
»Warum bist du abgehauen?«
»Konnte einfach nicht mehr bleiben.«
Ich merkte, daß Stisse verlegen war, doch ich wußte auch, daß er alle seine Antennen ausgefahren hatte. Wenn schon nicht Detektiv, dann müßte er Spion werden.
»Ist das da nicht Torbens kleine Schwester?« fragte ich und nickte in Richtung zu einem kleinen Mädchen mit Zöpfen. »Die wirft verdammt gut.«
Meine Frage blieb in der Luft hängen, während Stisse an seiner John Silver ohne Filter zog. Er wartete. Wenn er sich entschlossen hatte, kein überflüssiges Zeug zu labern, war er abscheulich. Seine Wortkargheit konnte mich wahnsinnig machen. Stisse war schlimmer als mein Bruder – Stisse machte Pausen, tat, als sei nichts, blies kühle Rauchringe, konnte so tun, als genieße er die Aussicht, auch wenn man nur einen Parkplatz vor sich hatte. Schließlich mußte man einfach was sagen, damit einem vor Frust nicht die Luft wegblieb – während er vollkommen unbeschwert wirkte, ja, sogar, als wäre er einem freundlich gesonnen.
In so einer Situation befand ich mich nun. Wie eine Versuchsratte vor einer Maschine mit zwei grellen Knöpfen, auf denen JA beziehungsweise NEIN stand, und es galt herauszufinden, welcher die Belohnung rausrückte. Man mußte nur noch wählen. Riskieren.
Ich beneidete all diese selbstsicheren Männer, die Bücher und Filme bevölkern, die immer wissen, was sie sagen sollen und wie – möglichst mit einem scharfen Zischen durch den Mundwinkel. Ich mußte nach Hause gehen und vor dem Spiegel üben! Doch dafür dürfte es jetzt wohl zu spät sein.

Schließlich war es dann doch Stisse, der das Schweigen brach.
»Ich dachte, du wärst zum Klo gegangen«, sagte er ausdruckslos.
Die Hälfte der Kinder auf dem Spielfeld jubelten über eine Umrundung.
»Aber dann hab ich gesehen, daß du deine Bücher mitgenommen hast«, fuhr er fort, »also ...«
Was unterstellte er mir denn nun?
»Also?« sagte ich.
Stisse schmiß die Kippe in den Schotter und zertrampelte sie. Er angelte eine Dose Fishermen hervor und bot mir eins an. Ich schüttelte den Kopf.
»Sei nicht so verdammt stur, Johan. Also war mir klar, daß irgendwas los ist, kapierst du? Warum bist du gegangen?«
»Das hab ich doch gesagt – ich konnte einfach nicht bleiben.«
»Wieso, konnte nicht! Wenn's danach ginge, müßte man aus den meisten Stunden rausgehen. Das ist nicht dein Stil. Das kannst du mir nicht verkaufen, Johan.«
»Wenn du's sagst«, sagte ich lässig und fügte hinzu: »Hast du was in Aussicht?«
»Das ist gerade nicht unser Thema«, antwortete er säuerlich und kramte noch eine Zigarette heraus und steckte sie an. Die ganze Zeit hielt er seinen treuherzigen Blick auf mich geheftet. Er war fast einen halben Kopf kleiner als ich. Ein roter und ein grüner Tennisschuh. Silberring im Ohr. Jeansjacke. Liebte die Schule nicht gerade, trabte aber jeden Tag hin und meinte, es sei etwas, was er hinter sich bringen mußte. Es belastete ihn nicht. Er war alles andere als dumm – aber er verabscheute es, Sachen zu büffeln, die er für uninteressant und nicht wissenswert hielt. Es war nichts Merkwürdiges an Stisse. Er war wie eine Katze – anhänglich, aber vollkommen unmöglich zu dressieren.
»Da ist doch irgendwas. Aber was?«
»Und dein Stil ist es nicht zu bohren«, gab ich sofort zurück.
»Entzückend, Johan! Und du glaubst, damit laß ich mich abwim-

meln? Du versuchst es so zu drehen, als wäre ich derjenige, der sich hier verrückt aufführt! Bravo!«

Verrückt! Waren wir also schon wieder da angelangt? Als ich nichts sagte, fing er von neuem an.

»Warum sagst du nichts? Du tust so, wie soll ich sagen ... geheimnisvoll. Ich bin doch nicht blind und taub – glaubst du etwa, ich merke nichts? Warum kannst du denn nicht darüber reden, warum du abgehauen bist?«

Ich bin überzeugt, daß du verflucht viel merkst, Stisse, dachte ich.

»Du glaubst also, ich bin verrückt geworden.«

»Das hab ich nicht gesagt. Aber du benimmst dich manchmal ganz schön eigenartig.«

»Das sagt mein Bruder auch«, sagte ich ins Blaue, mehr zu mir selbst als zu Stisse.

»Dann stimmt's ja vielleicht auch, wenn nicht nur ich, sondern auch dein Bruder ...«

»Ja, ja«, unterbrach ich ihn heftig. »Da war was, ich geb's ja zu, du hast recht. Jetzt zufrieden?«

Stisse stieß hastig den Rauch aus, warf die halb gerauchte Zigarette genau wie die vorherige auf den Boden und trat gereizt drauf.

»Nein«, sagte er schlicht.

Vom Spielfeld her klang der schneidende Pfiff einer Trillerpfeife. Die Kids sammelten Kegel und Schlaghölzer ein und schlenderten verschwitzt zu den Gebäuden der Mittelstufe. Wie einfach damals alles gewesen war, als ich zehn, elf Jahre alt war. War es doch? Stisse als Ivanhoe und ich als Alexander der Große.

»Ich will es wissen, Johan«, begann Stisse ruhig von neuem. »Dieser eine Brief, was war damit? Und warum bist du auf dem Schulfest so lange weggewesen? Kein Aas wußte, wo du warst, und du hast kein Wort darüber verloren. Und jetzt das hier? Es

ist ja wohl kein Wunder, daß ich frage. Du sagst neuerdings gar nichts mehr.«
»Du würdest es nicht verstehen«, sagte ich.
»Vielen Dank«, sagte er scharf. »Und das weißt du so sicher?«
Ich war es nicht gewöhnt, der Unterlegene zu sein – ich hatte ihm nichts entgegenzusetzen. Was ich auch gesagt hätte, er hätte es mit einer berechtigten Gegenfrage zunichte machen können. Er konnte nur gewinnen, ich hatte alles zu verlieren. Schon das Risiko, er würde es nicht verstehen, reichte.
Stisse breitete die Arme aus.
»Mist, ich weiß echt nicht mehr, wo ich bei dir dran bin!!« fluchte er.
Es war wieder still. Ein kriechendes, schnappendes Schweigen. Wie in letzter Zeit so oft in unseren Gesprächen. Vielleicht sagte dieses Schweigen mehr aus über das, was vor sich ging, als all die Worte. Die Kraft des Unausgesprochenen war enorm – dabei konnten einem so viele Gedanken und Vorstellungen durch den Kopf jagen, Spekulationen über den anderen und dessen Absichten. Aber genausooft bestand das Unausgesprochene aus Leere und Ferne: für das, was wir sagen wollten und mußten, waren einfach keine Wörter erfunden worden.
Er stand vor mir. Ich wich seinem Blick aus. Er hatte nicht die Angewohnheit, dramatisch zu werden, aber er sah mich ernst an. Ich wollte weinen. Oft wollte ich weinen. Warum glaubte ich überhaupt, daß ich stark und lustig sein mußte?
Stisse zuckte die Schultern.
»Ich hab gedacht, wir könnten uns aufeinander verlassen«, sagte er und schob sich die Haare aus der Stirn. »Aber wenn du nicht willst, dann ...«
Er drehte sich um und schlenderte einige vorsichtige Schritte von mir weg.
Ich fühlte die Panik wachsen. Hatte ich jetzt etwa auf den NEIN-Knopf gedrückt? Für immer? Geh nicht!

Er blieb stehen, als wollte er mir noch eine Chance geben.
»Du bist nicht der einzige, der das mies findet.«
Was für ein egoistischer Idiot ich war! Ich war so auf meine eigene Angst fixiert, daß ich nicht eine Sekunde an ihn gedacht hatte. Auf den Gedanken, daß Stisse traurig sein würde, war ich nicht gekommen. Daß er wollte, daß ich mich auf ihn verlasse. Ich zeigte ihm, daß ich es nicht tat. Er versuchte doch, Kontakt zu mir aufzunehmen, während ich unbeweglich dastand, als würde ich einen Platz in der Schlange am Postschalter bewachen, und in eine andere Richtung schaute. Ich sah ihn nicht einmal. Es wäre mir niemals in den Sinn gekommen, daß ich ihn auch verlieren könnte, indem ich schwieg! Wie absurd zu glauben, nur die Wahrheit könnte gefährlich sein.
Trotzdem brachte ich kein Wort heraus. Ich stand da, starr und stumm, und ließ ihn gehen. Anstatt zu schreien und zu weinen und ihn zu bitten zu bleiben.
Es war kein Stolz, weshalb ich es nicht tat. Ich konnte nicht. Als ob ein unsichtbares Seil mich festgebunden hätte. Als ob mich jemand knebelte. Ich traute mich nicht, ihm zu zeigen, wie sehr ich ihn brauchte. Denn was wäre, wenn er mich von sich stoßen würde?
Genausowenig, wie ich glaubte, daß er und all die anderen es begreifen würden – genausowenig verstand ich ihn.
Wer ließ hier eigentlich wen im Stich?

## *38. KAPITEL*

Ich stand da mit dem schwarzen Hörer in der Hand. Ein höhnischer Ton tutete ins Zimmer.
Der Hörer löste sich in meiner verschwitzten Hand beinahe auf.

Konnte ich anrufen? Allein bei dem Gedanken, die Nummer zu wählen, kriegte ich weiche Knie.
Vor der Schlafzimmertür trampelte mein Bruder ungeduldig. »Bist du endlich bald fertig?!« brüllte er dann und wann. »Andere Leute wollen schließlich auch noch telefonieren!«
Merkwürdig, wie gehandicapt man manchmal sein kann – ich wußte nicht mehr, wie man das machte. Den Hörer abzuheben war überraschend leicht. Die Nummer zu wählen, damit wurde ich auch noch fertig. Erst dann wurde es schwieriger: Was sollte ich sagen, wenn er sich meldete?
Mein Bruder klopfte an die Tür.
Ich wählte die Nummer noch einmal. Sechsmal kurz tippen. So einfach. So schwer. Ich legte den Finger auf die Gabel. Es ging nicht. Wir hatten zwar in der Schule ein paarmal miteinander geredet, und na ja, wir wollten uns treffen – aber daraus war nichts geworden. Nur Worte.
Die Sommerferien rückten immer näher. Es ging beunruhigend schnell. Dann würde ich Anders aus den Augen verlieren. Da blieb mir nur noch sein Hemd, das versteckt im Kleiderschrank lag. Wie eine Schmusedecke, an der man schnüffeln konnte. Allerdings roch es überhaupt nicht mehr nach Anders.
An der Oberfläche hatte alles seine Ordnung. Ich scherzte und lachte, als ob Sorgen und Enttäuschungen, die Sehnsucht und die Erwartung, Wahnvorstellungen und Komplexe niemals in mir Fuß gefaßt hätten. Der gewöhnliche Johan Alexander Lindström. Fröhlich und keck. Neugierig und stolz und ungeduldig – das ganze Leben, die ganze weite Welt wartete auf mich. Wie ein hungriger Löwe schien ich bereit, mich auf das Abenteuer zu stürzen, das mir bevorstand. Doch, doch.
Es gab wirklich absolut nichts Bemerkenswertes an mir. Ich war wie alle anderen. Ein bißchen Zoff mit meinem Bruder, aber wir konnten auch miteinander lachen. Streit mit meiner Mutter und meinem Vater, aber nichts Ernstes. Und der Frühling war ja da,

der bezaubernde Frühling, es war fast Sommer. Das Fahrrad geputzt und frisch geschmiert. Kaffee in einem Straßencafé. Frisbee und Fußball. Abends draußen rumhängen und rauchen und reden.
Die Klamotten glitten ab, Stück für Stück. Versteckte Beine wurden braune Beine. Lange Haare wurden kurzgeschnitten, während die kurzen Abende lang wurden.
Die Zeit der Verzückung, Johan, zum Teufel!
Weit entfernt herrschten in mir Klarheit und freie Sicht. Und keine halbblinde Liebe säuberte meine Beete von Unkraut.
In diesem Moment war ich niemand. Nur ein Körper.
Der, von dem ich glaubte, daß ich ihn lieben wollte, war Anders.
So stand ich mit dem Hörer in der verschwitzten Hand da. Hypnotisierte ihn, als könnte er von selbst anfangen, mit Anders' Stimme zu mir zu gurgeln.
»Und du machst mir immer die Hölle heiß, daß ich mir Zeit lasse«, stänkerte mein Bruder, freundlich wie immer. Ich legte auf. Patrik rief Lovisa an und flirtete, liebeskrank und glücklich!
Die Verzückung, Johan – die Verzückung!

Doch dann geschah es. Drei Tage vor Schulende. Die Sonne schien an diesem Tag übermäßig, wie an jedem verfluchten Tag in jener Woche.
Aus dem Nichts tauchte Anders auf mit seinen leisetretenden schwarzen Tennisschuhen und lächelte. Was hatte er wohl für einen Grund, so unverschämt glücklich auszusehen? Ich war das Lächeln so leid. Dem nächsten, der lächelt, schlag ich die Vorderzähne aus.
»Wir wollten uns doch treffen, hatten wir gesagt.«
»Hm«, antwortete ich tonlos und starrte in den Schrank. Ich wollte nicht krankhaft interessiert wirken.

»Ist so viel los im Moment, mit dem Abschluß und allem.«
»Ja, ist ja klar.« Ich verstaute eine Hose, die ich in der Rekordwärme nicht brauchte. Ich fragte mich, was »und alles« bedeutete.
»Aber am Donnerstag ist bestimmt alles erledigt – hast du dann Zeit?«
Ob ich Zeit habe! Bitte, süßer Anders! Natürlich hab ich Zeit. Allerdings wollten wir uns da eigentlich treffen – Perra, Stisse, Måns und ich.
»Sure«, sagte ich neutral. »Am Donnerstag dann.«
»Ich komm so gegen sechs vorbei.«
»Okay. Nein, ich hol dich lieber ab«, sagte ich. Es war unnötig, daß mich die ganze Familie am Donnerstag um sechs vom Parkett aus an meinen Schnürsenkeln rumfummeln sah. Der Adlerblick meiner Mutter würde alles entlarven.
»Allright, wir seh'n uns!« sagte er und schlüpfte davon.

Nachdem er gegangen war, keuchte ich laut in den Schrank. Es sollte doch dazu kommen, trotz allem.
»Weswegen grinst du so?« fragte Måns, als er sich zu seinem Schrank bückte, der für ihn irgendwo in Kniehöhe war.
»Nur noch drei Tage – begreifst du das? Drei Tage, dann ist es vorbei!«
Måns hielt mir die offene Handfläche hin, und wir klatschten uns gegenseitig auf die Hände. Immer dasselbe alte, kindische Ritual, das Zusammengehörigkeit bedeutete.
Bis Donnerstag sind es aber nur noch zwei Tage, fügte ich in Gedanken hinzu.

# 39. KAPITEL

Stisse konnte ich es nicht erzählen. Nach dem Zwischenfall mit dem Sexualkundeunterricht war er ein wenig reserviert, sicher enttäuscht. Er versuchte, es zu verbergen, doch es war nicht zu übersehen. Ich nahm es ihm nicht übel. Aber ich litt darunter. Ich schämte mich und wußte wie üblich nicht, was ich tun sollte.

Und nun würde ich sie wieder sitzenlassen. Die Clique verlassen. Wo wir es jetzt vielleicht gerade nötig hatten, uns zu sehen, uns zu treffen und herumzublödeln.

Wie ein letztes Mal? grollte es unaufhörlich in meinem Schädel. Und ich würde nicht dasein.

Wie würde Stisse es aufnehmen? Vermutlich mit einem Schulterzucken und einem fragenden Blick. Was sonst?

Ich hatte ihn abgewiesen und würde es nie fertigbringen, ihm die Wahrheit zu sagen: daß ich etwas anderes vorhatte – nämlich: etwas, was wichtiger ist. Es war beides, Wahrheit und Lüge! Ich wollte die Clique nicht verlassen, das tat ich ja gar nicht. Aber was sollten sie glauben? Daß es ein letzter Beweis dafür war, daß wir auseinandertrieben, wie losgebrochene Eisschollen auf dem offenen Meer?

Doch ich mußte in meine Richtung gehen. Ich mußte Anders treffen dürfen.

Feige, wie ich war, rief ich lieber Perra an und sagte ihm, daß ich leider nicht kommen konnte.

Ich hatte wirklich Probleme mit den Schnürsenkeln. Sie rissen ab.

Mein Vater hatte mittags Feierabend gemacht, und meine Mutter hatte sich freigenommen. Ihre bloße Anwesenheit machte mich nervös. Noch nervöser, als ich ohnehin schon war. Ich ver-

teilte halb gelesene Zeitungen, halb aufgegessene Kuchenstücke und halbleer getrunkene Gläser um mich.
Ich erstaunte meine Eltern, weil ich mitten am Nachmittag duschte und nur mit einem Handtuch um den Leib herumrannte, mir ganze Flaschen Parfum über meinen Body kippte und mir mehrmals die Zähne putzte.
Mein Vater und meine Mutter warfen sich in alle Richtungen, als ich wie wild planlos durch die Wohnung rannte. Den halben Kleiderschrank riß ich in einem Haufen auf den Boden: alles war häßlich oder unmöglich.
Nachdem ich drei Hosen anprobiert, sie verworfen und von neuem probiert hatte, wurden sie allmählich mißtrauisch. Nach zehnminütigem Haarebürsten vor dem Spiegel hatten sie keine Zweifel mehr. Als ich dann immer noch nicht erzählen wollte, was ich vorhatte, brummelten, lächelten und zwinkerten sie sich zu.
»Komm nur pünktlich nach Hause, mein Freund, damit du den Abschluß morgen überstehst«, sagte mein Vater mit fester Bärenstimme, als ich die Treppe runterlief.
»Viel Glück!« hörte ich sie oben rufen.

Der Kies knirschte angenehm unter den Schuhen. Ich kickte gegen einen Stein, und der flog in einem weiten Bogen perfekt in die obere Ecke. Der Jubel der Zuschauer von der Tribüne war ohrenbetäubend und wollte gar kein Ende nehmen. Ich wurde wie ein Held gefeiert. Ich war unbezwingbar.
Frau Pettersson war draußen und führte ihren rostroten Irischen Setter aus. Der sprang auf mich zu, wedelte mit dem Schwanz und schleckte meine Hände ab. Wir grüßten und trennten uns. Ich schnüffelte an meinen Händen, aber sie rochen nicht nach Hundeschnauze.
Die weißen Blüten der Traubenkirsche waren voll ausgeschlagen. Gegen Abend nahm ihr Duft an Intensität zu. Ich weitete

die Nasenlöcher, sog so viel Traubenkirschenduft in die Lungen ein, wie ich konnte, und ließ ihn mit einem Pusten wieder hinaus. Tiefes Durchatmen wirkt beruhigend, hatte ich mal irgendwo gehört. Und so atmete ich einige Male tief durch, ehe ich Anders' Haus betrat.

Ein Paar schmutzige Tennisschuhe stand auf der Treppe vor seiner Tür. Es konnten nur seine sein, und ich sah ihn in ihnen – wie er mit einigen geschmeidigen Joggingschritten über das Gras trabte, lächelnd, zufrieden, geheimnisvoll und begehrt. Die Bräute müssen ihn anbeten, dachte ich mit einem Lachen. Und ich auch.

Ich schluckte und holte ein letztes Mal tief Luft. Wischte mir die Hände an den Jeans ab und fuhr mir mit der rechten Hand durch die Haare. Klingelte und versuchte, entspannt und natürlich auszusehen.

Das Klingeln hallte wider und erstarb. Nun gab es kein Zurück mehr.

Gespannt horchte ich auf Geräusche in der Wohnung.

Mein Körper war in Aufruhr. Ich glaubte, ich müßte eine Ewigkeit warten, und davon wurde ich auch nicht ruhiger. Das gab mir nur Zeit zu überlegen, wie ich aussah, wie ich dastand und was ich sagen sollte. War es wohl am besten, mit einem »Hallo« zu beginnen oder mit einem lässigen kaugummikauenden »Na«? Hauptsache, es klang nicht zu eifrig.

Ich klingelte wieder. Das Klingeln hätte einen tiefgefrorenen Mammut zum Leben erwecken können. Doch nichts geschah. Die Welt war verstummt.

Ich setzte mich auf die Treppe, um zu warten. Vielleicht hatte er sich verspätet. Das kann ja jedem mal passieren – mir war es zum Beispiel mehrmals passiert.

Die Tennisschuhe starrten mich leer und dumm an. Im tiefsten Innern glaubte ich nicht daran. Er war es gewesen, der die Zeit

vorgeschlagen hatte. Er war es gewesen, der zu mir gekommen war und gewollt hatte, daß wir uns treffen. Und es war sechs Uhr, fünf nach sogar.
Ich stand auf und klingelte noch einmal.
Ich rüttelte an der Tür. Ich legte mein Ohr daran und horchte. Ich spähte durch den Briefschlitz. Sah nichts anderes als die abscheuliche Fußmatte, auf der ein ironisches Willkommen stand. Es war tot. Still und tot, tot, tot. Ich war hereingelegt worden. Wie ein kleines Kind. Ich war ein Idiot, daß ich hierher gekommen war. Und wie ich den ganzen Nachmittag herumgeirrt war und mich verrückt gemacht hatte und meinen Eltern praktisch Enkelkinder und alles versprochen hatte! Für das hier! Anders, du Mistkerl! Wo zum Teufel bist du?! Ich werde dein widerliches Lächeln mit Stacheldraht zusammennähen.
Mist. MIST!
Ich trat gegen die Tür, rüttelte am Türgriff, riß und zog, schlug, schlug und trat, fluchte. Die Nachbarn schielten bestimmt schon durch ihre Spione nach diesem Wahnsinnigen, der ich war. In Todesangst, wenn ich sie richtig einschätzte.
»Idioten!« schrie ich den kalten überwachenden Augen zu.
Hier war ich wie eine verliebte Ente herumstolziert, o Mann, wie blöd man doch sein konnte!
Ich pfefferte seine Tennisschuhe an die Wand. Trampelte auf ihnen herum. Ungestraft legt man Johan Alexander Lindström nicht rein. Das Phantom ist hart gegen die Harten. Ich spuckte in beide Schuhe. Ha!

Dann sprudelte die Traurigkeit hervor. Ich war versetzt worden. Blamiert. Zum Teufel, wie konnte er nur?
Und Stisse, Måns und Perra laberten nun und rauchten und schnupften, spielten Poker und rissen miese Witze. Jetzt konnte ich nicht mehr angekrochen kommen.
Alles um mich herum fiel wie ein Kartenhaus in sich zusammen.

*I am a born loser. The winner takes it all. Love me or leave me. I need a little help from my friends. Time I'm sure will bring disappointments in so many things. She loves you, yeah, yeah, yeah!*
*Yeah* ... Stisse, Måns, Perra. Ich habe auf das Unbekannte gesetzt. Ich hab verloren. Wie konnte ich euch nur aufs Spiel setzen – ein so hoher Einsatz unter solch schlechten Vorzeichen? Ich weiß, ich hab mich schlecht benommen. Darf ich wieder dabeisein? Bitte.
Nicht mal aus Rom war was geworden.
Wenn ich doch wenigstens hätte weinen können.
Nach Hause konnte ich auch nicht gehen. Noch nicht. Nichts. Alles sinnlos. Was brachte denn die Liebe so Gutes mit sich? Nur Leid und Schmerz, eine ewige Qual, an die man gefesselt war, unmöglich, sich loszumachen, wenn man einmal von ihr gepackt wurde.
Sollte ich diese elendige Last wirklich ein ganzes Leben lang schleppen? Diese elendige Lust? Toll.

## *40. KAPITEL*

In diesem Jahr herrschte keine Ordnung in der Natur, und Traubenkirschen und Flieder dufteten stark in ihrer gleichzeitigen Blüte. Wir lächelten und strahlten glücklich, feingemacht und frisch geputzt. Genau, wie es sein sollte. Die Luft vibrierte von lauter Erwartung und Befreiung. Die Wärme bullerte um unsere Körper, und es wurden schöne Reden gehalten. Nicht ein Auge blieb trocken. Genau, wie es sein sollte. Schweißflecken breiteten sich unter den Armen aus und hinterließen Ringe auf Hemden und Blusen. Genau, wie es nicht sein sollte. Es war, mit anderen Worten, ein phantastischer Abschluß.

Ich hielt nach Anders Ausschau. In diesem ungeordneten Gewimmel von 9ern, Eltern, Geschwistern und Verwandten aller Art war er nicht zu sehen. Das war vermutlich auch besser so. Es wäre schwer gewesen, ihn mit dem Schlips zu erdrosseln, ohne unnötige Aufmerksamkeit zu erregen. Meine Mutter wäre nicht so glücklich gewesen. Von seiner Mutter gar nicht erst zu reden.

Ein großes Küßchen- und Umarmungsfest brach aus. Alle taumelten herum, fingen hier einen Arm ein und dort einen Hals, und alle Frisuren, die stundenlang gebürstet und gefönt worden waren, sahen nach einer Weile wie Schilfrohr aus.

In einem unbewachten Augenblick schlang Maria sich um mich.

»Ein Küßchen?« fragte sie. Und lächelte. Wir schmatzten uns gegenseitig ab, und sie flüsterte mir »Viel Glück« zu.

»Sei unbesorgt, Johan«, sagte sie und klopfte mir auf die Schulter. »Ich bin nicht in dich verliebt, aber ich mag dich trotzdem wirklich – du Herzensbrecher.«

Und sie lächelte. Süß und echt. In all diesem Abschlußrummel wurde ich rot. Ich glaube fast, daß ich danke gemurmelt habe. So schön zu hören, daß ich beliebt war.

»Grüß Nizza von mir.« Ich küßte sie noch einmal.

Auf dem obligatorischen Gruppenfoto von der Klasse hielt Thomas seine Anna an der Hand. Ich brachte es sogar über mich, ihn zu umarmen.

Beim Fotografieren auf dem Hof schlich Stisse sich nach vorne und stellte sich an meine rechte Seite.

»Du bist gestern nicht gekommen«, sagte er und schielte zu mir.

»Nein, das hab ich gemerkt«, antwortete ich.

Er kicherte und knuffte mich in die Seite.

In einem Regenguß von Klicken zeigten wir kurz unsere Zähne. so sieht man auf dem Bild auch immer aus, wie es sich gehört.

»Darf man fragen, was du gemacht hast?« ließ er durch die Zähne sickern, während er weiter in die Kameras lächelte.
»Ich hab auf ein Paar Sportschuhe gespuckt und getrampelt. Das ist mein neuestes Hobby.«
»Aha, klingt ja toll ...« sagte er und grinste. »Und welche Marke eignet sich am besten zum Drauftrampeln?«
»Nike«, sagte ich unbeirrt.
Ein ehrgeiziger Vater rannte mit einer Sony auf der Schulter herum und schrie Regieanweisungen, damit wir uns auf dem zukünftigen Meisterwerk so gut wie möglich machten – dem Videofilm »Mein-Sohn-hat-Schulabschluß-und-andere-langweilige-Familienerinnerungen-mit-denen-ich-meine-Freunde-quäle-um-sie-dazu-zu-bringen-nach-Hause-zu-gehen-ehe-der-Schnaps-alle-ist«.
Stisse seufzte tief. »Hoffentlich ist der bald fertig. Wenn ich nicht bald 'ne Zigarette krieg, sterbe ich. Sonst hast du nichts gemacht?«
»Eine Klingel kaputtgemacht, eine Tür inklusive meinem rechten Fuß zertrümmert und im Stadtwald Wildenten mit Maiglöckchen gefüttert. Und ihr, habt ihr euch gut amüsiert?«
»Sind Maiglöckchen nicht giftig?«
»Doch, gerade, deswegen.«
Das Gesicht immer noch nach vorn gerichtet, um alle Fotografen zu erfreuen, sagte er: »Irgendwas sagt mir, daß du sie nicht mehr alle hast.«
»Ich befürchte, daß da was dran ist, ja.«
Ein krawallähnlicher Tumult entstand plötzlich, als alle anfingen, sich nach den Anweisungen des dämonischen Regisseurs, die niemand begriff, umzustellen. Als er links schrie, machten alle einen Schritt nach rechts und umgekehrt. Und weil wir drei Frederiks in der Klasse hatten, tauschten sie im falschen Augenblick die Plätze.
»Kann denn keiner diesen Kerl abstellen«, seufzte Stisse.

»Wie war's denn bei euch?« insistierte ich.
»Klasse. Du hättest dabeisein sollen.«
Hätte ich mir ja denken können. Warum sollten sie nicht ohne mich genausoviel Spaß haben? Ein entsetzlicher Gedanke, aber deshalb vermutlich nicht weniger wahr.
Perra und Måns schlugen sich zu uns durch und reichten uns zwei Plastikgläser mit etwas Gelblichem drin.
»Ihr seid unverbesserlich! Habt ihr etwa nicht gehört, daß wir jeder so was hier haben sollen?« brüllte Perra, drückte uns die Gläser in die Hände und legte uns die Arme um die Schultern.
Måns schloß auf, und da standen wir, ineinander gekettet, als ob wir nie etwas anderes getan hätten.
»Was ist das?«
»Schampus!« sagte Måns zufrieden.
»Und JETZT zuprosten!« brüllte der Videofilmer.
Die ganze 9C grölte ein gemeinsames ›Skål‹ und begann über alle Maßen zu lärmen, Luftschlangen flogen in schlängelnden Kringeln über uns, tonnenweise Konfetti wurde im Freien ausgeschüttet und wehte in unsere Haare. Nur Feuerwerk und Nebelmaschine fehlten noch, um das Spektakel zu vollenden.
»Und jetzt möchte ich euch singen hören!« tönte die Stimme.
Stisse verdrehte die Augen und fragte, wie lange das noch so weitergehen sollte.
»Reg dich ab«, sagte Måns, »ist doch witzig! Prost!«
Wir erhoben die Gläser und tranken Brüderschaft. Stisse sah mäßig amüsiert aus.
»Du hättest gestern dabeisein sollen«, sagte Perra.
Ich murmelte leise, daß ich das bereits gehört hatte. Ich wagte nicht zu fragen, warum. Es reichte mir schon zu wissen, daß ich was verpaßt hatte, während ich auf Anders' Schuhen rumgetrampelt hatte.
»Was hast du eigentlich gemacht?« gurgelte Perra durch die Champagnerbläschen.

»Mich blamiert.«
»Aha!« Er erstrahlte wie eine ganze Christbaumbeleuchtung.
»Du hast von einer 'nen KORB gekriegt!« rief er entzückt und lachte rauh.
»Etwas in der Richtung, vielleicht«, sagte ich traurig.
»Und du hast nichts gesagt – pfui, ab ins Körbchen!« sagte Måns.
»So singt doch! Lauter, kräftiger!« rief der engagierte Filmer vom Hof.
»Aber WAS sollen wir singen?« rief Stisse verzweifelt.
Alle schrien, um weiter als zwei Meter entfernt überhaupt gehört zu werden.
»Sei nicht traurig, Johan. Die Bräute stehen doch Schlange und warten auf dich«, tröstete Perra.
Na, toll. Und wo war die Jungenschlange?
»Idas Sommerlied!« rief der Assistent des Filmers, was heißen soll, seine Ehefrau, die auf weißen Sandaletten mit Stöckelabsätzen herumwankte. Ein lauter Buh-Ruf stieg gen Himmel.
»Versuch's mal mit Gemütlichkeit, mit Ruhe und Gemütlichkeit, und wirf all deine Sorgen über Bord«, sang mir Måns zu. Das einzige Lied übrigens, von dem er den gesamten Text auswendig wußte. Das war das Startsignal. Wie ein Lauffeuer breitete sich der Song aus, und bald stimmte die ganze Klasse in Baloos Weisheiten ein. Nach dem letzten Ton brach der Jubel los, die Becher wurden wieder zum Himmel erhoben, erneute Umarmungen, weiteres Zuprosten. Jegliche Regie war über den Haufen geworfen.
Wir leerten den Rest Schampus in einem Zug, warfen die Plastikbecher über unsere Schultern und machten uns aus der Menschenmenge davon. Andere folgten uns. Die Masse löste sich in Atome auf und irrte in alle Richtungen zu den wartenden Eltern davon.
»Nein, nein, noch nicht! Ihr könnt doch ...« hörte man eine fle-

hende, momentan allzu wohlbekannte Stimme durch das Gemurmel.
»Gib's auf, Papa. Es reicht jetzt«, unterbrach ihn jemand schroff.
Meine Mutter kam zu uns galoppiert, küßte uns alle vier und drückte jedem einen Strauß Rosen in die Faust. Weiter weg stand der Rest der Familie mit den Großeltern als zeitweilige Ergänzung. Sie warteten auf den ungewöhnlich glücklichen und geglückten Johan Alexander Lindström. Sie lächelten. Die ganze verfluchte Welt lächelte.
Wir trennten uns.
»Wir seh'n uns heute abend«, sagte Måns.
»Wo denn?« fragte ich, weil ich ja den vorherigen Abend verpaßt hatte.
»Bei Steffe. So gegen sieben.«

## *41. KAPITEL*

Als die Familienfeier zu Ende war, haute ich ab. Da hatte ich meine Großeltern schon stundenlang unterhalten, Geschenke eingeheimst und mir mit Sandwichtorte und noch mehr Champagner eine Grundlage für den Abend geschaffen. Papas Vater bot mir sogar ein Glas Kognak an und war richtig redselig. Vor allem interessierte er sich für mein Zeugnis und sagte mir eine leuchtende Zukunft voraus. Bei ihm klang es so, als hätte ich bereits das Gymnasium beendet. Er ermüdete mich mit seinem Gerede, das aus einem Aufguß von Standardphrasen bestand, alle von der Sorte – »ich versteh nicht viel von der heutigen Jugend« –, die er wie Dünger versprühte, überall, immer und in jedem Gespräch einstreute. Ich konnte mich in seiner Gegenwart nicht entspannen. Er war immer so korrekt, immer so auf meine Zensuren fixiert.

Erst gegen acht kam ich bei Steffe an. Da war schon der Teufel los. Fast die ganze Klasse war da, plus einer Menge Leute, die ich nicht kannte. Anders schien nicht dabeizusein, und ich wußte nicht, ob ich das gut fand oder nicht.
»Ah, grüß dich, Johan, du kommst ja doch noch, ich hab mich schon langsam gewundert!«
Måns wankte auf mich zu, einem Kamel nicht ganz unähnlich. Einem betrunkenen Kamel.
»Hi! Wo hast du denn Sofie gelassen?« Seit sie zusammen waren, waren sie wie zwei Widerlager einer Brücke miteinander verbunden.
»Irgendwo da drinnen in dem Haufen. Da ist es eng wie in 'ner Brathähnchenfabrik«, sagte er und warf den Kopf mit einem heftigen Nicken zurück. Ich glaube, das sollte in Richtung Wohnzimmer bedeuten.
»Brathähnchen?« sagte ich. »Da gehörst du ja wohl kaum rein! Du meinst nicht vielleicht eine Streichholzfabrik?«
»Ich merk schon, du bist genauso witzig wie immer. Prost, auf dich, du alte Ziege.«
»Ziege? Was hast du eigentlich in Biologie gekriegt? Ich dachte, wir reden von Masthühnern.«
Steffe raste vorbei, sprang zurück, als er mich erblickte und parkte ein Glas Bowle in meiner Hand. Die apfelsinenfarbene Bowle glich Saft. Als ich daran nippte, erkannte ich einen schwachen Wodkageruch. Ich stieß mit Måns an. Ein tückischer Drink. Er schmeckte nur nach Saft, und man kippte ihn nur zu leicht in sich rein.
Ich weiß nicht, wie groß das Haus war, wenn man die Überbevölkerung bedachte, die hier herrschte, mußte es riesig sein. Überall tauchten Leute auf. Sie kamen aus dem Badezimmer und den

Toiletten, aus etwas, das aussah wie ein Ankleidezimmer (was hatten sie da gemacht?), aus Seitentüren und kleinen Zimmern. Es war ein Glück, daß die Wärme noch anhielt, so konnte eine Horde sich immer draußen aufhalten und auf den Balkon kotzen. Auf dem Rasen spielten einige Krocket. Glas klirrte. Flaschen klimperten. Nebel stand bald dicht, obwohl Rauchen nur in der Küche zugelassen war.

»Da ist er!« hörte ich eine bekannte, aber etwas trübe Stimme rufen. Ein langhaariges, blondes Geschöpf näherte sich mir. Hinter sich schleppte es ein brünettes an, mit zugespachtelter Front und Augen so groß wie Fünfkronenstücke. Sie sah high aus.

»Johan, du bist ja doch gekommen!« Stisse hatte offensichtlich sowohl das eine als auch das andere intus, und ich fühlte mich hoffnungslos im Rückstand. Ich nahm einen großen Schluck von der Bowle.

»Sollte ich das etwa nicht?« fragte ich verwundert.

»Man weiß ja nie ...« Er machte eine Pause und sagte leise, aber mit Schärfe: »... in letzter Zeit.«

Da hatte ich's! Raffiniert, Stisse! Er sah mich reumütig an, raffte sich schnell wieder auf und präsentierte mir die Brünette.

»Nettan, das ist Johan, ein Kumpel.«

»Angenehm.« Ich lächelte falsch und schüttelte brav die Hand.

»Wo hast du die denn aufgegabelt? Die ist doch high«, flüsterte ich Stisse zu, als Nettan sich umdrehte und anfing, mit einer anderen Braut zu reden.

»Ach, laß doch. Die ist nur 'n bißchen voll«, sagte Stisse, »und nicht so dumm, wie du anscheinend glaubst. Außerdem will sie mich haben, also muß ich die Chance wahrnehmen. Mach dir keine Sorgen.«

»Ja, ja, du mußt wissen, was du tust«, sagte ich und lächelte ironisch.

Er sah mich scharf an. Seine lebhaften, listigen blauen Augen kriegten einen harten Ausdruck.
»Die Frage ist nur, ob du weißt, was du tust«, sagte er.
Ich geriet vollkommen aus dem Konzept. Er war angriffslustig. Konnte es nicht lassen. Aber, es war keine Neugierde bei ihm oder echtes Interesse, eine Antwort von mir zu bekommen. Die Kameradschaftlichkeit vom Abschluß war verschwunden. Es war nicht seine Art, bewußt verletzen zu wollen, und ich konnte beim besten Willen nicht glauben, daß er darauf hinauswollte.
Das Gefühl eines totalen Kontrollverlustes schwappte über mich. War denn da nichts, woran ich mich festhalten und von dem ich glauben konnte, daß es beständig war? Ich konnte seinem Blick nicht standhalten, neigte den Kopf und starrte in das Glas, das ich nervös zwischen den Handflächen drehte.
»Verzeih mir«, sagte er. »Wir reden ein andermal drüber.«
Gut! Sehr gut! Das wollte ich auch. Jetzt hatte ich gerade keine Lust. Aber wann wird dieses andere Mal sein?
»Nein, verdammt, jetzt amüsieren wir uns aber«, sagte Stisse, plötzlich sehr unbeschwert. Aus der Gesäßtasche fummelte er eine cremefarbene Blechdose, auf die er mit dem Zeigefinger tippte.
»Du«, sagte er und zwinkerte, »zur Ehre des Tages – Zigarren! Willst du eine?«
Kognak und Zigarren an einem Abend, das schien riskant. Stisse bemerkte mein Zögern.
»Natürlich willst du eine haben! Ein Tag wie dieser. Wie dafür geschaffen.«
Er hatte bereits zwei hellbraune Stangen hervorgeholt, steckte mir eine zwischen die Lippen und zündete sie an. Ich protestierte nicht. Wagte es nicht. Nicht an einem Tag wie diesem.
Wir wurden von irgendeinem allergiegetesteten Kerl auf den Balkon rausgeschickt, standen da und pafften weltgewandt. Es fühlte sich an, als hätte jemand zufällig eine Tonne Asphalt in

mich gekippt. Ich versuchte nicht einmal einen Lungenzug, allerdings hustete ich trotzdem wie ein Kleinkind.
»Du gewöhnst dich bald dran«, sagte Stisse lachend und legte den Arm um Nettan, die sich ihm wieder zugewandt hatte. Von denen würde man bestimmt bald nichts mehr sehen.

Ich füllte Bowle nach und wankte herum. Perra gab vor einer Gruppe enthusiastischer Zuschauer sein Bestes mit dem Kondomtrick. Ich hatte ihn in meinem Leben schon ein paar tausendmal gesehen und fand es nicht mehr besonders lustig zuzusehen, wie sich einer ein Gummi über den Kopf zog und es mit Hilfe der Nase aufblies. Er sah unwahrscheinlich lächerlich aus – die Nase plattgedrückt, die Wangen langgezogen, die Haare am Scheitel entlang geleckt; ein schlechterer Kunststoffabguß eines prähistorischen Affen. Doch es fand immer die gleiche Aufmerksamkeit und den gleichen Erfolg. Das war Perra nur recht.
Gerade als er sich das Gummi bis über den Mund gestülpt hatte, erblickte er mich und juchzte da drinnen. Ich schüttelte nur den Kopf über ihn, hob das Glas und prostete ihm zu. Fröhlich lüpfte er das Kondom ein wenig, steckte das Glas hinein und setzte es an den Mund. Ehe wir auch nur zwinkern konnten, hallte ein schmatzender Laut durch den Raum. Das Gummi zerplatzte mit einem Knall und schlug gegen seine Hand. Das Bier schwappte aus dem Glas und über ihn. Der Erfolg war gesichert. Ich lachte und ging weg.

Ich tankte immer mehr. Warum sollte ich nicht saufen! An einem Tag wie diesem, wie Stisse gesagt hatte. Trinken und vergessen – es wird ja doch nichts so, wie man es sich gedacht hat. Ich tanzte und trank. Redete und trank. Lachte und trank.
Die Zeit raste davon. Ich wankte zwischen den Tanzenden hier-

hin und dahin. Die Abschlußklamotten sahen allmählich mitgenommen aus; den Jungen hingen die Hemden aus der Hose, zerknittert und verschwitzt; die Mädchen hatten Gürtel und Blusenknöpfe gelockert, die Stöckelschuhe von den Füßen geschleudert. Schäbig und hitzig und mit zerzausten Haaren; es war ein fiebriger Tag, wir genossen es, wir schwebten.
»Was für ein Tag!« schrien wir und tranken noch mehr und führten uns wie richtige unflätige Jugend auf. Es war, als lebten wir dafür, uns Erinnerungen zu schaffen, auf die wir zurückblikken konnten. »Erinnerst du dich noch«, würden wir in einigen Jahren sagen, »erinnerst du dich noch an den Abschluß nach der 9ten?« Und dann würden wir bei der Erinnerung lächeln, vielleicht sogar lachen.

»Genau so hat sie dich stundenlang angestarrt«, sagte Perra und neigte sich über mich. Er trug eine dunkle Sonnenbrille, obwohl er im Haus war. Das tat er aus Imagegründen, sagte er, als ich wissen wollte, warum.
»Wer denn?«
»Tina.«
»Tina Who?«
Er seufzte und behauptete, ich sei unverbesserlich.
»Fordre sie auf, rede mit ihr«, lallte er. »Sie wird wie Wachs in deinen dreckigen Händen sein.«
Die Augenlider hingen ihm halb über die Augen. Aus so geringer Entfernung half auch keine Sonnenbrille.
Ich mochte gar nicht an weibliche Wesen erinnert werden, jetzt, wo ich es geschafft hatte, zu trinken, zu vergessen, und aufgehört hatte, mir selbst leid zu tun.
Perra, der immer sehr hilfsbereit ist, wankte auf Tina Who zu. Er neigte sich zu ihr und zeigte auf mich. Sie wandte den Blick in meine Richtung. Ihre schwarzgefärbten kurzgeschnittenen Haare reichten gerade über die Ohren. In denen baumelten

große und kleine ineinandergekettete Goldringe, ihr Mund war kräftig erdbeerrot. Genau wie ich war sie nicht mehr nüchtern.
Ich lächelte die beiden albern an.
Sie kamen zusammen zu mir. Erwartungsvoll stand Perra da und glotzte mich an. Ich konnte in seinen Augen lesen, was er dachte: Komm schon, Johan! Schau, so eine schöne Frucht habe ich für dich gepflückt, du brauchst nur noch reinzubeißen.
Ich wollte nicht. Und ich konnte mich auch nicht wie ein Feigling verhalten und einfach abhauen.
»Sollen wir tanzen?« quetschte ich hervor.
Sie zuckte die Schultern, kam aber mit, als ich aufstand. Perra zwinkerte mir zufrieden zu.

Wir tanzten lange. Ich redete mehr oder weniger, sang ihr falsch ins Ohr, als wir uns bei einem langsamen Lied aneinanderdrückten. Wir wiegten uns zwischen den übrigen Paaren vorwärts, murmelten leise, leicht benebelt vom Rausch. Sie hatte eine warme Altstimme, die mir in den Körper rann.
Plötzlich bemerkte ich, wie schön es war; ihre Arme um mich zu spüren, ihre Hände an meinen Schultern, ihren warmen Atem an meinem Hals. Ich umarmte sie fester, und sie antwortete, indem sie gleiches tat.
»Tina Who«, murmelte ich.
»Tina Who?« sagte sie erstaunt.
»Ja, wie heißt du denn?« sagte ich und küßte sie auf die Wange. Wie lächerlich, aneinanderzuhängen und sich zu küssen und nicht einmal zu wissen, wie der andere heißt. Wir lachten.
»Schh – sag es nicht!« beeilte ich mich zu sagen. Das hätte den Zauber zerstört. Das einzige, was ich wollte, war, ihre Nähe spüren, ihre dunkle Stimme hören und ihren Duft aufnehmen.
»Johan Who!« flüsterte sie schmachtend, und es klang, als wären wir schon verheiratet. Wir lachten auch darüber.

Das eine führte zum anderen. Eine Umarmung. Noch ein Tanz. Noch eine Umarmung, die heftiger war, intensiver. Geflüster. Gekicher. Ein unbedachtes Wort – hab ich etwa »du bist schön« oder »Liebling« oder etwas anderes Blödes gesagt? Ein Gefühl der Exklusivität überkam mich; das war es, nach dem alle sich sehnten, und ich, von allen Dummschädeln auf dieser Erde hatte natürlich ich es! Ich brauchte es mir nur noch zu nehmen.

Immer enger, immer näher. Immer schöner.

Tina. Tina Who. Johan und Tina Who. Eine Umarmung. Ein Kuß. Umschlossen von Wärme. Das war gut, so befreiend. Warum nicht?! Anders war vergessen! Ich verdrängte all meine früheren Sehnsüchte und erklärte sie zu einer kindischen Idee. Endlich war da jemand, der mich mit folgsamen, sanften Händen berührte. Jemand, der mich mit forschendem, spöttischem Blick ansah. Ich war bereit, all meine Ansprüche auf Jungen aufzugeben – das war nun vorbei. Das hier war besser. Und so verdammt viel einfacher.

Umschlungen wie Tintenfische tasteten wir uns im Dunkeln vor und ließen uns auf ein Sofa plumpsen, das in eine Ecke des Raumes geschoben worden war.

Måns und Sofie saßen bereits dort, kletterten aufeinander herum und fummelten wild und schamlos.

Tina Who suchte meine Lippen, heftete ihre Zunge dazwischen, und wir ... wie steht es gewöhnlich geschrieben? Trafen uns in einem lieblichen Kuß. Genau das. In einem lieblichen langgezogenen Kuß trafen wir uns.

Lieblich? Langgezogen – aber lieblich? In meinem Kopf ging es rund. Was tat ich da?

Plötzlich befand ich mich außerhalb von all dem, als ob es eine unwirkliche Szene sei. Es war wieder im Film. Wie heißt dieser Schauspieler noch – ich kenne ihn doch so gut! Bin ich das da?

Mit einemmal war es zuviel. Ihre nasse Zunge verwandelte sich in einen fremden Gegenstand, den ich ausspucken wollte. Mit

jeder Runde, die ihre Zunge über meine Zahnreihen machte, wuchs mein Widerwillen. Wo war all die Nähe geblieben? Warum schlug alles um – wie bei Maria? Ich hielt es nicht aus. Ihre Nähe war erstickend, sie sperrte mich ein, drückte mir auf die Brust. Ich sträubte mich. Wollte nicht länger mitmachen.
Ich schielte zu Måns hinüber, der Sofie so zufrieden annahm und sie mit seinen hyperventilierenden Poren vollkommen einsog. So lieb! So süß! Genau so hatte es auszusehen!
»Måns!« flüsterte ich ihm ins Ohr.
Tina knabberte an meinem Ohrläppchen.
»Måns!« flüsterte ich wieder, und er brummte gereizt. »Krieg ich deinen Schnupftabak? Schnell!«
Tina bohrte mir die Zunge ins Ohr.
Er sperrte die Augen auf, als wollte er fragen: Schnupfst du? Ich nickte, und er holte die Dose raus, ohne Sofie auch nur für eine Sekunde loszulassen.
Tina sabberte weiter an meinem Ohr.
Ich hob ihren Kopf vorsichtig von meinem mißhandelten Gehörorgan weg, begann, sie auf die Stirn zu küssen, bis hinunter zur Wange, hinüber zum Ohr, und flüsterte zärtlich: »Willst du die Tätowierung auf meinem Bauch seh'n?«
Sie nickte entzückt, und in ihrem halbvollen Zustand begann sie, an meiner Hose zu reißen. Währenddessen fummelte ich an der Schnupftabakdose rum und versuchte, eine passend große Prise zu formen.
»Wo denn?« hörte ich vom Bauchtrakt her.
»Weiter an der Seite«, flüsterte ich verzweifelt und wühlte in der Dose rum, daß der Tabak nur so wirbelte. Ich sah Måns flüchtig. Sein Ausdruck war noch genauso erstaunt wie vorhin.
»Ich kann sie nicht sehen«, jammerte das Mädchen und wühlte in meinen Kleidern. Der oberste Hosenknopf sprang auf, und ich rang nervös nach Luft. Was sie nur noch eifriger machte.

»Falsche Seite. Die ist so klein, daß man sie im Dunkeln vielleicht nicht sehen kann.«
Sie warf sich nach Backbord rüber, und endlich kriegte ich die Prise an ihren Platz. Ihre wilde Jagd war ergebnislos, und sie murmelte: »Wo ist die denn?«
»Ach, die kann ich dir ja ein andermal zeigen.«
Sie fragte mich nicht weiter nach der Tätowierung, begann aber zu meinem Entsetzen, meinen Bauch zu küssen und zu streicheln und mir in den Schritt zu greifen. Ich zog sie brutal hoch und saugte mich an ihrem Erdbeermaul fest, hebelte es auf und küßte sie tief, sehr tief, spielte mit der Zunge, führte sie rund, zurück in meinen eigenen Mund, nahm Anlauf, glitt mit der Zunge unter die Lippe und nun – RÜHR UM!
»Schnupftabak«, rief sie angeekelt, setzte sich kerzengerade auf und spuckte und fauchte mir ins Gesicht. Sie war vollkommen verstört, die Arme.
»Aber ... ohne 'ne Prise schmeckt's doch nach nichts.«
»Du bist widerlich«, zischte sie. Sie stand abrupt auf, zog mir die Hose vom Bauch runter und schrie:
»Und deine verdammte Tätowierung kannst du dir sonstwohin stecken!«
Sie rannte weg. Måns hatte für einen Augenblick aufgehört, mit Sofie rumzumachen. Er sperrte den Mund auf und schien fragen zu wollen: Tätowierung? Was denn für eine Tätowierung? Was geht hier eigentlich vor?
»Danke«, sagte ich und schmiß die Dose zurück, ehe er etwas sagen konnte. Und ich stand ebenfalls auf und ging. Nein, ich rannte, fühlte die Übelkeit kommen, den stechenden Geruch des Schnupftabaks in der Nase. Ich wurde von akutem Schwindel befallen und torkelte zur Balkontür.
Ich spuckte den Tabak in die Büsche, hustete etwas braunen Schleim hoch und kaute ein paar Blätter, um den widerwärtigen Geschmack wegzukriegen. Ich soff die frische Luft und kehrte

sachte wieder ins Leben zurück. Ich war mit Tina vollkommen einer Meinung. Der Schnupftabak war wirklich widerlich.
Da sah ich sie ein paar Meter von mir entfernt stehen. Mein Gewissen grollte. Was dachte sie jetzt? Daß ich nur mit ihr gespielt hatte? Ich fühlte mich niederträchtig, wie mußte sie sich da erst fühlen! Da stand sie mit ihrem rabenschwarzen Haar, mir den Rücken zugewandt, verschlossen und einsam. Ich verbreitete nur Unglück und Elend. Ich horchte – weinte sie? Nicht, daß ich es wert wäre, über mich zu weinen.
Sie steckte sich eine Zigarette an. Die Feuerzeugflamme loderte hastig auf und verschwand. Nie zuvor war mir aufgefallen, wie einsam eine einzige Flamme wirken kann.
Ich trat vorsichtig näher.
Sie drehte sich schnell um.
»Du!« zischte sie und machte einen Schritt weg.
»Warte! Ich wollte ... mich entschuldigen ...«
Sie blieb stehen.
»Und du willst, daß ich dir das abkaufe?«
Ich schämte mich. Warum sollte sie das tun?
Die Nacht ist nur um Haaresbreite vom Tod entfernt – die Düfte waren wie ausgelöscht, Stimmen waren schwach von anderen Teilen des Gartens her zu hören, und das Sternenlicht drang nicht recht bis zum Erdboden herab. Wieder sah ich mich von außerhalb; ein eingefrorener Augenblick, als ob jemand den Film gerade an dieser Stelle angehalten hätte und sich fragte, ob er die Vorführung fortsetzen sollte.
»Machst du so was immer?« fragte sie eisig.
»Nein, das war nicht ... nicht meine Absicht ... daß ...« Ich verstummte.
»Aber warum, Johan? Was war falsch?«
Sie wollte reden, trotz allem. Und mein schlechtes Gewissen ließ mich bleiben, auch wenn ich am liebsten gegangen wäre, um alles zu vergessen.

»Falsch und falsch ...« begann ich, mich vortastend, »das ist nicht das richtige Wort.«
Sie verdrehte die Augen und atmete tief durch, als ob es ihr nur mit einer Kraftanstrengung gelang, sich zu beherrschen.
»Daß euch Jungs das Reden immer so schwerfällt! Komm endlich zur Sache!«
Die Ungeduld in ihrer Stimme verriet mir, daß mein nächster Satz entscheidend dafür war, wie die Sache ausgehen würde. Sie forderte mich heraus. Ich befand mich nun auf vermintem Boden, und der Rausch kam wieder. In meinem benebelten Zustand konnte ich keinen klaren Gedanken fassen. Ich war der Wahrheit so nahe, wie ich ihr nur kommen konnte. Mein Hals schnürte sich zusammen. Es pochte und spannte in mir. Tina sah mich an, ohne eine Miene zu verziehen.
»Also, das ist so ...«
Sie durchbohrte mich mit einem überlegenen Blick, der sagte »ja, ja, ihr seid alle gleich, aber nun sag es schon«.
»... daß ich wohl nicht viel übrig hab für ...«
»Mich!« sagte sie mit einem herzlosen Lachen. »Das hab ich gemerkt!«
»... Mädchen.«
Was würde nun passieren? Würde der Himmel herunterfallen? Würde sie mich anspucken? Oder davonrennen und die Wahrheit herausbrüllen?! Hilfe, das darf nicht passieren! Hatte sie überhaupt begriffen, was ich gesagt hatte?
»O Gott!« rief sie. Ihre Stimme klang erschrocken. Ich bereute es sofort. Fühlte mich bereits tot. Dies war meine große Abschiedsvorstellung. Das Leben war zu Ende. Johan Alexander Lindström hörte freiwillig auf zu existieren und löste sich in eine Wolke von Rauch auf. Aber weil ich keinen Rauch sah, nahm ich an, daß ich immer noch lebte. Leider.
»Warum hast du mir das nicht gleich gesagt?«
Ich wurde aus meinen egozentrischen Gedanken gerissen.

»Was?«

»Das hätte mir wirklich 'ne Menge Zeit und Mühe erspart«, sagte sie gereizt. Ich begriff nicht, wovon sie sprach. War sie sauer oder enttäuscht? Verabscheute sie den bloßen Gedanken, daß sie sich mit so einem eingelassen und ihn geknutscht hatte?

»Mein übliches Pech«, seufzte sie ins Blaue hinein. »Das erklärt die Sache natürlich«, sagte sie, zuckte die Schultern und ging ihres Weges. Aber ... warte! Was dachte sie denn nun?!

Ich spähte hinauf ins nachtblaue All. Noch kam der Himmel nicht herabgestürzt.

## *42. KAPITEL*

Ich lebte. Obwohl es Montag war. Trotz allem, was passiert war.

Es war schwer aufzuwachen. Sommerferien oder nicht, das spielte keine Rolle. Die Decke klebte an meinem warmen Körper. Die Sonne schien. Ein schwerer stickiger Geruch sagte mir, daß ich lange geschlafen hatte, sehr lange.

Die Wohnung war leer und still. Meine Mutter rannte bestimmt fröhlich und planlos in Berlin herum.

Patrik war wahrscheinlich schon mit seinen bleichfeisten Freunden zu irgendeinem Badestrand rausgestürmt, und mein Vater konnte überall sein.

Ich war immer noch groggy von meinen vergessenen Träumen. Und ich wurde regelrecht ins Bett gesaugt. Mein Körper sank in die Tiefe von Kissen und Laken. Das Leben war kein Spaß. Finster vergrub ich mich unter der Decke.

Tina. Tina Who. Warum?! Von allen idiotischen ... Und das

Gerede, wie sollte es jetzt weitergehen? Schließlich hatte Perra uns wie Wahnsinnige wild durchs Haus rennen sehen.
Arme Tina. Meine Tat hat so viel zerstört. Hätte ich es nicht wenigstens etwas netter machen können? Wäre ich doch ihr und mir gegenüber etwas schonender gewesen.
Ich hatte es ihr gesagt. Und der Himmel war immer noch nicht herabgefallen. Hatte sie die Bedeutung überhaupt begriffen? Begriff ich selbst es?
»O Gott«, hatte sie geschnauft. Wie sollte ich das verstehen? Ich hatte geglaubt, daß es doch trotzdem irgendwie ein schönes Gefühl sein müßte, es endlich sagen zu dürfen. Aber es erfüllte mich nur mit Schrecken. Meine Worte waren unwiderruflich, und ich kannte Tina nicht, wußte nicht, was sie herumerzählen würde, wußte nicht, ob es sie kümmerte.
Zur Hölle mit allem. Ich hatte ihr nicht weh tun wollen. Auch Maria nicht. Doch ich hab es getan. Ich war ein heimtückisches Schwein. Auf meiner Visitenkarte könnte stehen: »Heimtückisches Schwein, legitimierter Glückszerstörer. Sagt, was ihr zerstört haben wollt, und ich werde es erledigen. Bei großen Quantitäten wird Mengenrabatt gewährt.«
Es kam mir vor, als ob ich sie ausnützte. Sie mochten mich, und natürlich war ich geschmeichelt. Sie wußten ja nicht, daß ich ein ungewöhnlich vom Glück verwöhntes kleines heimtückisches Schwein bin. Doch nun werden sie es erfahren. Pfui Teufel.
Ich schrumpfte unter der durchgeschwitzten Decke zusammen. Was hatte so einer wie ich für einen Wert? Ein Feigling, der sich nicht traute zu zeigen, wer er war. Ein Fliegendreck im Weltraum.
Warum war es so schwer, darüber zu reden? Es war leichter, mit Mädchen zu sprechen. Ein Mädchen hatte es zuerst erfahren. Was war mit uns Jungen ... wann redeten wir miteinander?

Oder lag es an meiner Feigheit? Stisse wollte doch reden und versuchte es – ich wollte es auch, traute mich aber nicht. Ich traute mich nicht!! Ich vor allem!

Himmel, was für ein Schlamassel! Und was für ein Anfang für diesen besonderen Sommer. Der letzte Sommer vor dem Gymnasium. Im Bett zu liegen und sich zehn Wochen lang zu bemitleiden!

So konnte ich nicht weitermachen. Das war nicht ich.

Ich krabbelte aus meinem Bett, kroch in die Dusche und drehte heißes Wasser an. Vielleicht konnte ich meine gefrorene Seele auftauen, dachte ich.

Anders, die Ratte, war fort. Eine kurze bemerkenswerte Bekanntschaft; es hatte nicht mal zu einer Freundschaft gereicht, obwohl sie auf dem besten Wege gewesen war. Lehmige Schuhe, Toilettendisco und Kino – das war alles.

Ich versuchte mich zu erinnern: an seine Schultern, den Duft seines Haares, seine Hand auf meiner Haut, das Lächeln, seine Gegenwart ... und so einfach verschwunden!

Seine verfluchten Turnschuhe. Sein »Wir wollten uns doch treffen, hatten wir gesagt ...« Ich wurde traurig, warm und kriegte einen Ständer. Ich winkte meinem unberechenbaren Freund zu, der dem Wasserstrahl trotzte und mich auffordernd anglotzte. Ja, ja, immer will er kommen und gehen, wann er will. Wer sagt denn, daß ich jetzt Lust habe?!

Er wollte mich wohl trösten.

Eine unparfümierte Seife in der Dusche war offenbar meine Liebe. Ich nahm die Seife in die rechte Hand und ließ ihm seinen Willen. Was konnte ich anderes tun?

Trotz allem – ein wenig Trost hatte er mir gespendet. Ich stellte das Tonbandgerät in voller Lautstärke an und brüllte in der Wohnung rum, zog mich an, fühlte, wie ich mich langsam aus dem Sumpf zog und der Zukunft mit einer gewissen Zuversicht

entgegensehen konnte. Wenigstens in den nächsten Stunden. Irgendein Elend würde mir ja doch früher oder später wieder auf den Schädel krachen.
Also sang ich – man soll die Gelegenheit nutzen, solange noch Zeit ist. Ich hatte weitere Millionen potentieller Abkommen durch den Abfluß gespült und war gleichzeitig meine schlimmste Unlust losgeworden. Ich zog mir ein T-Shirt und Jeans-Shorts an. Plötzlich war ich mit meiner Einsamkeit zufrieden und sehnte mich nach einem ruhigen Tag in der Sonne mit einem Stapel Comics.

Zwei Minuten später stand ich in der Küche und goß mir einen Teller Dickmilch ein, als ich auf dem Tisch etwas entdeckte; einen Zettel mit der zierlichen, schnörkeligen Handschrift meines Vaters (ein Grauen für seine Schüler!) und einen Brief.
Die Mitteilung meines Vaters war kurz. Er würde den ganzen Tag fort sein. Der Brief war für mich. Ich ließ die Dickmilch stehen und riß das Kuvert auf, versuchte, an der Handschrift zu erkennen, von wem er war. Von irgendeinem Verwandten, nahm ich an, denn er war am Tag des Abschlusses abgestempelt worden.
Ich drehte den Brief um. Absender: Anders. Nur sein Vorname. Nichts weiter.
Wie konnte er nur! Der Bastard hatte die Stirn zu schreiben. Wollte natürlich um Verzeihung bitten! Ich wurde wütend, und die Wut trieb mich weit fort.
Ich zerriß den Brief, warf die Schnipsel in die Dickmilch und rührte sie unter.
Warum ließ er es mich nicht vergessen? Wir würden uns ja vermutlich sowieso nie wiedersehen. Ich war nicht bereit, seinem dreckigen Gewissen Frieden zu geben, indem ich billige Entschuldigungen akzeptierte. Gnade mußte er sich schon woanders suchen.

Da klingelte das Telefon. Ich zögerte. Nahm aber ab.
»Grüß dich, hier ist Stisse.«
»Hallo!« sagte ich griesgrämig.
»Du klingst aber sauer.«
»Das ist gar nichts gegen das, was ich bin.«
Das klinge ernst, sagte er, und schlug eine Tour in die Stadt runter und einen Aufmunterungskaffee beim *Storch* vor. Doch, ich mußte – und wollte auch – mitkommen.
Ich haute mir die Dickmilch mit den Briefschnipseln rein. Eine Tasse Kaffee und ein Stisse waren genau das, was ich in diesem Moment brauchte.

## *43. KAPITEL*

Auch an diesem Tag wurde es Abend. Ein komischer Tag mit Bettsumpf, Brief und Stisse. Meine Gedanken drehten sich im Kreis. Ich zog meine Trainingsklamotten an und machte mich auf die Socken.
Die Bäume und Büsche sausten wie Zierleisten an mir vorbei. Hier und da ragten auf dem Weg Wurzelknollen heraus, denen ich elegant auswich. Obwohl es schon Abend wurde, war es immer noch sehr warm. Der Schweiß rann mir über die Stirn und brannte in den Augen. Mein Tempo war schnell; ich rannte mit der Rastlosigkeit um die Wette, die in meinem Körper wütete. Ich rannte, um all meine Gedanken loszuwerden.
Ich versuchte, den Müll zu sortieren. Falschheit gegenüber anderen auf einen Haufen, Lügen und Täuschungen auf den anderen, Gleichgültigkeit auf einen dritten und reine Bosheit in einen kleinen Sack. Das war eine beschissene Arbeit. Und ein höllisches Durcheinander. Und dann wußte ich nicht, wo ich den Mist hinkippen sollte.

Stisse war heute die Freundlichkeit in Person gewesen, hatte herumgeblödelt und gelacht und mir fast gute Laune gemacht. Er bedeutete so viel für mich, aber wie ging ich mit ihm um und mit mir – mit uns?
Unausgesprochen hatten wir uns vor langer Zeit gegenseitig Treue geschworen. Als ich die Bäume vorbeizischen sah, mußte ich an Stisses Flucht denken. Doch, einmal ist er abgehauen. Vor fast genau einem Jahr. Er nahm seine Siebensachen und machte sich auf und davon. Er konnte nicht viel mitnehmen: Zelt und Spirituskocher, Schlafsack und Walkman. Ein paar Trockensuppen. Vorher kein Wort davon. Um seine Eltern und Geschwister zu beruhigen, hinterließ er einen Zettel: »Ich verschwinde für eine Weile, bis dann – Stisse«.
Sie waren natürlich beunruhigt wie sonstwas. Das sah ihm nicht ähnlich. Ruhiger, cooler Stisse! Was war passiert? Sie bedrängten mich ständig mit Fragen – ich wußte genausowenig wie sie. Darüber waren alle erstaunt, ich eingeschlossen. Perra und Måns nahmen mich ins Kreuzverhör: Aber du mußt doch was wissen! sagten sie verzweifelt, gingen in meinem Zimmer auf und ab und machten irgendwelche idiotischen Vorschläge, was wir tun sollten. Am dritten Tag, als wir ihn als vermißt melden wollten – seine Eltern hatten das sofort tun wollen, aber ich hatte sie zum Glück daran hindern können –, rief er mich an.
»Johan, komm. Schnell!«
»Aber wo bist du denn?«
Ich schrie beinahe, so erleichtert war ich, von ihm zu hören. Ich schwang mich aufs Rad und strampelte wie ein Besessener. An der Lurbo-Brücke erwartete er mich, die Hände tief in die Taschen vergraben, und vermied es, mich anzusehen. Er führte mich in den Wald zu einem kleinen, offenen feuchten Platz, wo das Zelt stand. Die Haare hingen ihm fettig und ungewaschen herab, sein Gesicht war völlig eingefallen wie von zu wenig

Schlaf, und er war blaß. Das war nicht Stisse. Das war sein Gespenst.
Schweigend machte er den Spirituskocher an und kochte Tee. Ich sagte nichts, vor allem, weil ich nicht wußte, was ich sagen sollte. Ich fror – vor Kälte oder Unbehagen, ich weiß nicht.
Wir saßen auf Fichtenreisig, das er vor dem Zelteingang ausgebreitet hatte. Es war friedvoll im Wald. Aber ich konnte es nicht genießen. Die Unruhe war zu groß. Wir saßen nebeneinander und rührten in unserem Tee.
Allmählich begann er zu reden.
Nur mit mir konnte er reden, sagte er. Der einzige, der verstehen würde ... Das erschreckte mich zuerst. Ich hatte Angst, dem nicht gerecht zu werden.
»Was ist denn passiert?« fragte ich.
»Nichts.«
Ich war sprachlos. Aber das genau war es – nichts. Alles, was er fühlte, war ein Nichts. Bedeutungslosigkeit. Gleichgültigkeit. Vakuum. Was hatte das für einen Sinn, älter zu werden? Zu wachsen? Wozu lebte man überhaupt?
»Du denkst doch wohl nicht an ...«, sagte ich erschrocken, ohne daß ich es wagte, den Satz zu beenden. Er seufzte.
»Nein ... doch, ich hatte daran gedacht.« Seine Stimme klang kümmerlich und kraftlos. »Aber nur so ein Gedanke, nie im Ernst. Kapierst du?«
»Aber ... warum?«
Als ich das gesagt hatte, begriff ich, wie sinnlos meine Frage war. Schließlich wollte er doch gerade darauf eine Antwort. Er fühlte sich ausgeschlossen – ich meine nicht dich, sagte er mit Nachdruck –, aber ausgeschlossen vom, ja, vom Leben. Er lebte wie in einem großen Loch. Er sah keinen Sinn im Leben. Alles lief falsch. Er klagte sich selbst für den Zustand der ganzen Welt an, so klang es jedenfalls. Er vernachlässigte die Schule (damals tat er das), verabscheute seine fleißigen älteren Brüder und seine

schrille kleine Schwester – dabei haben die mir doch gar nichts getan! –, die Eltern, die miteinander oder mit ihm stritten, er war unglücklich verliebt, und was hatte es überhaupt für einen Sinn, erwachsen zu werden, wenn die Welt ohnehin im Begriff war unterzugehen: Die Regenwälder wurden abgeholzt, das Wasser vergiftet, die Ozonschicht war durchlöchert wie ein Schweizer Käse, Massenhungern in Afrika, man konnte sich genausogut aufhängen.

»Ich hab zu nichts mehr Lust. Verstehst du? Nicht die Bohne.«

Und dann lächelte er matt.

Wir redeten bis tief in die Nacht, während das Sommerlicht herabsank, aber nie ganz erlosch.

»Du lachst wenigstens nicht. Mist, ich komm mir so dämlich vor«, sagte er und zog die Nase hoch. Unsere Beine waren ganz steif, weil wir so lange still gesessen hatten. Wir stiegen ins Gestrüpp und pinkelten und redeten und horchten auf all die geheimnisvollen Laute im Wald, die wir nicht kannten.

Spät in der Nacht krochen wir beide in seinen Schlafsack, rückten uns nebeneinander zurecht und schliefen so dicht zusammen, wie wir es nicht mehr getan hatten, seit wir richtig klein gewesen waren.

»Danke, Johan«, sagte er im Halbschlaf.

»Wofür?«

»Dafür, daß du hergekommen bist in dieses verdammte feuchte Loch, natürlich, du Speckeichel.«

»Speckeichel! Meine Eichel ist überhaupt nicht speckig! Gute Nacht jetzt – du Krötenfuß!«

Ich hörte ihn im Herumwühlen kichern. Er roch nach Schweiß und Wald.

Stisse hatte seine Treue bewiesen. Er hatte sich getraut. Er wollte mich in seinem Leben dabeihaben. Ich versprach, nichts zu erzählen – all das sollte unser Geheimnis sein, und dabei blieb

es. Er hatte sich auf mich verlassen. Nun wollte er mich dazu bringen, daß ich mich auf ihn verließ.
Stisse, ich verspreche es dir! Eines Tages sollst du es erfahren – ehe es zu spät ist. Ooh, ich verspreche es nicht nur dir! Genauso sehr mir selbst. Denn schließlich will ich dich nicht verlieren.
Ich fand meinen Rhythmus. Herzschlag, Atmung und Schrittlänge wurden synchron im Takt mit meinen Gedanken. Endorphine wurden freigesetzt und hämmerten mit jedem Schritt. Das Rauschen der Baumkronen verklang, alle Laute verstummten. Nun waren nur noch ich und der Pfad da. Ich hatte das Bewußtseinsstadium passiert und war in eine Art Rausch verfallen.
Ich flog dahin. Alle trostlosen Gedanken waren versunken.

Weit entfernt hörte ich eine Stimme. Erst schwach, dann stärker, bis sie in meinen tranceähnlichen Zustand eindrang und sich mein Hirn wieder ankoppelte.
»Johan!«
Ich blieb stehen und trippelte auf der Stelle, um das Tempo nicht zu verlieren. Mein Herz machte einen Extraschlag und störte vorübergehend meinen tollen Rhythmus, als ich ihn entdeckte. Und es war zu spät, so zu tun, als hätte ich nichts gehört.
»Hab dich lang nicht auf dem Pfad geseh'n«, keuchte er.
»Mach mit«, sagte ich und wischte mir mit dem Schweißband den Schweiß von der Stirn. Thomas schloß auf, und Seite an Seite liefen wir weiter.

Es war erst drei Tage her, daß wir die Schule verlassen hatten, und trotzdem schien sie schon weit entfernt. Thomas war ein Rest von dem Vergangenen. Was hatten wir jetzt noch gemeinsam? Wir hatten uns nie besonders viel zu sagen gehabt. Jetzt – gar nichts.
Ich schielte zu ihm rüber; mit kraftvollen, federnden Schritten bewegte er seinen Körper vorwärts, ruhig und taktfest. Es lag

etwas Sinnliches in dieser perfekten Balance. Eine Vollendung, die ich selbst spüren konnte, wenn ich mich bis zur äußersten Grenze spannte, wo die Gelenke, Muskeln und Nervenimpulse so weit getrieben worden sind, daß sie widerstandslos wie in einer endlosen Wogenbewegung zusammenspielen.
Langsam erlangte ich den Rhythmus wieder. So hätten wir stundenlang laufen können, um uns dann zu trennen – ohne daß jemals etwas gesagt wurde – und uns nur an dieses Erlebnis der körperlichen und metaphysischen Übereinstimmung zu erinnern.

Thomas hatte anderes im Sinn. Bei einer kleinen grasbewachsenen Lichtung wurde er langsamer und warf sich der Länge nach auf den Rücken. Ich folgte ihm. In der Ruhe ergoß sich die Müdigkeit über mich. Es war Wahnsinn, eine Pause zu machen, denn beim nächsten Start würde sich die Milchsäure in die Waden- und Oberschenkelmuskeln gefressen haben und sie hart werden lassen.
Wir schnauften. Thomas trug eine kleine Wasserflasche an einem Hüftgürtel bei sich. Nachdem er seinen Durst gelöscht hatte, reichte er mir die Flasche.
Er sank wieder auf den Rücken. Schloß die Augen. Er zog die Knie heran und schüttelte die Schenkel, damit sie nicht hart wurden.
Ich sah ihn an. Wenn er wüßte, was damals bei ihm passiert war. Jetzt konnte ich bei der Erinnerung lächeln. Das machte mich froh. Es bedeutete wohl, daß ich es geschafft hatte, mich ein Stück davon zu distanzieren. Obwohl ja hinter jeder Ecke neue Gefahren lauern – das hätte ich eigentlich wissen müssen.
»Willst du eigentlich niemals der Beste in irgendwas sein?« fragte er plötzlich. »Du scheinst alles so gelassen zu nehmen.«
Ich konnte es mir nicht verkneifen, in lautes Gelächter auszubrechen. Ich und ruhig!!

»Worüber geierst du so? Ich mein das wirklich«, sagte er beleidigt.
»Das sieht wohl nur so aus«, sagte ich ehrlich, als ich mich beruhigt hatte.
»Erinnerst du dich noch daran, wie du bei mir zu Hause gewesen bist?«
Ich hielt die Luft an. Der Augenblick, vor dem ich Todesangst hatte, war gekommen.
»Ja, klar.«
»Ich fand's toll. Auch wenn's ein bißchen übel geendet hat.«
Ein bißchen übel! Ja, so konnte man es auch nennen. Für mich war es eine Katastrophe gewesen. Ich war nur dankbar, daß er es nicht in der Schule hatte durchsickern lassen.
»Und du? Willst du in irgendwas der Beste sein?« versuchte ich, ihn abzulenken.
»Ja, was meinst du, warum ich so hart trainiere? Du hast ja 'ne Menge anderer Sachen«, sagte er schmeichelnd. Hinter den Wörtern konnte ich leichte Bewunderung und den Respekt heraushören.
Ich blinzelte zum Himmel. Einige Wolkenfetzen glitten einsam dahin. Das Gras kitzelte an den Beinen. Eine Ameise, die die Kompaßrichtung verloren hatte, kletterte zu meinem Knie hoch. Es war still. Nur unser gedämpftes Atmen war zu hören. Der Herzschlag näherte sich dem Ruhepuls. Wenn ich die Augen geschlossen hätte, wäre ich mit Leichtigkeit eingeschlafen.
Doch so ruhig sollte ich es auch wieder nicht haben.
»Also, was ich sagen wollte«, unterbrach Thomas das Schweigen. »Das war verdammt cool, damals. Meine Mutter und mein Vater haben nie was gemerkt ... ich muß dir wohl für die Hilfe danken!«
»Ach, das war doch nicht der Rede wert«, murmelte ich. Jetzt fing er wieder damit an!
»Erinnerst du dich an das, was danach kam?« sagte er.

Hör auf mit diesem »erinnerst du dich«! Ich erinnere mich an alles. Entsetzlich deutlich.
»Was denn?«
»Tu doch nicht so! Natürlich erinnerst du dich! Als du mich ins Bett gekippt hast – verdammt, übrigens, wie ich mich am nächsten Tag gefühlt hab! –, auf jeden Fall, ja, ich erinner mich nicht so genau, es ist irgendwie ein bißchen verschwommen ...«
Ich machte ein Kreuzzeichen und dankte meinem Glücksstern dafür.
»... aber du wolltest wohl ... ein bißchen Spaß haben damals, wenn du verstehst, was ich meine.«
Ja, danke, ich hab verstanden. Mein Ruhepuls war nicht länger ein Ruhepuls.
»Ich bin zu müde gewesen, Johan, und in dem Zustand hätte ich ihn bestimmt schienen müssen, damit er steht!«
Er lachte. Sehr witzig. Ich konnte an mich halten, gluckste aber trotzdem ein bißchen, damit ich nicht so aufgeregt wirkte, wie ich in Wirklichkeit war.
Bei der Erinnerung empfand ich Angst und wurde gleichzeitig kribbelig. Bis zu seinem »Nimm deine Hand weg« war es doch schön gewesen. Eigentlich mußte nur der Schluß umgeschrieben werden. Und natürlich war Thomas immer noch anziehend, aber verliebt, das war ich nicht.
»Du willst mir nicht zufällig einen Dienst erweisen?« fragte er mit fester Stimme.
»Das kommt natürlich drauf an, was es ist.«
»Hol mir einen runter.«
Ich erstarrte. Hatte ich richtig gehört? Ja doch. Er streichelte mit der Hand sanft über seine Adidasshorts. Und ich wurde rot. Eine Neigung, die in letzter Zeit abgenommen hatte, aber jetzt – ich errötete genauso sehr seinetwegen wie meinetwegen. Plötzlich wurde mir klar, daß das das einzige war, was er und seine Fußballkumpel taten. Sie trainierten ständig, und das einzige Lu-

stige, was sie fertigbrachten, war, gemeinsam in der Dusche Onanierfeste zu veranstalten.
»Heb dir das für Anna auf«, antwortete ich säuerlich und war froh, daß ich einen so ausgezeichneten Vorschlag machen konnte. Denn warum sollte ich, wo er doch eine Freundin hatte?
»Wir haben Schluß gemacht«, sagte er.
Mist! Warum konnte nicht mal was unkompliziert sein?! Zu allem Überfluß kam auch noch Leben in meinen Schwanz, obwohl ich ansonsten ein Dem-Tod-nahe-Erlebnis hatte.
»Komm schon!« Seine Stimme klang ungeduldig. Er war vermutlich an willige Handlanger gewöhnt.
»Ich weiß nicht«, sagte ich und setzte mich auf, um alle eventuellen Höhenunterschiede zu verbergen, die auf meinen Shorts entstanden waren.
»Wir haben's doch schließlich schon mal gemacht. Und das war doch okay?! Ich dachte ... du hast das doch bei mir zu Hause auch gewollt, und ich auch, wenn ich nicht, du weißt ja. Und schwul bin ich auch nicht, wenn du davor Angst hast!« sagte er scherzhaft und verzog den Mund. »Es ist einfach nur lustiger, als wenn man's immer selber macht. Was ist daran nicht in Ordnung?« fügte er hinzu und ließ seinen Ständer aufreizend aus der Hose kriechen und auf seinem Bauch ruhen.
Glaubte er etwa, er würde mich auf die Weise rumkriegen? Dann glaubte er richtig. Ich spannte mich. Er hatte sicher recht. Zu zweit war es bestimmt lustiger, aber er schien darin größere Erfahrung zu haben als ich. Ich hatte es nur mit Thomas getan. Und es sollte nicht wieder passieren. Er war ein abgeschlossenes Kapitel in meiner Geschichte. Auch wenn es eigentlich nichts bedeutete, es tatsächlich zu tun. Und ich träumte von jemandem, mit dem es mir richtig vorkam. Thomas war es nicht.
»Würde das denn einen Unterschied machen, wenn du's wärst«, fragte ich tonlos.

»Wenn ich schwul wär? Na klar! Dann würdest du das doch nie wollen. Ja, ich würd's auf jeden Fall nicht wollen. Nee, das wäre irgendwie eklig.«
Ich lächelte böse. »Stell dir mal vor, ich bin schwul.«
Er setzte sich sofort auf und starrte mich verblüfft an. Er zögerte einige Sekunden, wußte nicht, was er glauben sollte, ließ seinen Blick hin und her huschen; über mein Gesicht, das ich versteinert hielt, runter zu meinem Schritt, wo ich auch starr war, und wieder zurück zu den Augen.
»Dann müßtest du es wirklich wollen«, sagte er mißtrauisch, und seine Augen wurden schmaler, wie bei einer Katze, die zum Angriff bereit war. »Oder ... oder bin ich nicht okay?« fuhr er leise fort und schien plötzlich zwiegespalten.
Auf der einen Seite konnte er es sich nicht vorstellen, von einem Schwulen befriedigt zu werden, auf der anderen Seite wollte er darin bestätigt werden, daß er »okay« war. Was hatte ich zu befürchten? Jetzt war ich wieder im Vorteil. Ich versuchte sogar ein Lächeln und legte ihm die Hand aufs Knie. Er zuckte zusammen.
»Das ist es nicht. Du bist schon okay« – als ich das sagte, strahlte er wie ein kleines Kind –, »aber ich will nicht.«
Er sah enttäuscht aus, gab aber nicht auf. Offensichtlich hatte er für sich entschieden, daß ich nicht schwul war, weil es undenkbar war. Ich, Sportskanone und Mädchenbetörer, konnte einfach nicht schwul sein.
»Aber ich versprech dir, daß ich dir danach einen runterhole«, sagte er eigensinnig. »Das ist Fair play, unter uns Sportsmännern.« Er lachte.
Ich schüttelte den Kopf.
»Das ist ja krank! Du bist der erste, der mir über den Weg gelaufen ist und nicht wollte!«
»Nein, Thomas, ich hab keine Lust. Außerdem hab ich's heute schon getan.«

»Schade«, seufzte er, »du hättest es sonst bestimmt gut gemacht.«
»Hör schon auf! Mit Einschmeicheln funktioniert das nicht. Ich will nicht.«
Der Kerl wirkte verzweifelt. Überspannt. Aber warum jetzt und mit mir, wenn seine geilen Trainingspartner doch verfügbar waren? Vielleicht war es eine besondere Ehre, es gerade mit mir tun zu dürfen – weil es bei mir keine Selbstverständlichkeit war und weil er zu mir aufblickte. Ein Beweis dafür, daß er etwas wert war?
Bemerkenswerterweise sank mein Schwanz in den Sporthosen, je mehr er drängte.
Obwohl seine Einstellung für die Zukunft Gutes verkündet, dachte ich.
»Nee, nee, hörst du«, sagte er zu seinem Ding und umfaßte es, »heute gibt's schon wieder keine Abwechslung!«
Auf eine Art sah er niedlich und wie ein kleiner Junge aus, wie er da saß und mit seinem geilen Schwanz sprach, als wäre er sein Teddybär. In meinem empfindsamen Herzen wurde ein gewisses – sehr begrenztes! – Mitleid geweckt. Er stand auf.
»Ich bin auf jeden Fall geil«, sagte er entschlossen. »Bin ich andauernd. Stört es dich, wenn ich die Sache dann selber in die Hand nehme?«
»Nein, überhaupt nicht. *Shoot, man, shoot!*«
Wir tauschten Blicke. Es zuckte in seinen Mundwinkeln, er seufzte wieder, ich zwinkerte ihm zu – und dann fingen wir an zu lachen. Ungehemmt. Über diesen ganzen absurden Dialog – ums Onanieren streiten, über Kleinliches oder Unnötiges reden. Idiotisch, die Sache überhaupt zu erwähnen. Er war verrückt.
»Und ob ich werde! Ich bin geladen und schußbereit. Bin ich schon seit Stunden. Ich hol mir nach dem Training immer einen runter«, schnaufte er und schlenderte zwischen die Büsche.
»Ich steh Schmiere«, sagte ich laut und hielt Ausschau. Ich ver-

suchte, an etwas anderes zu denken. Trotz allem hätte ich gar nicht soviel dagegen gehabt, es ihm zu machen. Die Konsequenzen schreckten mich ab. Rein hypothetisch gesehen hätte ich die Besinnung verlieren und anfangen können, ihn zu küssen und zu streicheln, ja, das war sogar absolut möglich. Schlafende Hunde soll man nicht wecken. Auf jeden Fall nicht jetzt. Ich war erleichtert, daß ich so leicht davongekommen war. Und er sollte es auch sein.

Ich hörte ein abgehacktes Stöhnen, als er die Vegetation bespritzte, und da zuckte mein Ding von neuem. Ich hätte doch wenigstens zusehen können. Aber wenn etwas krank gewirkt hätte, dann das!

»Das war's dann.«

Mein Schritt entlarvte deutlich, woran ich während seines Stelldicheins im Gebüsch gedacht hatte. Er zeigte darauf.

»Aha, und du wolltest nicht«, höhnte er zufrieden, »willst du das so? Wird das nicht unbequem?«

»Hör jetzt auf, Thomas, ich hab ...«

»Entschuldigung! Versprochen! Kein Wort mehr. Ich wollte nur behilflich sein! Wie wär's, wenn wir jetzt zurücklaufen?«

Steif und träge joggten wir davon. Mein Ständer wurde allmählich weicher. Ich fühlte mich unglaublich. Was für ein merkwürdiges Paar wir in diesem Augenblick waren. Ich hatte das Gefühl, unser Gespräch stehe uns in den Gesichtern geschrieben und daß alle, die uns begegneten, begriffen, was wir gemacht hatten. Auch wenn ich es nicht getan hatte.

»Eine Sache noch«, sagte Thomas, als sich unsere Wege trennten.

»Was ist denn jetzt wieder los?« sagte ich vielsagend, doch er ging nicht darauf ein, sondern war ernst wie ein sterbender Weihnachtsbaum.

»Was du da gesagt hast ... Bist du ... bist du schwul?«

Mir blieb fast die Luft weg. Ein Hinterhalt. Ein Messer im Rükken. Die Gefahr war noch nicht vorüber, war es nie gewesen. Eigenartig, einen anderen das Wort sagen zu hören, das ich in Gedanken so oft ausprobiert hatte. Es klang jetzt so anders als vorhin.

Was klang in seiner Frage mit? Widerwillen? Neugierde? Worauf war er aus? Zu verletzen? Verhöhnen? Tratschen zu können?

»Warum? Ist es wichtig?«

Er hielt seinen Blick fest auf meinen gerichtet, als ob er eigentlich verstanden hätte. Und meine Antwort, was war das für eine Antwort? Sie war wohl dasselbe wie ein Ja.

Er zuckte die Schultern und fuhr sich mit der Hand durch das verworrene Haar.

»Ich weiß nicht. Vielleicht«, sagte er.

Mit leichten Schritten lief er wieder los. Einige Meter weiter drehte er sich um und winkte.

»Wir seh'n uns! Wenn nicht woanders, dann auf dem Pfad.«

Ich winkte zurück. Wir würden sehen. Ich war leer, vollkommen leer. Und dachte: Ist mir das passiert? War dies alles geschehen?

## *44. KAPITEL*

Ich glaube, daß das Phantom ein Verhältnis mit Guran hat. Oder mit Devil. Diana ist nur seine Anstandsdame.

Ich lag auf dem Bett, fast nackt, mit einigen Stapeln zerlesener Comics neben mir, und studierte meine Füße. Als Gott zu den Füßen kam, muß er müde gewesen sein. Oder er muß sich vertan haben. Die Füße sind das Lächerlichste, was ich am Menschen kenne. Praktisch vielleicht, aber lächerlich. Außerdem riechen sie oft schlecht. Ich hatte das Gefühl, daß ein Paar Füße sehr wohl jede Liebe verderben konnte. Man braucht nur mal so was wie die großen Zehen zu nehmen! Ich kannte niemanden, der schöne Füße hatte. Mädchen, ja gut, deren Füße sind schlank. Aber wir Jungen, was haben wir gekriegt? Groteske 45er. Ich ziehe Jungen vor, die Schuhe anhaben oder die Füße bis zu den Knöcheln in den Sand eingegraben haben. So unsinnlich. Voll mit Schwielen. Verschwitzt.

Aber ohne Füße hätten wir wohl noch komischer ausgesehen.

Ich mochte gar nicht zuhören, als meine Mutter nach ihrer Rückkehr von Berlin erzählte. Konnte nicht einfach dasitzen und mit meiner Mutter und meinem Vater bedeutungslose Fernsehprogramme anglotzen. Mit der Gabel als Bulldozer schaufelte ich mir das Essen rein und verduftete nach den Mahlzeiten, so schnell ich konnte.

Ich ging Patrik aus dem Weg und hoffte, Thomas nicht wieder zu treffen.

Ich erduldete die Tage, ohne viel Aufhebens von irgendwas zu machen. Anders war und blieb verschwunden, aber ich dachte immer noch an ihn. Es wäre ein Genuß gewesen, ihm die Zehen mit einer Kneifzange abzuknipsen.

Ich wurde zum Zombie. Nur wenn ich mich allzusehr langweilte, besuchte ich Stisse oder Måns oder irgendeinen anderen, der zu Hause war. Sonst wartete ich, bis jemand von sich hören ließ. Es war schön, auf dem Bett zu liegen und an die Decke zu starren, über das Rätsel der Füße oder über eine andere Frage von Bedeutung zu philosophieren. Es war nicht so wahnsinnig toll, aber vollkommen risikolos und undramatisch.

Ich war nicht in der Lage, etwas anderes zu tun, als Comics durchzuackern, zu onanieren und mir selbst leid zu tun. Ein ziemliches Einerlei auf Dauer.

Die Zusammenhänge gingen allmählich verloren. Ich war nirgendwo mehr zu Hause. Alles war Oberfläche. Geschwätz. Hohles Gelächter. Gekünstelter Scherz. Glück spielen.
Um den Schein zu wahren, schleppte ich mich ins Kino oder zu jemandem nach Hause, wenn ich gefragt wurde. Dann polierte ich mein altes Ich auf und verstreute schlechte Witze und müde Gemeinheiten um mich. Das, was wirklich etwas bedeutete, mußte auf Abstand gehalten werden. Noch eine Weile. Ich brauchte mehr Zeit zum Nachdenken.
Zwei wußten es. Einer und ein halber. Tina Who und Thomas, der es ahnte, vielleicht auch verstand. Und ich natürlich.
Es hatte sich trotzdem alles beruhigt. Natürlich lag das daran, daß ich mich entzog. Die Wahrheit war, wie sie war, das hatte ich schon vor langer Zeit eingesehen – und nun wollte sie raus, zerkratzte die Innenseite meiner Haut bei ihrem Versuch, freizukommen. Das machte mir angst. Es war auf Dauer unhaltbar. Ich mußte, aber konnte nicht; ich wollte, aber traute mich nicht.
Zu Hause tat ich nur das, was von mir erwartet wurde. Machte nicht mehr alles mit, was mein Vater und meine Mutter taten (»das ist die Pubertät, er nabelt sich langsam ab, völlig normal – unser Sohn ist völlig normal, das ist doch schön, oder?!« konnte ich meinen Vater vor meinem inneren Ohr sagen hören). Bei Stisse, Måns, Perra, Karro, wem auch immer, fühlte ich mich beobachtet, verlogen, halb; niemals konnte ich auf ihre Art von hoffnungslosen Lieben erzählen und darüber lachen – wie schön es doch gewesen wäre, wenn ich Anders aus mir hätte herausschütten können. Ich machte ihnen wie der schlimmste Betrüger blauen Dunst vor. Oder ich schwieg. Um zu vermeiden, durch noch mehr Lügen noch weiter von ihnen fortzutreiben. So weit war ich mit meiner Entrümpelung gekommen – mit den Falschheiten mußte Schluß sein. Die übliche, alltägliche Heuchelei reichte vollkommen.

Liebe. Das war wohl nicht das, was ich vor allem wollte. Ich sehnte mich nach Nähe; jemanden umarmen zu dürfen und umarmt zu werden.

Still dasitzen zu können und jemandem über einen Café au lait und ein Stück Schokoladenkuchen hinweg in die Augen zu sehen. Mit jemandem im Herbst Hand in Hand durch goldgelbe Laubhaufen zu schlendern. Zu einem Floß mitten auf dem See um die Wette zu schwimmen, um sich zu sonnen. Jemand, der mich bat, ihn warm zu rubbeln, wenn er am Lagerfeuer fröstelte. Jemand, der mich anlächelte, wenn ich ihn ansah. Jemand, der einfach da war, der diese ganze Sache so nahm, wie sie war – als eine Selbstverständlichkeit, die nicht erklärt zu werden brauchte.

Im selben Tempo, in dem ich krasser wurde und glaubte, daß ich für alle Zeit einer sein würde, der am Rande steht, wurde ich paradoxerweise ein unverbesserlicher Romantiker. Und vergaß den kühlen Herbstregen, die Sonne, die einen verbrannte, Würstchen, die abgehen und in die Asche fallen.

## *45. KAPITEL*

Mein erster Gedanke war: Nicht wieder von vorn!

Diesmal war es Perras Schuld.

»Komm doch heute mit baden! Es ist 'ne Affenhitze!« schrie er enthusiastisch in den Hörer. Ich sah ihn vor mir, schon mit glänzendem Sonnenöl eingeschmiert, mit Walkman, Sonnenbrille und hübschen Shorts. Schneidig wie wenige. Der König des Strandes.

Es knisterte beunruhigend in der Leitung.

»Ach, das bin nur ich, ich eß grade Zwieback«, erklärte er, »mit schwarzer Johannisbeermarmelade.«

»Interessant«, murmelte ich und wies ihn an, mit seinem Zwiebackknabbern aufzuhören, während er telefonierte. Er brummte, und statt dessen war es vollkommen tot am Telefon.
»Wo willst du denn hin zum Baden?« fragte ich dann, um Zeit zu gewinnen. Eigentlich war das egal. In diesem Sommer war ich in allem zwiegespalten. Auf der einen Seite wollte ich ihn treffen. Auf der anderen Seite hatte ich nicht die Spur Lust – es kam mir vor, als ob ich immer log.
»Vårdsätrabucht. Da hab ich mein Brett jetzt. Wir wollten mit dem Rad hinfahren.«
»Wer ist wir?«
»Måns und Stisse, natürlich. Du mußt mitkommen. Ich bring Hähnchen mit. Du könntest ja vielleicht ein paar Stullen machen.«
Ein paar Stullen! Wenn die ganze Clique loswollte, dann brauchte man eine ganze Bäckerei.
»Und Karro?«
»Ja, sie will auch mit.«
»Na schön«, sagte ich, sprang aus dem Bett und haute mir einen Teller Dickmilch rein. Ohne Briefschnipsel.

Allerdings hatte Perra nicht die ganze Wahrheit gesagt. Alles in allem waren wir neun Leute. Inklusive Freundinnen, dem Terrier von Stisses kleiner Schwester, Perras älterem Bruder Jack und deren Cousin Robin aus Örebro.
Robin! Wie er mit nacktem Oberkörper, sonnengebräuntem Rücken und Ray-Ban-Sonnenbrille über den Leezenlenker gebeugt davonrollte und mir zurief: »WOW! Das müssen die Shorts des Jahres sein«, war ich – *totally lost*! Und ich dachte: Nicht noch einmal. Es reichte wirklich, ständig daran denken zu müssen, nicht an Anders zu denken.
Aber er hatte häßliche Zähne, dieser Robin. Und einen schrecklichen Dialekt.

Ich fand, Perra hätte mich warnen können.
In unserer Fahrradkarawane zur Vårdsätrabucht landete ich hinter Robin. Der drehte sich ständig um, um mit mir zu reden. Was er sagte? Keine Ahnung. Er plapperte wie eine ganze Busladung Amerikaner – und er war witzig. Ich wär beinahe in den Graben gefahren, weil ich soviel lachte. Er genoß das und wurde nur noch schlimmer. Ich kam in Fahrt, machte Witze und spornte ihn zu noch frecheren Scherzen an. Sein breites, häßliches I verstärkte den komischen Effekt, und manchmal war wohl der Dialekt das lustigste. Aber das hab ich ihm nicht gesagt, versteht sich.

Das Sommerwetter war phantastisch. Brennende Sonne jeden Tag. Vormittags trafen wir uns, stellten unsere Karawane auf und rollten dann zum Baden in die Vårdsätrabucht. Und Robin schwatzte. Wenn sein Redefluß zu heftig wurde, warfen wir ein Handtuch über ihn, und dann war er für eine Weile still. Stisse sagte nur spöttisch zu ihm: »Geh und spiel mit dem Hund.« Zu unserem Erstaunen tat er das brav, und Stisse murmelte: »Danke schön«.
Dank Robin und Jack und der Tatsache, daß wir so viele waren, konnte ich mich verbergen, ohne mich zu verstecken. Es war anspruchslos. Wir fühlten uns alle miteinander wohl und genossen es, die Tage in der Sonne zu vertrödeln. Wir spielten Frisbee und Boccia, Perra schleppte an einem Tag sogar seine Gitarre mit, und ich tat es an einem anderen. Måns versuchte, Surfen zu lernen, beugte aber seine Storchenbeine immer in die falsche Richtung und verhedderte sich im Segel. Stisse weigerte sich schlichtweg, es überhaupt zu probieren, saß in Hosen auf seiner Decke und rauchte und schwitzte, während wir anderen wie Schwäne über das Wasser glitten.
»Du«, sagte Robin eines Tages, als wir uns nebeneinander auf dem Rücken in der Sonne ausgebreitet hatten, »willst du nicht bei *Two Beat the Third* mitmachen?«

»Mit Perra?! Du spinnst wohl! Wir würden uns nur streiten.«
»Ihr beide? Ihr seid doch so gute Freunde!«
»Gerade deswegen. Er ist Ballast, und ich bin der Beste. Es würde ein ewiges Gerangel geben, wer von uns *The Leading Star* sein soll.«
»Aber seine Texte!« sagte Robin und seufzte. »Perra braucht Hilfe. Schleunigst. Hör mal: *When I'm in love again, there are only sun and never rain.* Sein letzter zukünftiger Hit. Also, das meint er selbst jedenfalls.«
»Peinlich.«
»Sehr«, fügte Robin hinzu. »Außerdem ist es falsches Englisch.«
Wir tauschten Blicke und schielten zu Perra rüber. Der rieb Karro gerade ahnungslos den Rücken mit einer Art Öl ein.
»Hast du gehört?« rief ich ihm zu. »Robin findet, daß du bei deinen Liedertexten Hilfe brauchst.«
»Was?!« rief er und hörte mit dem Einschmieren auf.
»Von mir.«
Jack schaute von der Hähnchenleiche auf, die er mit raschen Schnitten zerteilte und in sich hineinstopfte. Er nickte eifrig.
»Von dir!« Jetzt klang Perra erschrocken. »Als ob du ...«
»Tu das, Johan!« Karro lachte laut. Måns, Stisse und Sofie applaudierten dem Vorschlag. Der Hund war so schlau, still zu sein. Perra sah beleidigt aus.
»Was ist denn an meinen Texten nicht in Ordnung? Hast du meinen letzten schon gehört?«
»Du meinst *When I'm in love again, there are only sun and never rain?*«
»Ja.«
Robin und ich kugelten auf der Decke herum, wimmerten, schrien, husteten, weinten, und Robin hielt sich den Bauch. Durch die Tränen hindurch sah er mich an, mit allem, was

Freundschaft heißt, und ich wollte mich auf ihn werfen und mit ihm ringen, zärtlich sein und ihn umarmen, zumindest so wie ein sehr guter Kumpel, und ich glaube, daß ich am Ende genauso sehr deswegen wimmerte, schrie, hustete und weinte, weil ich es nicht tun konnte.
Perra beendete die Diskussion, indem er die letzte kostbare Coca-Cola über uns auskippte, woraufhin Robin allgemeines Baden anordnete.

War ich wieder verliebt?
So einfach war das nicht. Ich verglich ihn mit Anders. Von dem ich mir also einbildete, daß ich niemals an ihn dachte. Was hatte Anders, was ich gern hatte? Ich kannte ihn schließlich kaum.
Erinnerten sie mich aneinander? Nein, nicht besonders. Trotzdem, Robin gab mir das Gefühl, ihm nahe sein zu wollen. Ich konnte Witze machen und lachen wie früher, ich schaffte es, Stisse in die Augen zu schauen, ohne mich zu schämen, ich dachte an Robin, ehe ich einschlief, und sprach ein kleines Gebet, daß am nächsten Tag auch wieder Badewetter sein und er noch lange nicht nach Örebro zurückfahren möge. Aber verliebt?
Es war jedenfalls hoffnungslos, ich wußte das, aber es half nicht.
Ich überlegte, ob ich Mönch werden und für den Rest meines Lebens ins Kloster gehen sollte, um all diese Schwierigkeiten loszuwerden.
Ich war verwirrter denn je.

Und ich lief. Jeden Abend lief ich. So, als wollte ich etwas einholen. Oder entkommen.
Gegen Abend mußte ich mich einfach bewegen. Um denken zu können, was mich an und für sich nicht schlauer machte, mußte ich von zu Hause wegkommen, den anderen entgehen, den synthetischen Lauten aus dem Fernsehgerät, allem Kleinkram, der in meinem Zimmer oder in der Küche verstreut lag.

Ich konnte Patriks überlegene Großerbrudermanieren nicht ertragen oder die ständigen Diskussionen meines Vaters über Fischerei, Atomkraft oder die Landwirtschaftspolitik im nördlichen Svalbard und weiß Gott, was noch alles. Und ich hatte Todesangst vor meiner Mutter. Natürlich hatte ich ihre fragenden Blicke, ihre taktvollen Fragen bemerkt. Eines Tages würde sie direkt zur Sache kommen. Sie verabscheute es, wie die Katze um den heißen Brei zu gehen. Außerdem hatte sie immer noch ein schlechtes Gewissen wegen der abgesagten Rom-Reise. Sie war gefährlich.

## *46. KAPITEL*

Eines Tages, als ich nach Hause kam, steckte mein Vater halb im Kühlschrank. Auf dem Boden verstreut standen ungefähr zehn Konservendosen zusammen mit Ketchupflaschen, einer fast leeren Schachtel After-Eight und glitschigen eingelegten Paprikastreifen.

»Willst du etwa jetzt den Kühlschrank saubermachen?« fragte ich laut, und mein Vater schlug mit dem Kopf an eines der Kühlschrankroste.

»Ach, hallo! Ich hab dich gar nicht gehört. Nee, ich such den Senf. Ich weiß, daß ich ihn hier reingestellt hab ... hier irgendwo«, sagte er und leerte den Kühlschrank weiter aus.

Ich pfefferte meine Sachen in mein Zimmer und tauschte meine Shorts gegen Jeans aus. Manchmal konnte ich verstehen, warum meine eigenen Sachen spurlos verschwanden; es mußte ein Erbe meines Vaters sein. Er vergaß oft, wo er seine Schlüssel, seine Brille, Angelhaken oder Schraubenzieher hingelegt hatte. Als ob es nicht bessere Eigenschaften zu erben gäbe.

»Gut, daß du kommst«, rief er, »du kannst mir beim Essenmachen helfen. War's schön heute?«
»Ja, danke.«
Er hatte die kleine Dose mit französischem Senf endlich gefunden, jetzt stand er da, die Nase hineingesteckt, und schnupperte.
»Mmm, ja, der ist frisch«, murmelte er. »Was hast du gesagt?«
Aha, mein Vater schafft. Essenkochen ist eine Kunst, sagt er, und wenn er sich dem Schaffen hingibt, ist er vollkommen zerstreut.
»Ja, danke«, wiederholte ich.
»Ja, danke?«
»Du hast gefragt, ob's heute schön war. Und ich hab ›ja, danke‹ gesagt. Verstanden?«
»Manchmal bringst du mich dazu, daß ich mich wie einer von meinen Schülern fühle, der seine Hausaufgaben vergessen hat«, sagte er grinsend und bat um Entschuldigung.
Auf der Anrichte lag eine Tüte mit frischen Champignons.
»Wo ist denn Patrik? Ist der nicht dran mit Essenmachen?«
»Er ist mit Lovisa nach ... nach, wo war das noch mal?«
»Åland«, schlug ich vor. Er schüttelte den Kopf.
»In die Sumpfgebiete von Sumatra, hoffe ich«, fuhr ich fort.
Mein Vater klapperte mit der Bratpfanne und tat empört.
»Wie du redest! Immerhin ist er dein Bruder.«
»Gerade deswegen«, stellte ich trocken fest.
»Ja, ja, und jetzt mal los. Spül die Champignons ab. Du brauchst sie nicht zu schneiden, aber wasch sie.«
Ich kippte die Pilze ins Spülbecken und fing an, Erde und Dreck von ihnen abzureiben. Während mein Vater mit einer Schwimmbrille vor den Augen eine Zwiebel zerhackte. Er sah aus wie ein Bekloppter. Ich hatte immer Angst, irgendein Freund könnte klingeln, wenn mein Vater gerade Zwiebeln hackte.

Die Champignons waren klein und glatt. Die weichen Hüte, über die ich vorsichtig, fast liebkosend, mit dem Daumen strich, um sie sauberzukriegen, erinnerten mich plötzlich an – ja, an Eicheln. Da stand ich nun und wusch Champignons und dachte an Eicheln und Robin und Anders. Ich wäre fast gestorben. Das alles war so lästig.
Mein Vater riß sich die Schwimmbrille runter.
»Du bist so still. Woran denkst du?«
Ich errötete bis runter zu den Knien.
»Nichts Besonderes«, murmelte ich und wandte den Kopf ab.
»Du hast so nachdenklich ausgesehen«, sagte er freundlich. »Das tust du in letzter Zeit öfter.«
»Wirklich?«
Sag nichts mehr, Papa! Bitte, können wir nicht einfach still sein? Oder über Fischerei, Atomkraft oder die landwirtschaftlichen Probleme im nördlichen Svalbard reden?
Mein Vater schaute mir über die Schulter.
»Gut! Wenn du damit fertig bist, kannst du den Sellerie waschen und schälen.«
Es war angenehm, etwas in den Händen zu haben. Die Rücken einander zugekehrt, arbeiteten wir an dem Meisterwerk, zu dem wir meine Mutter einladen wollten.
Mein Vater gab die Pilze in die heiße Bratpfanne und briet sie goldbraun an. Es tat beinahe weh, sie in dem Fett wimmern zu sehen.
Plötzlich trocknete er sich die Hände ab und ging zur Stereoanlage im Wohnzimmer. Mit einem zufriedenen Ausdruck kam er zurück.
»Hör mal. Ich hab 'ne neue Platte gekauft.«
Eine Sekunde später brach ein Lärm los, der die ganze Wohnung wackeln ließ.
»Was ist das?« rief ich.
»Findest du's etwa nicht gut?«

»Mach den Mist aus!« sagte ich streng. »Was ist denn das? Das ist ja furchtbar.«
»Strawinsky«, antwortete er enttäuscht.
»Die armen Nachbarn!«
»Aber hör doch mal! Du hast ja nicht mal versucht, es zu mögen.«
»Das ist doch nichts zum Zuhören. Kannst du dein Geld nicht in bessere Musik investieren?«
Er setzte mir einen Finger auf die Brust.
»Jetzt hast du mich wirklich soweit, daß ich mich wie ein Teenager fühle. Vergiß nicht, wer hier der Vater ist!«
Ich zog ihn an den Haaren.
»Ja, ich glaub wirklich, es ist Zeit, daß du dir die Haare schneiden läßt. Wie du aussiehst, muß man sich ja schämen«, sagte ich, und wir brachen in Gelächter aus.
Wir machten eine Weile mit vertauschten Rollen weiter, bis wir wieder verstummten. Als ob es nur zwei Möglichkeiten gäbe: Spaß oder anstrengendes Schweigen.
Das Mittagessen entwickelte sich, und mit der Zeit kroch der liebe Bärenvater sachte aus seinem Winterlager. Seine freundliche Art, mit mir zu sprechen. Die kameradschaftlichen, aber so verfehlten Berührungen; ein Klopfen auf die Schulter, ein Knuffen gegen die Brust. Sein eigensinniger Versuch, etwas zum Reden zu finden, was mich betraf. Er fragte nach allem, angefangen beim Proviant, den wir mithatten, bis zur Farbe von Stisses Fahrrad. Nur um das Gespräch mit mir in Gang zu halten.
Als ich das italienische Landbrot aufschnitt, kam schließlich die Frage, die ich schon in der Luft gespürt hatte und die ich vergebens abzuwehren versucht hatte.
»Jetzt bist du schon wieder so nachdenklich.« Er lächelte fragend. »Ist da ein Mädchen?«
Warum immer »Mädchen«? Doch, es handelte sich ja um Mädchen, aber nicht um ein Mädchen. Ich liebe Mädchen, Karro,

Lovisa, manchmal sogar Maria (hm, selten), aber nicht auf die Weise, Papa!
Durch seine Frage fühlte ich mich so weit von ihm entfernt. Er war die Erde und ich ein entfernter Stern. Lichtjahre zwischen uns.
Weißt du was, Papa, in diesem Augenblick hatte ich dich wirklich gern, genauso sehr, wie ich dich gleichzeitig haßte. Ich konnte es nicht ertragen, dich in meinem höchst persönlichen Bereich herumtapsen zu haben – wie solltest du dich dort zurechtfinden? Warum mußtest du dich aufdrängen! Gleichzeitig sehnte ich mich danach, mit dir zu reden, mich zu trauen.
Aber es geht nicht, Vater. Es geht nicht!

## *47. KAPITEL*

Der Juli brachte weiterhin Badewetter. Es dauerte noch eine gute Woche, bis ich sechzehn wurde, und ich hatte das Gefühl, daß dies der schlimmste Geburtstag meines Lebens werden würde. Früher hatte ich mich darauf gefreut. Fünfzehn, das war so gut wie nichts, sechzehn so viel mehr. Das Gymnasium. Ein Schritt weiter auf dem Weg. Jetzt wäre ich lieber rückwärts geworden, also, ich meine vierzehn. Was wünschst du dir, plapperten alle. Ruhe und Frieden. Ich sagte, daß ich gern Schallplatten und Klamotten haben wollte.
Wir waren sagenhaft schön – braungebrannt und sonnengebleicht. Außer Stisse. Er zog den Schatten vor. Das dunkelste an ihm waren bestimmt seine Lungen.
»Von der Sonne wird man bloß runzlig«, sagte er. »In zehn Jahren werd ich glatt und frisch sein und ihr zerknittert wie zerlesene Zeitungen. Aber wenn ihr das so wollt, dann . . .«

»Du hättest in den zwanziger Jahren geboren werden sollen«, schnaubte Måns und breitete seine Körperteile quer durch die ganze Vårdsätrabucht aus. »Da sonnte man sich unter Sonnenschirmen. Damals war das ›tooolI‹, wenn man blaß war. Du hängst hoffnungslos hinterher.«
»Daß du so altmodisch bist«, sagte Sofie grinsend zu Stisse und nagte an Måns' Schulter. Das stellte eine Liebeshandlung dar. Kannibalismus nennen es andere. Måns biß ihr in den Fuß.
Altmodisch zu sein war ein Vorwurf, den Stisse verabscheute. Er war ja vieles, das gab er zu, aber nicht altmodisch.
»Man kriegt Krebs«, stellte er trocken fest und hatte eine Erklärung über Ausbreitung, Vorkommen und Ursachen von Hautkrebs parat.
Wir lachten ihn aus. Das mußte er gerade sagen – der schlimmer qualmte als irgendein anderer.
Eine Minute später rief Perra: »Ein Fest!«
Alle setzten sich auf, außer Stisse. Der saß bereits. Dafür nahm er seine alberne BP-Mütze ab, die er in der Garage gefunden hatte und unbedingt als Schutz gegen die Sonne aufhaben mußte.
»Ein Fest«, sagte Perra wieder. »Wir müssen ein Fest machen. Ein grooßes Fest.«
»Warum denn?« fragte ich, weil ich Feste langsam leid war. Dabei passierte immer eine Menge unvorhergesehener dummer Sachen.
»Darum, weil Robin am Sonntag fährt. Und weil unsere Eltern am Wochenende nicht zu Hause sind.«
Aha. Dagegen konnte man wirklich nichts einwenden.
»Ausgezeichnete Idee, Watson, ausgezeichnet«, sagte Jack, und damit war die Planung schon im Gange. Ich hielt mich da raus. Zum einen waren Köche genug da, zum anderen war ich überhaupt nicht enthusiastisch. Wenn es nach mir gegangen wäre, hätten wir uns einige Videofilme ausgeliehen und uns Knabber-

sachen und Bier reingehauen, um Robins Abschied zu feiern. Langweilige Filme, denn dann hätte ich Robin anschauen können, ohne was Wichtiges zu verpassen, und dann hätten wir die ganze Zeit reden können. Ein sinnloser Vorschlag. Nicht einmal wert, erwähnt zu werden.

Es gab ein Grillfest. Meine Mutter half mir, ein Stück Fleisch zu marinieren. Um Salat kümmerten sich Robin, Jack und Perra. Unseren Campinggrill hatte ich schon vormittags zu Perra rübergeschleppt.

Ich überwachte meine Mutter, damit sie nicht ein Kilo Knoblauch in die Marinade preßte. Sie ist verrückt nach Knoblauch.

»Das ist gesund. Und außerdem lecker«, sagt sie immer.

»Ja, ja, aber nicht heut abend. Vielleicht tanzen wir, und ich möchte, daß zumindest einer mit mir redet.«

»Das will doch sowieso keiner«, sagte sie und lachte.

»Danke, du bist wirklich eine echte Mutter.«

Sie wickelte das Fleisch in Folie und legte es in eine Plastiktüte.

»Sauf nicht zuviel«, mahnte sie und reichte mir die Tasche. Sie kannte unsere Feste allzugut. Es war immer ein wenig peinlich, wenn sie es direkt aussprach. Sie hätte wenigstens so tun können, als ob sie nichts wissen wollte – so wie alle anderen Mütter.

»Nee, nee, die haben sich ein neues Sofa gekauft, und ich werd ausschließlich *da* drauf kotzen. Versprochen.«

Sie lächelte matt.

Ich schnürte mir die Schuhe zu.

»In zwei Wochen hab ich Urlaub. Dann können wir irgendwohin fahren.«

Ich sah zu ihr auf.

»Wenn du willst, natürlich«, fuhr sie fort.

»Natürlich möchte ich«, sagte ich leise.

»Du kannst es wohl gebrauchen, mal ein Weilchen hier wegzu-

kommen. Du bist ja den ganzen Sommer über zu Hause gewesen.«
Mußten wir unbedingt jetzt reden?! Ich will doch weg, siehst du das nicht?
Ich machte die Schleife fertig und richtete mich auf.
»Du hast in letzter Zeit so abwesend gewirkt«, sagte sie ernst.
Aha, hatte ich es mir doch gedacht. Also ist der Augenblick gekommen. Ich war erstaunlich kalt. Ungefähr wie der zum Tode Verurteilte, der so lange auf die Strafe hat warten müssen, daß er vollkommen ruhig ist, wenn er schließlich zur Hinrichtungsstätte geführt wird. Vielleicht hört man sie deswegen nie nach irgendwas schreien. Man hat erwartet und gewartet. Warum sollte man erstaunt sein?
»Das liegt wohl am Gymnasium«, sagte ich versuchsweise.
Sie hatte diesen unangenehmen, durchschauenden Blick, der sagte: ich weiß alles, du kommst mir nicht davon, und was ich nicht weiß, werde ich herausbekommen. Sie war wie die Schlange Kaa aus dem Dschungelbuch – sie hypnotisierte einen so lange, bis man machte, was sie wollte.
»Wo sollen wir denn hinfahren?« sagte ich schnell.
Ehrlich gesagt, hatte ich überhaupt keine Lust zu fahren. Ich würde tatsächlich nur ein armer Mowgli sein, der Kaa als einzige Gesellschaft hatte. Man konnte sich an den Zehennägeln abzählen, wie das laufen würde.
»Ja, was meinst du? Paris vielleicht. Oder London«, sagte sie leise. »Aber du sollst es auch mitbestimmen.«
Sie legte mir eine Haarlocke zurecht und wischte etwas von meiner Schulter. Als ob sie mich unbedingt berühren mußte.
»Ich halt dich jetzt nicht länger auf. Wir können morgen weiterreden. Nun geh schon!« sagte sie auf ihre gewohnte Weise. »Und das Sofa kannst du von deinem eigenen Geld ersetzen.«
Ich nickte. Lachte auf. War ungeduldig. Wollte gehen. Küßte ihr nicht theatralisch die Hand, wie ich es sonst immer tat.

Mußte sie ausgerechnet jetzt über die Reise reden! Irgendwie machte sie alles kaputt. Ich kriegte ein schlechtes Gewissen wegen meiner bösen Gedanken. Es war doch die einzige Mutter, die ich hatte, und ich hatte sie gern. Und gerade deswegen wurde sie mir zuviel.

Ein großes Fest, hatte Perra gesagt und mit den Armen maßgenommen. Das war es auch. Fünf Grillgeräte standen auf dem Rasen und glühten. Leute wimmelten herum. Ich war erstaunt, daß so viele mitten im Sommer zu Hause waren. Bei fünfunddreißig kam ich mit dem Zählen durcheinander und zählte alle noch mal von vorne. So fünfzig, fünfundfünfzig Leute, schätze ich. Einige von Jacks Freunden waren mir gänzlich fremd, von anderen wußte ich den Namen und nichts weiter. Alte Schulfreunde waren da. Alt! Es war nicht mehr als einen Monat her, seit wir von der Schule gegangen waren.

Die Stunden vergingen. Perra hatte mir Bier aufgedrängt, das einzige, was ich trinken wollte. Ich hatte das Meine getan. Ich hatte das Fleisch gewendet und Salat serviert, mit Tausenden von Menschen geredet und über deren Witze gelacht, Scherze über Bräute. Ich fand sie erniedrigend, sowohl für den, der den Witz machte, als auch für die Mädchen, die zuhörten.

Ich streunte im Garten herum. Schnupperte an Rosen. Zertrampelte eine Tagetes. Aus Versehen, aber die sind sowieso häßlich. Schaute mir den Mond an. Heulte ihn ein bißchen an und fühlte die Werwolfzähne wachsen. Ich hatte nichts dagegen. Könnte spaßig sein, die anderen ein Weilchen in Schrecken zu versetzen und endlich einen Skandal auszulösen. Dann lebenslang ins Gefängnis. Dann bräuchte ich auf jeden Fall nicht ins Kloster zu gehen.

Stisse und Sofie saßen für sich im Gras und redeten. Toll, daß sie so gute Freunde geworden waren.

Eine ganze Weile blieb ich stehen und schaute Robin an, den

eigentlichen Grund für das Fest. Ich wäre gerne zu ihm hingegangen, hielt mich aber zurück. Er ließ mich wieder einmal an Anders denken.

Als Robin lachte, ertappte ich mich dabei, daß ich mich fragte, ob Anders da auch gelacht hätte. Als Robin lächelte, sah ich Anders' Lächeln. Als er tanzte, war ich wieder auf dem Schulklo. Ich konnte den Blick nicht von Robin reißen.

»Na du. Du kannst es wohl auch nicht lassen, Robin anzustarren?«

»Was?«

Wo kam er her? War das so offensichtlich? Ich wurde rot.

»Du bist ein Freund von Perra, oder?«

Ich nickte.

»Tom heiß ich. Kumpel von Jack. Bist du dieser Johan? Perra hat von dir erzählt.«

»Hat er?« sagte ich erstaunt

Tom stand neben mir. Ich hatte ihn noch nie gesehen. Er war genauso dunkelhaarig wie Robin, doch damit hörte die Ähnlichkeit auch schon auf. Er sprach ruhig, nicht gezwungen. Man spürte seine Nähe, ohne daß er wie Robin soviel Aufhebens von sich machte. Seine grünen Katzenaugen schienen alles zu registrieren, und er war klein, sicher zehn Zentimeter kleiner als ich.

»Was hat er denn gesagt?«

Er kümmerte sich nicht um meine Frage, sondern sah in Robins Richtung und machte mit seiner Zigarette ein Zeichen.

»Er ist wirklich verdammt hübsch, der Robin. Und sexy«, sagte er.

Er formte die Wörter mit seinem schmalen Mund, als seien sie Kostbarkeiten. Ich sagte nichts. Er seufzte geziert und lachte auf.

»Zigarette?«

»Ich rauche nicht«, sagte ich mürrisch.

»Kennst du Robin gut?« fragte er dann.

Dieses Gerede um Robin! Gewiß gab es fast nur Robin – oder Anders –, jedenfalls in meinen Gedanken, aber mußte dieser Pygmäe sie die ganze Zeit unterbrechen?!
Außerdem hatte seine Stimme so eine behutsame Sicherheit, die Art von Sicherheit, die ich in letzter Zeit mehr und mehr verloren hatte. Mein Selbstvertrauen war weggeblubbert wie die Kohlensäure aus einer Limo.
Als ich die Frage nicht beantwortete, sagte er: »Ich hab Robin vor ein paar Jahren das erstemal getroffen. Ich hab ihn auch schon immer gemocht.«
»Was?!« sagte ich zum drittenmal. »Wer hat denn gesagt, daß ich ihn mag?«
Tom sah mich mitleidig an und wurde mit einemmal sehr väterlich.
»Tust du das denn nicht?« fragte er und nahm einen tiefen Zug. Die ganze Zeit sah er mich an. War da nicht ein kleines überlegenes Lächeln in seinen Mundwinkeln? Wenn er doch nur abhauen würde! Ich guckte ihn schnell an; da war nicht die Spur von Hohn, nur ein vollkommen ehrliches Gesicht.
»Er quasselt zuviel«, sagte ich.
Ich rupfte ein paar Blätter vom nächsten Busch ab und zerkrümelte sie sorgfältig. Sein Blick brannte mir im Nacken, und als ich den Kopf wandte, starrte er mich immer noch an. Nein, direkt in mich hinein. Meine Haut fühlte sich durchsichtig an wie Plexiglas.
Und nun verzog er den Mund.
»Du hast meine Frage nicht beantwortet«, sagte er und zwinkerte mit einem Auge. Vom Regen in die Traufe. Er war schlimmer als meine Mutter.
Er legte mir kameradschaftlich die Hand auf die Schulter und drückte sie behutsam.
»Warte hier, ich will nur was zu trinken holen.«

Ich sah mich scheu um. Hatte uns jemand gesehen, oder, noch schlimmer, gehört? Wenn sie nun wußten, daß er ... wenn er nun das war, was ich annahm ... würden sie dann glauben, daß ich – was ich ja tatsächlich bin, obwohl ... Hör auf, Johan! Laß sie es doch hören! Sag es ihnen direkt ins Gesicht! Robin! Willst du tanzen? Ich tanze verdammt gut! Woll'n wir schwofen? Hallo, Robin?!
Doch als ich mich umdrehte, sah ich Tom mit einem Glas in jeder Hand und einer Zigarette im Mund quer über den Rasen kommen. Es pochte heftig in mir, der Boden fühlte sich wie Treibsand an. Hau ab, Johan, geh nach Hause, beeil dich, ehe es zu spät ist.
»Komm«, sagte Tom und zog mit mir davon. Ich hatte keine Macht über mein Leben. Aus dem Augenwinkel sah ich Robin an ein Mädchen gelehnt.

Wir schlichen durch das Haus. Er kannte sich genauso gut aus wie ich. Er blieb stehen.
»Aber das hier ist Jacks Zimmer«, protestierte ich flüsternd. Ich kam mir wie ein Krimineller vor. »Was sollen wir denn da drinnen machen?«
»Reden«, sagte er und schob mich hinein.
Eine krankhafte Müdigkeit überfiel mich, und ich warf mich mit einem Arm über den Augen der Länge nach aufs Bett. Ich wollte schlafen.

Das Bett schaukelte. Als ich die Augen öffnete, traf mich Toms intensiver Blick. Mußte er mich so anstarren?
Hastig setzte ich mich neben ihm auf und begrub mein Gesicht in den Händen. Seinen Blick ertrug ich nicht.
»Es weiß keiner, nicht wahr«, sagte er leise.
Ich schüttelte den Kopf. Ich war dem Weinen nahe.
»Ich weiß, wie das ist«, sagte er und streichelte mir den Nakken.

Ich glaubte ihm nicht und schüttelte wieder den Kopf. Niemand konnte es so schlimm haben wie ich.
Er streichelte weiter meinen Nacken, daß mir Schauder durch den ganzen Körper liefen.
»Du hast ›was‹ gesagt und den Kopf geschüttelt. Kannst du nicht noch was anderes? Zum Beispiel mit den Ohren wackeln, das wär doch wenigstens mal 'ne kleine Abwechslung.«
Ich starrte ihn leer an.
»Wäre das denn toll?« sagte ich.
Ich hatte allen Sinn für Humor verloren. Meine Wangen glühten, und es pochte höllisch im Kopf. Er zuckte mit den Schultern.
»Vielleicht«, sagte er unbekümmert. »Wann willst du es sagen?«
»Was denn?«
»Oh, Hilfe, das ist ja schlimmer, als ich gedacht hab! Du bist doch nicht dumm? Jedenfalls siehst du nicht so aus. Im Gegenteil, wirklich. Du bist richtig süß, weißt du das? Daß du schwul bist, natürlich.«
»Damit hast du nichts zu tun«, sagte ich sofort.
Ich benahm mich wie ein Fünfjähriger, aber das machte es auch nicht besser.
»Du siehst vollkommen verstört aus, du Armer«, sagte er und streichelte mir über die Wange, als ob ich dieser Fünfjährige sei. Seine Hand war weich und schön, aber ich fühlte mich dämlich.
»Vielen Dank«, sagte ich säuerlich.
»Keine Ursache. Ich kann's noch mal sagen«, sagte er lächelnd.
Ich litt. Wollte weg. Wollte bleiben. Wollte ihn fragen ... Aber ich war so müde. Das Hirn rastete nicht ein. Die Gedanken schnellten hierhin und dorthin, ohne daß ich sie packen konnte.
»Weiß Jack, daß du ... daß du ...?« preßte ich schließlich heraus,

den Tränen nahe. Daß es auch so schwer sein mußte, dieses Wort in den Mund zu nehmen! Es war eine ganz andere Sache, es zu schreiben.

»Schwul, meinst du. Man kann es tatsächlich aussprechen. *Say after me, please:* schwul«, leierte er herunter wie ein verkalkter Englischlehrer. »*What did you say? I couldn't hear you. Speak out please. Once again:* schwul!«

»Hör auf! Du ziehst mich ja bloß auf!«

Ich hätte ihn in kleine Stücke hacken können. Aber ich konnte nicht mal den kleinen Finger heben. Wie ein Stein im Wasser sank ich tiefer und tiefer. Die Muskeln in meinem Körper spannten sich und wurden hart. Ich war zornig, traurig und unglücklich, und still und stumm, ein Idiot! Ich kam mir einfach tragisch vor.

Tom zog mich an sich. Leblos fiel ich ihm in die Arme. Ich war widerstandslos. Wenn er seine Zigarette in meiner Handfläche ausgedrückt hätte, ich hätte nicht dagegen protestiert.

Er fuhr mir mit der Hand über den Rücken, über die Haare, er kraulte mich hinter dem Ohr, wie einen Hund.

»Doch«, flüsterte er, »Jack weiß es. Meine Schwester weiß es, meine Eltern wissen es. Alle wissen es.«

Wir schwiegen eine ganze Weile. Es war so schön, sich einfach gegen ihn zu lehnen und getröstet zu werden. Sachte wurde ich wieder zum Leben erweckt. Mehr und mehr wurde er mir bewußt, und daß es tatsächlich ein Junge war, der mich tröstete. Es fühlte sich so gut an. Schweigend dasitzen zu können und gestreichelt zu werden. Nicht reden zu müssen. Nichts erklären zu müssen.

Tom hielt mich. Seine Hände kamen mir so vertraut vor. Ruhig wanderten sie über meinen Rücken und über meine Schultern. Sie fanden überallhin, und sie fanden die richtigen Stellen. Sie waren keine fremden Gäste, die sich aufdrängten.

Plötzlich spürte ich seine Hand unter meinem Pulli und fühlte mich total geleeartig. Ich tastete mit den Fingern über seinen Schenkel. Unsere Gesichter waren ein paar Zentimeter voneinander entfernt, und er murmelte etwas. Als er mich küßte, wußte ich kaum noch, wo ich war, doch ich öffnete automatisch die Lippen. Gleichzeitig streichelte er mir den Bauch, während ich mich überhaupt nicht bewegte – es nicht konnte. Ich hielt einfach nur meine Hand auf seinem Schenkel.

Er zog mir den Pulli aus. Es hämmerte in mir. Er schob mich zurück – ich fiel auf den Rücken. Er strich mir mit dem Zeigefinger über die Brust.

»Wollten wir nicht reden?« flüsterte ich.

»Erst trösten, dann reden.«

Er lächelte frech und ließ seine Hand weiter über mich gleiten. Er saß neben mir und folgte seiner Hand mit seinen Blicken. Ich schloß die Augen. Er zog sich sein Hemd aus. Ich sah seine nackte Brust. Seine Katzenaugen. Er half mir auf die Sprünge, hob meine Hand und führte sie über seinen Oberkörper. Seine kleinen dunklen Härchen kitzelten. Er war so warm. Und ich war wie Espenlaub.

»Magst du das?« fragte er leise.

Ich nickte und schluckte heftig.

Er legte sich halb über mich und küßte mich ein zweites Mal, und endlich traute ich mich, ihn zu umarmen, ihn anzufassen. Ein bedeutsames, langersehntes Gefühl; Toms Rücken, so glatt und weich. Das war warme Haut und Fleisch und Muskeln, etwas, was man festhalten konnte, und er liebkoste und massierte mich, ich fühlte mich irre; die ganze Nacht hätte ich hier liegen und mich streicheln und küssen lassen können. Es war wie ein Märchen und der Prinz und das halbe Königreich. Wie zwei Prinzen.

Es war so unwirklich. Viel zu gut. Seine angenehmen Hände, sein Schritt, den er gegen meinen harten Schwanz preßte, daß es im ganzen Körper kribbelte, seine Liebkosungen und freundlichen Blicke. Ich fühlte mich geliebt – er wollte mich haben. Als sei es die natürlichste Sache der Welt, hielt er mich umfangen und genoß es, mit mir zusammenzusein, einem Jungen.

Ich konzentrierte mich darauf, es ihm gleichzutun. Aber ich war zu aufgeregt. Ich horchte auf Toms genüßliches Stöhnen, das er dann und wann von sich gab, während ich still dalag und die Luft anhielt. Wenn uns jemand hörte!

Tom küßte mich wieder, seufzte laut, und das ließ mich aus meinem Dornröschenschlaf erwachen. Er lag halbaufgerichtet auf den Ellenbogen gestützt an meiner Seite – ich sah ihn an, seine nackten Schultern, seine aufgeknöpften Jeans, aus denen sein Glied ragte, seine Hand, die sich wie unschuldig meinem Hosenbund näherte. Und wenn jetzt jemand hereinkäme?

Und mußte er solche Geräusche von sich geben?

Plötzlich fühlte ich mich wieder wie im Film. Ich sah uns, als ob ich daneben stände.

Seine Finger fummelten an meinem Hosenbund herum. Mir drehte sich der Magen um. Der Knopf ging auf. Ich schnappte nach Luft. Ich hörte ein Ratsch vom Reißverschluß. In meinem Kopf drehte sich alles. Ich fühlte mich wie besoffen. Er umfaßte meinen Hodensack. Ich stöhnte, lag flach und still da. Seine Hand glitt in meine Unterhosen, liebkoste mein Ding und, oh, Gott, sind meine Unterhosen überhaupt sauber, was muß ich denn jetzt machen? Stöhnen, schreien, um mehr flehen?!

Er befriedigte mich mit einigen Griffen. Er liebkoste mich heftiger, fuhr mir mit dem Finger um eine Brustwarze, ich dachte an meine Unterhosen. Er begann, mir die Hosen runterzuziehen. Was würde er tun? Was sollte *ich* tun?

Bitte, sag es mir – was muß ich tun?! Sollte ich ihn in Ekstase kratzen? Streicheln, seinen Ständer in die Hand nehmen, ihm die Kleider vom Leib reißen, was?

Hilfe, er küßt mich, überall, nein, nicht da! Hör auf, Tom, ich will nicht. Wer bist du?
Es ist wie mit Tina Who! Wie können sich Dinge so schnell verändern?
Warum bin ich hier? In Jacks Bett. Und meine Unterhose. Ich fühlte nichts mehr.
Scham und Ekel. Ich fummle mit einem Jungen. Nicht wahr, er fummelt mit mir, es ist nicht mein Fehler! Ein fremder Junge! Hol mich hier weg. Wo ist das »The End-Schild«?
Mein Schwanz wurde langsam schlaff. Nicht das auch noch, dachte ich. Dreckige Unterhosen und obendrein noch impotent.
Ich richtete mich auf, schob Tom zur Seite, zog mir die Hosen hoch, riß meinen Pulli an mich und stürzte davon. Ich hielt es nicht mehr aus! So ein Fehlschlag! Die Katastrophe des Tages. Herzlichen Glückwunsch, Johan, du bleibst deinem Stil treu. Ich spring aus dem Fenster. Mist, warum ist dies kein Hochhaus!

## *48. KAPITEL*

Ich rannte Perra direkt in die Arme.
»*Hi there*«, sagte er mit rauher Stimme und schubste mich sacht zur Seite. »*This town isn't big enough for both of us.*« Er stellte sich breitbeinig hin und tat so, als zöge er ein Paar Revolver aus einem unsichtbaren Halfter.
Wie viele Male hatte er die Show schon abgezogen? Ich war nicht in der Stimmung. Also nahm er die Sonnenbrille ab.
»Was ist denn passiert? Du siehst ja total verstört aus!«
»Tom«, stammelte ich und bekam endlich den Hosenknopf durch das Knopfloch, »er hat versucht ... er hat sich über mich hergemacht.«

Ich zitterte. Perra klappte die Sonnenbrille zusammen und steckte sie in die Brusttasche. Aus seinem Mund kam eine kräftige Schnapsfahne.

»Mist, was für 'n Idiot! Ich hätte natürlich was sagen sollen. Na, er ist eben so einer.«

»Was denn?«

»So einer, du weißt schon.«

Eine neue unerwartete Veränderung der Szene schüttelte mich: Ich konnte dies »so einer« hier und »so einer« da einfach nicht hören. Tom war nun mal Tom. Ich war ich. Nicht irgendein verdammter »so einer«.

Als ich nichts sagte, fuhr Perra selbst fort: »Pervers.«

»Pervers?«

Er grinste schief. »Hör schon auf, Johan. Du weißt doch, was ich meine.«

Und ob ich verstand.

»Schwul, meinst du? Man kann es in der Tat aussprechen. *Say after me, please:* schwul.«

Perra schnippste mit den Fingern.

»Genau! Ein schwuler Hund. Genau das ist er. Was glaubst du, warum er sonst auf dich losgegangen ist! Wenn der sich an mich rangemacht hätte ...« sagte er zum Spaß und zielte einen Schlag in die Luft.

Es klang, als redete er über brünstige Tiere oder etwas in der Art. Ich sah mich schon mit den Klauen auf dem Boden kratzen und mich schnaubend auf das nächste Weibchen stürzen. Das war lächerlich! Und warum sollte Tom an Perra interessiert sein?

»Tom ist nicht pervers.«

Ich dachte an seine Hände, die so angenehm waren. Für eine Weile auf jeden Fall. Er hatte mich getröstet. Und mir fiel ein, daß ich ihm tatsächlich freiwillig gefolgt war – wie einem unbewußten Impuls folgend, der mich gleichzeitig lockte und schreckte. Perra schaute mich an, als ob ich nicht ganz bei Trost sei. Ich fuhr fort:

»In dem Fall ist Jack wohl auch ...«

»Jack! Willst du mir etwa einreden, daß er ... daß er ...!« unterbrach mich Perra hitzig.

»Schwul ist, meinst du? Man kann es in der Tat aussprechen. *Say af...*«

»Im Ernst, Johan! Willst du etwa behaupten, daß Jack schwul ist?« keuchte er mir ins Ohr.

Er sah leicht blaß um die Nase herum aus. Aus irgendeinem Grund genoß ich das. Gleichzeitig fühlte ich, wie eine wilde Wut ihre Klauen in mich schlug. Seine verächtliche Stimme, was bedeutete sie? Es ging hier schließlich auch um mich. Wenn du das wüßtest, Perra.

»Nein«, sagte ich kühl, »aber sie sind Freunde, dein Bruder und dieser ›schwule Hund‹.«

»Vielleicht, aber auch nicht so wahnsinnig befreundet. Und ich hab ihn nie leiden können. Und nach dem hier!«

Mit einer überheblichen Geste setzte er sich die Sonnenbrille wieder auf.

»Du siehst immer noch aus, als ob du durch 'ne Autowaschanlage gegangen wärst. Ich kann echt verstehen, daß du das eklig gefunden hast, also, warum stehen wir hier und reden über ihn. *Come on, babe, let's dance*. Und du brauchst was zur Beruhigung. Bier oder Gin? Der Bacardi ist alle.«

»Perra.« Die Härte in meiner Stimme ließ ihn zusammenzucken. »Ich hätte mehr von dir erwartet als das«, zischte ich.

»Aber gib doch zu, daß das krank ist!« protestierte er mit lauter Stimme. Er glaubte anscheinend, dies sei eine gewöhnliche Diskussion, bei der wir lästern und uns gegenseitig anschreien konnten, soviel wir wollten.

»Die ficken sich gegenseitig in den Arsch, verdammt noch mal!

Also, wenn das nicht eklig ist, dann weiß ich nicht, was eklig sein soll!«

Ficken sich gegenseitig in den Arsch?! Das war mir nicht mal in den Sinn gekommen. Und warum sollte man sich gegenseitig in den Arsch ficken?

Das war es doch nicht, worauf es ankam.

Perra! Darum geht es nicht – begreif das!

Ich möchte genau wie du jemanden haben, den ich gernhaben kann und von dem ich geliebt werde. Liebe. Gefühle. Völlig egal, wie man liebt. Darüber weiß ich nichts.

»Du tust immer so verdammt verständnisvoll. Man darf doch schließlich noch der Meinung sein, daß Schwule eklig sind.«

Okay, dann fang mit mir an, dachte ich und versetzte Perra eine gerade Rechte aufs Kinn. Die Knochen knackten, es tat weh. Wie in Zeitlupe sah ich ihn taumeln und sich ans Kinn fassen. Aus einem Nasenloch spritzte Blut. Er sah mich erstaunt an, als könnte er nicht glauben, was passiert war. Er sank zu Boden, lehnte sich an die Wand und schloß die Augen.

»Verzeih mir, Perra! Verzeih mir!«

»Idiot«, murmelte er. Er hielt sich das Nasenloch zu.

Es war alles so unwirklich.

Ich tätschelte ihm blöde das Kinn. Überhaupt fühlte ich mich blöde. Und verzweifelt. Ich hätte alles getan, um mein Leben fünf Minuten zurückspulen oder drei Monate oder warum nicht gleich die ganzen fünfzehn Jahre und wieder von vorne anfangen zu können.

Leute strömten herbei. Perra glotzte ins Leere. Um uns herum begann es Fragen zu hageln: Was ist passiert? Was hat er getan? Wollte er eine Prügelei? Er ist besoffen, was?

Es quälte mich. Perra wurde beschuldigt, besoffen zu sein, was zum Teil stimmte. Wie sollte ich die Sache bloß erklären?

»Perra?«

Er nickte, weigerte sich aber, mich anzusehen.

»Ich weiß nicht, was da … Mist! Verzeih mir, bitte!«
Er nickte wieder.
Stisse tauchte mit Papiertüchern auf. Er kniete sich neben Perra.
»Hau ab«, zischte er mich an.
Doch ich blieb sitzen. Ich konnte jetzt nicht gehen. Das hätte die Sache nur noch schlimmer gemacht.
»Ich hab ihn geschlagen«, sagte ich leise zu Stisse, so daß niemand anders es hören konnte. Vielleicht bildete ich mir ein, bei ihm Trost zu finden. Er warf mir einen vernichtenden Blick zu und schob Perra ein Papierstückchen in die Nase. Perra stöhnte.
»Aha? Und was meinst du, was ich dagegen machen soll?« sagte Stisse.
»Was? Na, ja … nichts.«
Stisse wischte Perra Blut von Mund und Kinn ab.
»Genau das!« sagte er spöttisch. »Nichts.«
Das Papierstück in der Nase war durchgeblutet, und Stisse tauschte es aus, als hätte er sein Leben lang nichts anderes gemacht.
»Aber ich hab das nicht gewollt, Stisse!« rief ich.
»Armer kleiner Johan! Erst schlägt er seine Freunde zusammen, und dann sagt er, er hat es nicht gewollt.« Er sah mich an. »Du tust mir echt leid«, sagte er.
Warum? Warum! Alles ging zum Teufel. Und nun begann es im Hintergrund zu summen; hat Johan, neiiin! Ist das wahr? Neiiin! Er? Es war ein einziges verdammtes Neiiin um uns.
»Es ist nicht, wie du glaubst«, sagte ich leise. Ich schämte mich. Ich war zerknirscht.
»Vielleicht. Aber ich denk auch nicht dran zu raten.«
Er wandte sich wieder Perra zu, der den Mund unter gequältem Stöhnen öffnete und schloß. Stisse fragte, ob es weh tue, und Perra nickte.
»Aber …« stammelte ich.

»Aber was?« fauchte Stisse.
»Hör auf, Stisse«, sagte Perra.
»Warum denn?! Jetzt nimm ihn nicht auch noch in Schutz! Was zum Teufel ist eigentlich mit dir los?«
»Ich weiß nicht«, murmelte ich.
»Dann krieg's raus!«
»Hör auf!« bat Perra. »Er hat sich entschuldigt.«
Stisse sah mich lauernd an.
»Als ob das was helfen würde«, brummte er sauer.
Ich kam mir überflüssig vor. Und Perra schien gar nicht so schlecht dran zu sein. Er hatte schließlich Stisse. Ich war nur im Weg. Unnütz. Hatte alles verdorben.
»Ich geh. Ehe ich das Fest völlig vermassel.«
Sie nickten.
»Tut mir leid, Perra.«
Stisse verdrehte die Augen.
Jetzt war es zu Ende.

## *49. KAPITEL*

Der Flur war voller Jacken und Schuhe. Überall Jacken. Ich konnte meine nicht finden. Warum mußten die Leute auch so viele Klamotten anhaben? Bei dieser Wärme konnte man doch beinahe nackt gehen. Und mußten denn alle gleiche Jacken haben?
Die Hälfte der Jacken war durch mein Gewühl augenblicklich über die Schuhe gefallen. Ich kroch auf allen vieren auf dem Boden rum und sortierte sie nach Farben – schwarze auf einen Haufen, blaue auf einen anderen, die übrigen auf einen dritten –, um, wenn möglich, meine zu finden, als die Toilettentür aufging. Ich kriegte sie an den Kopf.

Geschieht mir recht, dachte ich grimmig.
»Oh, Entschuldigung!«
»Macht nichts«, knurrte ich. »Mach's noch mal und etwas fester, bitte, vielleicht kann ich diesen Ort dann für immer verlassen.«
Wütend schmiß ich die Klamotten in alle Richtungen. Die Sache mit den Haufen nach Farbe war keine gute Idee gewesen.
»Was machst du da?« fragte der Toilettenmörder ruhig.
»Fliesen verlegen, siehst du doch, und wahnsinnig werden. Die Scheißjacke ist verschwunden.«
Er lachte. Ich selbst war nicht besonders amüsiert. Was gab's da drüber zu lachen. Als ob das mit Tom nicht genug gewesen wäre, traf die Katastrophe Nummer zwei fünf Minuten später ein. Wenn die Katastrophen in dieser Geschwindigkeit zunahmen, würde ich bald im Guinnessbuch der Rekorde landen, in der Abteilung Heldentaten und Leistungen.
»Kann ich dir helfen?«
»Lieber nicht. Mit einer Bahre, wenn schon. Oder ruf 'nen Krankenwagen.«
Ein erneutes Lachen. Was war das für ein Lachen? Ich war seriös. Mönch würde ich nicht werden. Mit dem Gefängnis schien es auch nicht zu klappen. Das Irrenhaus war wohl mein rechter Platz in diesem Dasein. Ich meinte, was ich gesagt hab. Dies war keine TV-Komödie mit eingespielten Lachsalven. Auch wenn man das glauben könnte. Die Jacke war eine Bagatelle in dem Ganzen, aber ärgerlich genug. Es heißt ja, auf die ganz kleinen Details kommt es an – haha!
Ich war drauf und dran aufzugeben. Die Jacke war weg, und ich war nicht der Typ, Umstände zu machen und die halbe Nacht zu suchen. Ich konnte sie genausogut morgen abholen.
»Hast du den Brief bekommen?«
Welchen verdammten Brief? Ich war damit beschäftigt, Fliesen zu verlegen, hab ich doch gesagt.

»Ich krieg nie Briefe. Weil ich nämlich keine Freunde habe«, murmelte ich bitter. »Das ist hier ein Fest, kein Postamt. Was sollte das denn für ein Brief sein?«

»Von mir. Hast du ihn nicht bekommen?«

Ich kriegte einen Schock. Anders. Es war Anders. Was machte der denn hier?

Ich stand auf, ließ das Kinn, das Gesicht, die Besinnung und die Jacke fallen, die ich festhielt.

Katastrophe Nummer drei, dachte ich, und wußte nicht, ob ich lachen oder weinen sollte. Waren fünf Minuten vergangen – oder weniger? Vielleicht war es eine Komödie – trotz allem.

Seine weißen Zähne blitzten mitten in diesem teuflischen Grinsen.

Hör auf zu lächeln!

»Doooch ...« antwortete ich zögernd.

»Gut!«

»Aber ich habe ihn zerrissen.«

»Was?«

»Und aufgegessen.«

Er sah so verdutzt und erschrocken aus, daß ich es schnell als einen Scherz zurücknahm.

Im selben Augenblick kam Tom. Er starrte mich einen kurzen Moment an, stolperte über die Mauer aus Schuhen und Jacken zur Tür und sagte, wie im Vorbeigehen, zu ich weiß nicht wem:

»Ich hau ab. Dieses Fest scheint ja auszuarten.«

Anders sah Tom verwirrt nach und wollte gerade etwas sagen, als ihm die Tür vor der Nase zuknallte. Er drehte sich wieder zu mir um.

»Was ist denn nun los?«

»Perra hat sich geschlagen.« Er guckte mich fragend an. »Mit mir. Das heißt, ich habe ihn geschlagen.«

»Perra? Aber ihr seid doch Freunde.«
»Ja. Oder waren. Ich weiß nicht.«

Mir ging plötzlich die Luft aus. Ich sah Perra vor mir und fühlte mich mies. Ich dachte an Tom und bekam ein schlechtes Gewissen. Es wurde warm. Schweiß brach mir auf der Stirn und unter den Armen aus, am ganzen Körper. Mir war schwindlig. Anders sah aus, als sei er in der Wildnis ausgesetzt worden und wüßte nicht, wo er war. Vom Innern des Hauses hörte ich Stisses Stimme, konnte aber nicht heraushören, was er sagte. Der Kleiderhaufen vor meinen Füßen war ein einziges Wirrwarr aus Stoffen und Farben. Die tosende Musik war nur eine Masse von Tönen, die aufs Geratewohl ausgeworfen wurden, ein Laut ohne Form, Takt und Inhalt.
»Ich brauch ein bißchen Luft«, keuchte ich. »Außerdem hab ich Perra versprochen zu verduften.«
Ich zögerte ein bißchen. Versuchte, ihn mit Blicken mitzuziehen. Wenn er doch nur etwas begreifen würde. Anders schielte ins Haus.
»Doch, das wär schön«, sagte er. »Und deine Jacke?«
Ich schüttelte den Kopf.

Wir stellten uns auf die Vortreppe. Ich atmete tief durch. Die blassen, aber klaren Düfte der Nacht schwebten um mich, eine Spur von frisch geschnittenem Gras, aufgewärmtem Holz, Kiefern, die einen merkwürdigen Geruch von Nadeln und Harz absonderten. Ich konnte fast wahrnehmen, wie Kies, der unter den Schuhen knirscht, riecht. Es war so angenehm, dort zu stehen und zu fühlen, zu wissen, daß wenigstens etwas bei mir funktionierte, wie es sollte. Und dem Elend zu entkommen!
Die Dunkelheit eroberte die Nächte langsam wieder. Der Sternenhimmel war wieder klar und deutlich zu sehen. Der Große und der Kleine Bär. Kassiopeia und der Gürtel des Orion. All

diese Namen! Wer hatte sie getauft? Ein Satellit mischte sich unter die Sterne und schwebte blinkend über den Himmel. Ich lächelte – man weiß ja nie, was er für Bilder macht. Ich fragte mich, ob Anders ebenfalls lächelte. Ich wollte dieses Lächeln sehen, nach dem ich mich so lange gesehnt hatte. Aber daß ich seine Stimme nicht erkannt hatte, als ich auf dem Boden rumgekrochen bin!

Der Schock, ihm zu begegnen, war noch nicht ganz vorüber. Sein plötzliches Auftauchen war irgendwie unsportlich, und wenn ich daran dachte, was ich ihm sagen wollte, stieg mein Puls, daß es in meinen Schläfen pochte.

Wir lehnten uns auf das Geländer. Wenn wir uns bewegten, streiften wir uns fast. Deshalb stand ich stocksteif da.

»Warum hast du nie auf den Brief geantwortet?«

Ich schaute über den Garten. Konnte ihn einfach nicht ansehen. Es kribbelte in mir, aber mein Gehirn war klar.

»Warum bist du an diesem einen Donnerstag nicht zu Hause gewesen?« fragte ich ruhig.

»Das stand doch in dem Brief.«

Es wurde wieder still. Der Satellit entschwand außer Sichtweite. Es gab überhaupt keinen Grund mehr zu lächeln. Ein Igel scharrte in altem Laub.

»Du hast ihn also aufgegessen«, sagte er dann.

Ich nickte. »Ich verstehe.«

Allmählich wurde ich verrückt. Was verstand er? Warum ich den Brief aufgegessen hatte? Oder, daß ich überhaupt keinen Kontakt zu ihm haben wollte, daß ich sauer war oder ganz einfach verrückt?

Anders rief in mir immer noch eine Menge Gefühle hervor, bei denen ich nicht wußte, was ich damit machen sollte. Es wäre besser gewesen, ihn zu vergessen. Aber nicht gerade jetzt. Ich wollte nur eine Weile mit ihm zusammen sein, ein letztes Mal. Dann würde ich ihn vergessen.

»Es klingt vielleicht doof, ich mein, wir kennen uns kaum, aber ich wollte, daß du mit runterkommst. Also, zur Westküste.«

»Warum denn?«

Ich fühlte mich leer. Ich glaubte ihm nicht. Trotzdem hoffte ich. Was würde er antworten?

»Ich dachte, es hätte toll werden können.«

Er setzte sich auf die oberste Treppenstufe.

»Du weißt ja von dieser Sache mit meiner Schwester im letzten Jahr, und ich dachte eigentlich, daß es gut sein würde, wenn ... ja, daß es einfach nicht zu sehr so sein sollte wie früher. Und daß es toll werden würde. Außerdem hättest du mir Tanzen beibringen können.«

Er lachte. Der Eigennutz feiert neue Triumphe, dachte ich grimmig. Heiler und Tanzlehrer – ha!

»Schade, daß nichts draus geworden ist«, sagte er.

»Ja.«

Aber da ist eine Sache, die du nicht begreifst, Anders. Das, was ich für dich empfinde, ist nicht einfach nur »ein bißchen toll«. Du hast recht. Wir kennen einander nicht. Ich weiß nicht, ob ich in dich verliebt bin oder verknallt oder nur von dir angetan – aber irgend etwas ist es. Für mich bist du, ja, du bist – du bist etwas, das über alles andere hinausgeht. Das ist es, was du mit deinem Ein-bißchen-toll-Horizont nicht verstehen kannst.

Der Unterschied zwischen uns ist, daß du bei mir sein willst, weil das vielleicht Spaß macht, während ich bei dir sein will, weil ich dich mag. Anders als ich Stisse, Perra und Måns mag. Ihretwegen bin ich nicht einem Nervenzusammenbruch nahe. Sie bringen mich nicht dazu, in Sportschuhe zu spucken oder Briefe als Müsli zu essen. Deshalb weiß ich auch nicht, ob ich es ertrage, einfach nur dein Freund zu sein.

Allmählich wurde ich rastlos, wünschte, ich wäre Raucher, dann hätte ich etwas zu tun gehabt. Es wirkt weniger verdächtig, mit einer Zigarette dazustehen und in die Dunkelheit zu glotzen, als

wie jetzt weiter an den Fingern zu pulen. Das sah einfach nur kindisch aus.
»Wie war's denn da unten, wo auch immer das nun ist.«
»*Comme ci, comme ça.*«
Französisch. Ließ mich an Maria denken. Wenn Anders mir in Französisch helfen würde. Aber das konnte ich in diesem Moment ja schlecht vorschlagen.
Es lag etwas Feierliches über dem Mond und den Sternen und dem schwach beleuchteten Garten. Deshalb redeten wir mit leisen Stimmen. Anders schien in Gedanken weit entfernt zu sein und glitt davon, als ob nichts um ihn herum existierte.
»Denkst du an deine Schwester?« fragte ich vorsichtig.
»Hm«, antwortete er gedankenverloren. Ich war drauf und dran, ihm die Hand auf die Schulter zu legen. Er wirkte so traurig. Ich hatte solche Lust, ihn zu berühren, ihn zu umarmen.
Wenn ich dich doch nur trösten könnte! Dann könnten wir gemeinsam weinen. Aber dann würden die Dämme vielleicht brechen, und ich könnte zuviel sagen, alles aus mir herausschütten. Ich würde dich bestimmt für immer verscheuchen.
Ich wußte nicht, ob ich die Sache weiterverfolgen sollte. Vielleicht wollte er es am liebsten vergessen.
Ich bewegte mich allmählich zur Gartenpforte. Träumen kann schön sein, aber wenn es nur Träume bleiben, mußte man eine Grenze ziehen.
Er erwachte aus seinen Gedanken und richtete sich auf.
»Wo willst du hin?«
»Nach Hause.«
Ich wollte fort, und ich wollte, daß er bei mir bleibt. Es gab zu viele Rätsel, die erst gelöst werden mußten. Aber wie? Vielleicht waren es gar keine Rätsel. Nur Verwirrung, Nervosität, Verliebtheit. Ich blieb stehen.
»Aber ich könnte Gesellschaft gebrauchen«, sagte ich. »Damit ich nicht überfallen und vergewaltigt werde.«

Und da endlich war sein Lächeln wieder und ein kurzes Lachen.
»Bist du immer so drauf?« fragte er grinsend.
»Im Gegenteil. Ich bin ein äußerst ernster junger Mann. Aber bei meinem Aussehen lachen die Leute trotzdem über mich.«
Er schnaubte und kam zu mir heruntergeschlendert, und Hand in Hand, ich meine nebeneinander, bummelten wir langsam in meine Richtung.

»Wann bist du nach Hause gekommen?« fragte ich, vor allem, weil ich das Schweigen nicht aushalten konnte.
»Gestern.«
»Und hast natürlich sofort den richtigen Riecher gehabt und landest auf der nächstbesten Fete.«
»Nein, aber ich hab ja gesagt, daß es dieses Jahr ziemlich traurig war, und als Tom angerufen und mich eingeladen hat, war es selbstverständlich, daß ich mitgekommen bin.«
»Tom?«
»Er kennt wohl Jack.«
»Kennst du ihn gut?«
»Tom? Einigermaßen. Wir haben uns vor ein paar Monaten kennengelernt. Meine Mutter und seine sind Arbeitskolleginnen. Wir sind mal bei ihnen eingeladen gewesen. Er ist ... Wie soll ich sagen, ein Fall für sich. Eben nicht wie andere. Hast du ihn schon kennengelernt?«
»Nur so nebenbei.«
Nun sprach er wieder so doppeldeutig. Nicht wie andere. Was meinte er damit? Wieviel wußte er? Ich fing wieder an zu kalkulieren. Wenn ich nun schwul war, warum sollte nicht Anders es auch sein? Andererseits: Weil sowohl ich als auch Tom es waren, war es an der Grenze des Unwahrscheinlichen, daß auch Anders es war. Drei Schwule auf ein und demselben Fest, das war wohl zumindest einer zuviel. So viele konnten wir trotz allem nicht

sein. Obwohl drei von fünfzig weniger als zehn Prozent waren. Ach ja, ich mußte die Mädchen auch abziehen. Dann blieben nur noch zwei übrig. Vielleicht war Anders ja lesbisch?! Hör auf, Johan! Bleib beim Thema.

Sicher hatte er gewollt, daß ich ihn in seinem Sommerhaus besuchte, aber war das nicht nur eine Entschuldigung, daß er an jenem Donnerstag nicht dagewesen war? Und er wollte mich sowieso nur als Tanzlehrer ausnutzen.

Wenn ich doch nur gewußt hätte, was er wollte! War es mehr als nur ein Zufall, daß er und Tom sich kannten?

»Er hat dich so komisch angestarrt.«

»Hat er das?«

»Ja, hast du das nicht gemerkt? So, als ob er sauer gewesen wär oder so.«

»Na ja, immerhin hab ich Perra zusammengeschlagen.«

Ich wurde zum hundertelftenmal rot.

Wir näherten uns unserem Hochhaus. Fast überall war es duster. Die Balkons sahen aus wie schwarze Schlunde. Hier und da war in einzelnen Fenstern Licht, und in meinem Zimmer brannte die Nachttischlampe. Das bedeutete, daß meine Mutter und mein Vater ins Bett gegangen waren, Gott sei Dank.

Es war kurz nach eins.

Als wir vor der Tür stehenblieben, beugte Anders einige Male sein rechtes Bein ein, schüttelte es leicht und rieb mit der Hand über das Knie.

»Hast du Schmerzen?«

»Ein bißchen«, sagte er, »das krieg ich manchmal. Aber es ist nicht so schlimm.«

»Ist es seit dem Unfall?«

»Ja, und jetzt hab ich zuviel getanzt«, sagte er unbekümmert.

»Hat's geklappt?«

Er lachte verlegen auf.

»Na ja, einigermaßen. Das hab ich wohl dir zu verdanken.«

Noch einmal wurde ich rot.
»Du hast eben schnell gelernt.«
»Nein, du hast es so gut erklärt.«
»Glaub ich kein bißchen«, sagte ich. Wir sahen uns an und fingen an zu lachen. Standen da und laberten, wer der Beste war.
»Auf jeden Fall hast du mir gezeigt, wie man es macht«, stellte er fest. »Aber ich könnte noch ein paar Unterrichtsstunden gebrauchen.« Für den Bruchteil einer Sekunde sah er mich an. Ich war drauf und dran zu sterben. Sollte das etwa heißen, daß ich ihm diese Unterrichtsstunden geben sollte? Ich wußte nicht, wohin ich gucken sollte. Ich tat, als suchte ich nach meinen Schlüsseln, und sagte fast wie im Scherz:
»Ja, uns bleibt ja noch fast ein Monat, wenn ich richtig rechne.«
Ich warf einen Blick zum Himmel, um zu sehen, ob er diesmal herabgestürzt kam. Anders sagte nichts, verzog aber den Mund, wußte genau, was ich meinte. Dann wurde er ernst. Steckte die Hände in die Taschen. Er atmete ein, sah aus, als ob er – biß sich aber auf die Lippe und blieb stumm.
Nun sag schon was! Was auch immer. Gott weiß, was er dachte. Ich war so nervös, daß ich schauderte.
»Frierst du?« fragte er erstaunt.
So falsch. Immer falsch. Versuch es noch einmal, Anders – sag was anderes.
»Nein, im Gegenteil. Ich schwitze.«
»Ja, daß es noch so warm ist, obwohl's schon so spät ist.«
Aha, dachte ich, reden wir jetzt also über das Wetter. Dann gab es wohl nicht mehr viel zu sagen. Jetzt konnte der Himmel ruhig über uns hereinbrechen.
»Du bist viel brauner als ich«, sagte er plötzlich und hielt seinen Arm hoch, schaute ihn an und hielt ihn gegen meinen. Daß ich in dem Moment nicht starb, ist ein Rätsel für die Wissenschaft.
»Ich war auch ziemlich viel in der Sonne.« Ich streckte ihm den

Arm entgegen. Aber er machte nicht mit. Sagte nur irgendwas über die Westküste, was ich sofort wieder vergaß. Während ich mit dem Arm in der Luft dastand. Ich hatte viel zu viele Arme.
Ich fingerte am Schlüsselbund herum und suchte den Türschlüssel. Jetzt war es genug. Außerdem mußte ich pinkeln.
Wie unfaßbar idiotisch dieser Abend gewesen war! Ich fragte mich, ob ich jemals irgendwem davon würde erzählen können. Wem? Patrik würde es zu schätzen wissen, er würde sich krümelig lachen und mich trösten – doch dann würde ich es jahrelang um den Latz geknallt kriegen. Und Stisse? Ja, sicher, aber er wußte ja nichts von all dem Elend. Das war wohl etwas zu spät.

Gerade, als ich die zwei Stufen die Treppe hinauf zur Haustür nehmen wollte, fragte er:
»Warum hast du das getan? Du prügelst dich doch sonst nicht? Außer mit Schimpansen, versteht sich.«
»Das ist 'ne lange Geschichte«, sagte ich seufzend und war plötzlich wieder dem Weinen nahe.
Wäre Anders Maria, Ann-Louise oder Tina Who gewesen, hätte ich es wie die natürlichste Sache der Welt erzählt, ihn dann vielsagend angelächelt, ihm etwas gesagt, das ihm gezeigt hätte, daß ich interessiert war, ihm vielleicht die Hand auf die Schulter gelegt und ihn auf die Wange geküßt. Oder den Mund. Wir hätten uns umarmt. Uns gute Nacht gesagt.
Nun stand ich hier wie ein Idiot und wollte haben und haben und haben, und das einzige, was mir einfiel, war, so zu tun, als sei nichts, tschüs sagen, vielleicht seh'n wir uns mal.
»Wie lang denn?« sagte er.
»Ein paar hundert Meilen. Durch die Wüste. Verdammt langweilig. Die ganze Zeit das gleiche. Es passiert 'ne Menge und trotzdem nichts. Kaktus über Kaktus. Man sieht Tausende von Kakteen, aber alle sehen gleich aus. Die reinste Wüstenfahrt also.«

»Es gibt Leute, die finden die Wüste schön«, sagte er.
Eine neue Zweideutigkeit?
Ehe ich ihn verließ, mußte ich mehr wissen. Ich durfte nicht mehr feige sein.
»Was hast du damit gemeint, daß Tom ein Fall für sich ist?« Ich hörte auf zu atmen.
Er zuckte mit den Schultern und legte die Stirn in Falten.
»Er ist so intensiv«, sagte er nach einer Weile. »Impulsiv. Macht, was er fühlt.«
»Nichts weiter?«
Er sah mich fragend an. Nein, schaute an mir vorbei, sah auf die Uhr, drehte sie eine halbe Runde ums Handgelenk und stieß ein »Oh, ich wußte gar nicht, daß es so spät ist« aus, kickte ein Steinchen weg.
»Am besten, ich geh zurück. Ehe die Fete zu Ende ist«, sagte er und blieb stehen.
Er schoß weitere kleine Steine, und ich ließ das Schlüsselbund Tausende von Malen um meinen Finger kreiseln. Wir standen einige Jahre oder so da und schossen und drehten und suchten nach etwas, was wir sagen könnten. Ich war nur nervös. Dachte an den Gutenachtkuß, den ich ihm nicht geben konnte. Nichts war mehr in Ordnung. Und er lächelte auch nicht mehr. Ich scharrte mit dem Fuß. Sah hinauf in den Himmel. Und er blieb stumm. Anders war auch nicht wie andere. Und er ging nicht seines Weges.
Ich gähnte. Er lächelte mich an, schnell, dann wurde er ernst.
»Ja, dann gute Nacht. Es war toll, dich zu treffen.«
Waren wir jetzt wieder dort angekommen? Toll. Ich weiß nicht, Anders.

## 50. KAPITEL

Jedesmal, wenn ich mich umdrehte, knarrte das Bett. Das Geräusch schnitt mir ins Hirn.
Das Kissen war durchnäßt. Ich weinte. Ich lag in meinem Bett und blinzelte die Tränen fort, die trotzdem nach einer Weile wieder tropften und auf das Kissen flossen. Ich drehte es immer wieder um. Schließlich half nicht einmal mehr das.
Ich konnte nicht schlafen. Die phosphoreszierenden Zeiger auf dem Wecker verhöhnten mich mit ihrem Schleichen über das Zifferblatt. So müde. So schlaflos.
Der Abend und das Fest hämmerten in meinen Gedanken. Mal für Mal wiederholte ich, was geschehen war: Tom, Perra, Anders. Katastrophe über Katastrophe. Anders ließ mich nicht in Frieden. Er fraß mich von innen her auf. Immer wieder ging ich alles von vorn durch, an was ich mich erinnern konnte, was er gesagt hatte, drehte und wendete es, bis ich nichts mehr wußte. Zweifel darüber, was wahr war und was Phantasien, quälten mich.
So vieles war unklar, so vieles ungesagt. So viele Deutungsmöglichkeiten.
Wer bist du, Anders? Ich habe mir diese Frage tausendmal gestellt. Ich weiß es nicht.

Ich stand auf. Wusch mir das Gesicht mit kaltem Wasser und trank ein Glas Milch. Die Milch hinterließ einen sauren Nachgeschmack, und ich putzte mir die Zähne. Patriks Tür war geschlossen. Er hielt sein Nachtleben sehr geheim, genau wie ich. Die Schlafzimmertür meiner Eltern war angelehnt, und ich konnte leises Schnarchen aus ihrem Zimmer hören.
Ich hatte vergessen, das Rollo herunterzuziehen, und im schwachen Schein der Straßenlaternen, des Mondes und einzelner

Fenster betrachtete ich mein Zimmer. Schreibtisch und Kleiderschränke, ein grüner Stuhl, Bett, ein schwarzes Bücherregal und ein Schrank, auf dem der Kassettenrecorder und die Kassetten standen. Bücher. Zeitschriften. Alberne Souvenirs, Sammelalben mit alten Zeitungsausschnitten von Fußball- und Basketballmannschaften, Filmen, die ich gesehen hatte, und Musikgruppen, die ich mochte. Die Gitarre, der Notenständer und die Kamera. Und überall Staub.
Das Zimmer erinnerte mich an meinen Sarkophag. Gerümpel und Plunder. Drunter und drüber. Erinnerungen. Sachen, an denen ich hing, und andere, von denen ich nicht wußte, warum ich sie immer noch aufhob.
Ich hatte versprochen, meinen Sarkophag aufzuräumen und auszulüften. Aber mehr als das hatte ich nötig, in ihm herumzugehen und zu gucken, was es dort wirklich alles gab, und nicht nur mit zerstreutem und allzu gewohntem Blick hineinzuschauen und festzustellen, daß es wie üblich schlimm aussah.
Die Leiche Anders rührte sich im Sarkophag. Er war niemals richtig tot gewesen. Ich hatte es immer gewußt, aber niemals einsehen wollen. Ich konnte nicht für immer und ewig leugnen, daß er dort lag und atmete und vom Staub nieste, während ich Nelken über ihn streute, wie eine kindische Beschwörung, daß er auch wirklich tot war. Das Putzen war hier gar nicht so wichtig, sondern der Wille, das zu sehen, das da war und existierte.

Der Morgen brach an. Ich konnte immer noch nicht schlafen. Das Kissen war naß wie eine ertränkte Katze. Den Kopfkissenbezug hängte ich zum Trocknen über die Heizung.
Die Sonnenstrahlen knallten auf die Platten und Fenster des Hauses gegenüber und wurden gegen unseres reflektiert. Ich öffnete das Fenster und beugte mich hinaus. Kühle Morgenluft

strömte langsam ins Zimmer. Sie war so still. Die Kühle befeuchtete meinen rotgeweinten Körper. Ich kriegte eine Gänsehaut. Die Vögel stiegen im Einklang mit dem Licht zum Himmel auf. Sie zwitscherten hysterisch und spritzten wie Popcorn durch die Luft.

Ich zog mir meine Trainingsklamotten an und schlich hinaus. Im Treppenhaus traf ich den Zeitungsboten, der mich verwundert ansah. Er machte eine Bemerkung darüber, daß es Sonntag war, falls ich das nicht wüßte.

»Leute wie du sollten um diese Zeit schlafen«, sagte er freundlich. »Und lauf nicht zu weit!« rief er mir nach.

Ich lief nicht. Ich ging. An der Eriksbergschule vorbei und hinaus ins Hågatal. Ohne Ziel. Ich passierte die Wiesen, streifte über die Pfade und kam hinunter zur Hängebrücke, die über den kleinen Hågabach führte. Er war schlammig, braun und voller Fahrräder. Ich hüpfte mitten auf die Brücke und rüttelte sie, so fest ich konnte. Sie schwang über dem Wasser hin und her, und von der Anstrengung kroch Wärme in mir auf.

Mit schnellen Sprüngen kletterte ich den steilen König-Björn-Hügel hinauf. Das ganze Hågatal breitete sich unter mir aus.

Die Zeit stand still. Die Sterne waren vor dem mit jeder Minute intensiver werdenden blauen Himmel verblaßt. Von den Wiesen hinab zu den Pferdeweiden dampften Dunstschleier.

Das Tal war schön. Sogar der klägliche Hågabach, dessen pH-Wert wir jedes Jahr im Biologieunterricht messen und aus dem wir Käfer, Froschlaich und Amöben fischen sollten.

Meine nackten Beine wurden vorn von der Sonne gewärmt, doch hinten im Schatten waren sie kalt.

Frisch und nützlich! dachte ich und grinste. Daß alles, was einen angeblich abhärtet, so nützlich sein soll! Man soll abhärten. Wofür? Ich brauchte nicht abzuhärten. Mein Fehler war schließlich, daß ich das, was ich fühlte, nicht hinausließ und es ertrug. Was war nur daraus geworden! Ein halber Prinz und nicht ein Quadratmeter Königreich. Und diese Quadratmeter, die ich nicht hatte, verteidigte ich mit meinem Leben. Ja, tatsächlich mit dem Leben. Ich sperrte mich selbst zu lebenslanger Zwangsisolierung in eine Einzelzelle. Es spielte keine Rolle, auf wie viele lustige Feten ich ging, wie grün das Gras im Hågatal leuchtete oder wieviel Stisses, Måns, Perras und Karros ich um mich hatte, wenn ich die Zelle niemals verlassen konnte.

Ich blickte zurück auf diesen langen Frühling. Tage, die mir jeden Morgen das Messer an die Kehle gedrückt hatten.
Wer hielt dieses Messer in der Hand? Stisse? Perra? Meine Mutter?
Alle miteinander! Es gab keine Unschuldigen. Wir hielten alle miteinander dieses verdammte Messer. Auch ich!
Ich schaute hinaus über die ganze Herrlichkeit, die Stille, das Licht, die Einsamkeit.
Ich mußte es tun. Ich konnte nicht länger auf dem Sprungbrett stehen und mich fragen, wie das wohl war, wenn man sprang. Ich mußte springen.
»Man kann es in der Tat aussprechen«, sagte ich laut, »*say after me:* schwul.«
Die Zwitscher vögelten.
»*Speak out, please!*« Ich wartete ein Weilchen, bis das Echo völlig verhallt war.
»Schwul« rief ich. Ich spannte den Körper an, Schauder durchliefen ihn, ich fühlte mich abwechselnd kalt und heiß. Ich hielt die Hände an den Mund und formte sie zu einem Trichter.
»*Say after me:* ich bin schwul«, sagte die Stimme, und ich antwortete laut:
»Ich – bin – schwul! S-C-H-W-U-L, schwul!«
Ich schrie es hinaus.
Ich sauste die Anhöhe hinab, ruderte mit den Armen. Ich rannte an den Pferdeweiden vorbei, lockte einen Klepper mit etwas Gras

in der Faust zu mir heran und tätschelte ihn und küßte ihn aufs Maul. Es war immerhin ein Hengst.
Als ich heimkam, schlief ich sofort auf dem Bett ein.

## *51. KAPITEL*

Ich erwachte mit einem Ruck. Das Fenster stand sperrangelweit offen, und ein Blumentopf war heruntergeweht worden. Das machte nichts. Die Pflanze war schon vor langer Zeit eingegangen.
Im Hof lärmten Kinder, und ich schloß das Fenster. Es war still in der Wohnung. Auf der Spüle türmte sich das dreckige Geschirr vom Morgen. Sie mußten es eilig gehabt haben, denn der Küchentisch war voll von Krümeln und Eierschalen. Die Morgenzeitung hing über einer Stuhllehne. Ich überflog die Rubriken, um mich zu vergewissern, daß kein neuer Weltkrieg ausgebrochen war. Dann schlug ich die Seite mit den Comics auf.
Unter dem Toaster, aus dem eine harte, verbrannte Brotscheibe ragte, war ein Zettel festgeklemmt:

*»Wir sind zur Ulva-Mühle gefahren und*
*haben den Picknickkorb mitgenommen. Erwarte*
*also kein Essen, wenn wir wiederkommen. Nimm*
*Dir, was Du im Kühlschrank findest.*
*Achtung! Iß nicht schon wieder Pizza.*

*Ich hoffe, das Fest war lustig.*
*Küßchen – Mama«*

Das kam mir gerade recht. Ich wollte eine Weile allein sein.

Ich zog die Trainingsklamotten aus, warf sie vor dem Kleiderschrank auf den Boden und nahm schnell eine Dusche. Ich hatte es eilig. Ich wußte genau, was ich tun wollte. Auf Biegen und Brechen. Vielleicht war es schon gebrochen. Stisse hatte am Tag zuvor nicht glücklich gewirkt, wenn man so will. Was hatte Perra gestern wohl gedacht, als er sich im Spiegel sah – mit einem garantiert kolorierten Kinn? Und Måns hatte inzwischen alles erfahren.
Ich sah sie schon vor mir, wie sie über »das Problem Johan« diskutierten. Wenn ich es schaffte, würde ich ihren operativen Maßnahmen zuvorkommen, die aus allem bestehen konnten von Kreuzverhör bis Lobotomie.

Der Schreibtisch war wie üblich mit Stiften, Gitarrensaiten, Papier, Briefen und Zeitungen übersät. Ich schob alles zur Seite. In der untersten Schublade fand ich einen Bogen festes Zeichenpapier, den ich in fünf Teile zerschnitt. Auf jedes kleine Stück schrieb ich eine kurze Mitteilung. Diese legte ich jeweils in einen Umschlag, auf den ich einen Namen schrieb.

Mit den Umschlägen in meiner verschwitzten Hand schlich ich in ganz Eriksberg herum und verteilte sie an Perra, Måns und Stisse. Karro bekam auch einen. Es brauchte Zeit, denn das Wetter war schön, und die Leute mußten unbedingt in ihren Gärten herumstiefeln – wie Perra und Stisse. Sie durften mich nicht sehen.
Aus der Entfernung sah ich Perra mit einem Glas dasitzen und an einem Trinkhalm saugen. Wenn die anderen mit ihm sprachen, nickte er oder schüttelte den Kopf, als ob er den Schnabel nicht öffnen könnte, um zu antworten. Was er vermutlich auch nicht konnte. Was mein Fehler war. Oder seiner, das kommt darauf an, wie man es sieht.
Stisse lag auf dem Rasen, in der einen Hand eine Zigarette und

mit der anderen warf er Stöckchen für den albernen kleinen Hund. Schließlich ging er hinein, wahrscheinlich, um sich einen Pulli anzuziehen, denn dort im Garten sonnte er sich tatsächlich ohne.
Mit Måns und Karro war es leichter. Ich brauchte nur den Umschlag in den Briefeinwurf zu schmeißen und schnell wie der Teufel wieder die Treppe hinunterzuflitzen.

Die Nike-Schuhe standen genau wie damals im Treppenhaus vor der Tür.
Der Treppenaufgang war grün gestrichen, mit Punkten in Schwarz, Weiß und Gelb, die in unregelmäßigen Mustern gespritzt waren. Die Tür. Kompakt und rotbraun mit Maserung. Hinter ihr, da wohnte Anders. In einem Zimmer wie meinem. Genauso unordentlich? Mit Sportklamotten auf dem Boden? Wer weiß – ich war schließlich nie dort gewesen.
Ich sah ihn mitten in der Nacht vor unserer Tür Steinchen schießen. Lächelnd. Ernst. Er ging weg. Fort. Frech. Ich habe ihn nicht zurückgerufen.
Mein letzter Auftrag. Tat ich das Richtige? Ich fummelte an dem Umschlag für ihn herum. Ich mußte es tun. Und ich sollte es rasch tun. Aber, als wollte ich das Schicksal herausfordern, nahm ich den Zettel aus dem Umschlag. Noch einmal las ich die wenigen Wörter, die darauf standen:
»Ich bin verliebt – ruf mich an. Johan.«
Ich hielt den Umschlag für einige Sekunden in den Schlitz. Jetzt oder nie. Mir schwindelte. Die Punkte an der Wand hopsten vor meinen Augen wie Grashüpfer, die man unter Drogen gesetzt hatte. Und dann ließ ich ihn los. Er tanzte ohne ein Geräusch hinunter auf die Willkommen-Matte.

## *52. KAPITEL*

Ich rannte den ganzen Weg nach Hause, machte aber einen Umweg über den Marktplatz und holte mir eine Pizza. Ich flog weiter. Und ich war durchgerüttelt. Als ob mich mehrere Erdbeben geschüttelt und in der Suppe von Atomen, Molekülen und Zellen herumgerührt hätten, aus der ich bestand. Weiß der Teufel, ob alles wieder an seinem richtigen Platz gelandet war. Aber irgendwie ließen sie sich nieder, denn der Puls wurde ruhiger, und die Wangen hörten auf zu glühen.

Meine Gedanken wanderten zu Stisse, und ich fragte mich, wo dieser Brief geblieben war, den ich ihm geschrieben hatte. Ich konnte mich tatsächlich nicht erinnern. Es spielte keine Rolle. Bestimmt würde er ohnehin anrufen.

»Was ist das hier?« würde er sagen und das kleine Papierstück in der Hand halten. Wie ein Messer oder wie den Zettel, der er war. Und warum, um alles in der Welt, sollte er es nicht wissen dürfen? Liebe wie Liebe. Das ist doch nichts, wovor man Angst haben mußte. Oder wie? Oder wie, Perra?! Und du da, Måns, was denkst du? Ich möchte wirklich wissen, was du denkst. Es ist wichtig für mich. Was Karro sagen würde, konnte ich mir schon vorstellen: »Du bist verliebt und hast nichts gesagt! Warum, Johan? Warum diese Heimlichtuerei? *Wer ist es?!*«

Meine Verwunderung war groß, als ich den Schlüssel ins Schloß steckte und ihn nicht umdrehen konnte. War es etwa schon so spät? Ich schaute auf die Pizza in meiner Hand. Sie hatte nicht gerade ein Format, das man unter dem Pulli verstecken konnte.

Mit einem schwachen Klicken fiel die Tür hinter mir zu. Ich schmuggelte die Pizza an der Küche und Patriks Zimmer vorbei und warf sie in meinem Zimmer auf den Schreibtisch.

Als ich in die Küche schlich, um Besteck zu holen, hörte ich eine unbarmherzige Stimme aus dem Wohnzimmer: »Es riecht schon von weitem nach Pizza.«
»Es riecht in ganz Eriksberg nach Lakritzschnüren«, sagte ich.
Ich lehnte mich an den Türpfosten zum Wohnzimmer. Da saß sie in ihrem Sessel, meine Mutter, die Knie angezogen, und löste Kreuzworträtsel. Und völlig richtig lag auf dem Tisch eine Tüte mit Lakritzschnüren.
Es blubberte in mir. Ich hatte eine Riesenlust zu lachen. Da stand ich, als ob nichts passiert wäre. Mit Messer und Gabel in der Hand. Und einer eingeschlossenen Calzone in meinem Zimmer. Ihre Sonnenbräune biß sich kräftig mit dem hennagefärbten Haar. Das mußte frisch gemacht sein. Zuviel Rot, dachte ich und lächelte, denn das sagte ich immer. Und ich lächelte über ihre ewigen Lakritzschnüre und über meinen Vater, der herumblödelte und Susi und Strolch mit ihnen spielte, und ich lächelte über die Pizza auf meinem Schreibtisch. Es war dumm von ihr gewesen, das auf den Zettel zu schreiben – es war doch eine direkte Aufforderung gewesen, Pizza zu kaufen.
Trotz aller Versprechungen wurde ich nostalgisch. Die Erinnerungen fielen über mich her. Ich hatte weder Lust noch die Kraft, mich gegen sie zu wehren. Im Gegenteil. Mir fiel ein, daß niemand von Anders' Existenz wußte und von dem Leben, das er in meinem Sarkophag führte. Niemand. Niemand wußte, was in dem Brief an Stisse stand. Niemand wußte, warum ich vom Sexualkundeunterricht abgehauen war oder was bei Schwester Berit geschehen war. Oder warum ich krank gewesen war und daß ich Thomas im Stadtwald getroffen hatte. Niemand wußte sicher, warum zwischen Maria und mir Schluß war. Patrik wußte nicht, warum ich geweint hatte, als er mich um Entschuldigung bat. Es war so vieles, was sie nicht wußten! Eigentlich nichts. Es war so verkorkst. Unwirklich. Ich führte ein heimliches Leben. Heimliche Leben existieren nicht richtig. Sie sind nichts.

Ich hatte gelogen, Ausflüchte gemacht und mich verleugnet, um sicher zu sein, daß ich überlebte. Um wessen willen log ich?

Meine Mutter sah von der Zeitung auf und kratzte sich mit dem Ende des Stiftes am Kopf. Wir sahen uns eine Weile an. Ich war müde, aber gleichzeitig ruhig. Mein Auftrag war ausgeführt. In wenigen Stunden würde ich wissen, wovor ich die ganze Zeit solche Angst gehabt hatte.

Meine Mutter rollte eine Lakritzschnur auf und machte einen Knoten hinein. Sie warf sie mir zu und zog sich selbst eine neue aus der Tüte. Ich lächelte albern und sagte danke. Ich wußte nicht, was nun geschehen würde, und das empfand ich komischerweise als angenehm. Ich konnte mir einfach keine Sorgen machen. Getan war getan. Ob es nun richtig war oder nicht. Ich hatte es einfach tun müssen.

Nur eins wußte ich: Auch morgen würde ich leben. Warum sollte ich nicht lebend aus dieser Sache herauskommen, wenn ich doch schon so lange überlebt hatte?

Ich lachte auf. Wie sonderbar. Meine Angst war noch da, das war sie wirklich, obwohl ich mir auch deswegen keine Sorgen machen konnte.

»Toll, wie glücklich und zufrieden du aussiehst«, sagte meine Mutter und aß noch eine Schnur.

Ich lehnte den Kopf an den Türpfosten, dachte an Anders und fühlte mich plötzlich vollkommen warm. Laut und übertrieben dramatisch seufzte ich und sagte:

»Ich bin verliebt, Mama.«

Und in einer Woche würde ich sechzehn werden.